爱之吟

上 爱情诗

孙建权 著

陕西新华出版
太白文艺出版社·西安

图书在版编目（CIP）数据

爱之吟：上中下 / 孙建权著. -- 西安：太白文艺出版社，2024.3

ISBN 978-7-5513-2591-2

Ⅰ．①爱… Ⅱ．①孙… Ⅲ．①诗集－中国－当代 Ⅳ．①I227

中国国家版本馆CIP数据核字(2024)第061569号

爱之吟
AI ZHI YIN

作　　者	孙建权
责任编辑	姜　楠　张晨蕾
封面设计	花　花
版式设计	建明文化
出版发行	太白文艺出版社
经　　销	新华书店
印　　刷	三河市腾飞印务有限公司
开　　本	787mm×1092mm　1/16
字　　数	620千字
印　　张	72.25
版　　次	2024年3月第1版
印　　次	2024年3月第1次印刷
书　　号	ISBN 978-7-5513-2591-2
定　　价	168.00元（全三册）

版权所有　翻印必究

如有印装质量问题，可寄出版社印制部调换

联系电话：029-81206800

出版社地址：西安市曲江新区登高路1388号（邮编：710061）

营销中心电话：029-87277748　029-87217872

由《论语》中的《诗经》说起

——序孙建权先生诗集《爱之吟》

《论语》这部书,不是孔子的著作,而是孔门弟子课堂笔记集锦。"语"这个字,在传统文脉里,指思想或学说。汉代有一本书叫《新语》,是刘邦的智囊陆贾写的,用今天的话表述,叫新思维。"论"的含义是探讨和研究。"论语"这个书名的正义,就是探讨和研究孔子思想。

《论语》中关乎《诗经》的引义多达21处,由此可以想见孔子当年授课多么重视这部书。《诗经》是孔子给自己的民办学校编辑的教材,最初只是叫诗,到汉代确立为"五经"之首。依司马迁的排序,《诗经》《尚书》《礼记》《易经》《春秋》。"五经"中的"经",也不是今天讲的经典意思,而是指治国理政用书。汉代开辟了一条政治主航道,以传统文化中的儒家学说作为治理国家的指导思想,儒学由此上扬为国学。"五经"还是汉代的国考用书,一个人熟读"五经",再通过严格的察举考试,才能拿到做公务员的上岗证。汉代的察举考试,到隋唐之后,完善为我们熟知的科举考试,是中国古代官员选拔的一种主要方法。

《诗经》是一本诗集,为什么成为治理国家的书?读读《论语》中孔子的讲述,可以了解个大概。

我摘引其中七则:

子贡曰:"《诗》云:'如切如磋,如琢如磨',其斯之谓与?"
子曰:"赐也,始可与言《诗》已矣,告诸往而知来者。"

——《论语·学而》

子曰:"《诗》三百,一言以蔽之,曰:'思无邪'。"

——《论语·为政》

子曰:"《关雎》,乐而不淫,哀而不伤。"

——《论语·八佾》

子所雅言,《诗》、《书》、执礼,皆雅言也。

——《论语·述而》

子张问崇德,辨惑,

子曰:"主忠信,徙义,崇德也。爱之欲其生,恶之欲其死;既欲其生又欲其死,是惑也。'诚不以富,亦只以异。'"

——《论语·颜渊》

子曰:"诵《诗》三百,授之以政,不达;使于四方,不能专对。虽多,亦奚以为?"

——《论语·子路》

子曰:"小子何莫学夫《诗》?《诗》,可以兴,可以观,可以群,可以怨。迩之事父,远之事君;多识于鸟兽草木之名。"

——《论语·阳货》

孔子是在修纂春秋的同时,编辑《诗经》的。"孔子纯取周诗,上采殷,下取鲁,凡三百五篇,遭秦而全者,以其讽诵,不独在竹帛故也。"(汉书·艺文志)孔子编纂《诗经》的出发点,"不独在竹帛",不单单做学问,而在"讽诵",是指向世道人心的。其中《国风》160首诗,是以黄河中下游为主线索,自甘肃、陕西,经山西、河南、河北,至山东入海之间，十五个区域里的民风、民望、民怨。我在西北大学带的学生，硕士生和博士生有一个共同的作业——手抄一份《诗经》目录，然后找出《国风》十五个区域的古今地名，再画一张地图，把这些区域串联起来。收到作业后，我返回一份宋代学人杨甲绘制的《十五国风之地理图》，让他们自己去比对，杨甲的这张地图兼容着地理、历史、文化，当然还有文学，一部厚厚的《诗经》就这么读薄了。老师的主要责任不是讲知识，而是授方法。

《爱之吟》三卷本，三十三辑，我拎着书稿上楼，沉乎乎的，想到要给这么厚的书写序，就更加沉乎乎的。一本书的序，在我看来，就是公园入口处的介绍牌，说清设计者的来历和主要景观就可以了。我和建权兄不熟，只知道他从事教育三十多年，此外均不知，就只有慢慢读诗稿了。

《爱之吟》不是公园，是诗人的原生态湿地保护区，粗看上去，没有耸立入胜的大景致，但自然鲜活，也实在茂盛。作文如做人，一个人扎实踏实着，让人心生敬重。有一个比喻，说湿地是地球的肾，肾是生命的发动机，呈现着一个人的精神气象。沉浸在这些诗中，可以感受到旺盛的生命力量。文学写作，把司空见惯的一事一物，有机有序地呈现出来，再赋之以生长的内涵，是不易做到的。我读着这些诗，就想到《诗经·国风》中的那些民谣，想到了《古诗十九首》《孔雀东南飞》，想到了汉唐之间的乐府诗。建权兄的写作，是承袭乐府诗的基因的，这是他的潜心发力之处。我节录部分如下：

子夜吴歌（三）

春

从小做瓦工，手艺十分精。

不甘平庸死，追梦到城中。

伊人守孤影，花落花又红。

夏

风轻田野静，处处闻夏虫。

热汗脸上流，心中冷冰冰。

三年无音信，谁知美人痛。

秋

星稀月如镜，寒蝉叫不停。

人寂双燕语，心孤思旧情。

子夜翻照片，五更听鸡鸣。

冬

狂风啸寒冬，条条路结冰。

衾冷难入眠，有人进门庭。

豪车在堂外，接君到城中。

祝愿建权兄在今后的诗歌写作中，越写越扎实，在文学之路上渐行渐远。

穆涛

2024年元月

（注：穆涛，西安市作家协会主席，陕西省评论家协会副主席，《美文》杂志执行副主编，著名作家。）

朋友:

　　我把所有的云霞

　　都织进情丝

　　让她把最绚丽的风采

　　奉献给您

　　　　　　孙建权

目　　录

上　爱情诗

第一辑　能否容纳

能否容纳	003
不要对我冷漠	004
希望的太阳	005
我知道	006
我是你忠贞的情人	007
为了爱	008
朋友	009
把你装在心间	010
壮士情怀	011

第二辑　重逢在春季

不让你走	015
海市蜃楼	017
等不着你	018

我徘徊在山村的小巷	020
惑	021
不会将你遗忘	022
我是那片流泪的云	023
苦果自己种	025
让时光倒流	026
是否	027
何处再相逢	028
失去你，并非坏事	030
我的心在流浪	031
重逢在春季	033

第三辑　迷惘人生路

爱你如初	037
因为你	038
带泪的诗笺	039
不眠夜	040
分手时刻	041
黄昏断肠人	042
飘零	043
寻觅	044
迷惘人生路	045
呼唤	046

第四辑　不能再错过

我爱　　　　　　　　　　　　　　　049

女孩　　　　　　　　　　　　　　　050

桃花吟　　　　　　　　　　　　　　051

不了情　　　　　　　　　　　　　　052

是有情，是无情　　　　　　　　　　053

那时候，我们真傻　　　　　　　　　054

不能再错过　　　　　　　　　　　　055

爱你爱得好辛苦　　　　　　　　　　056

走向春光　　　　　　　　　　　　　057

父母情　　　　　　　　　　　　　　058

潇洒对人生　　　　　　　　　　　　059

有这样一个女孩　　　　　　　　　　060

来不及盘算　　　　　　　　　　　　061

第五辑　别唤醒我的梦

等你　　　　　　　　　　　　　　　065

啊，月光　　　　　　　　　　　　　066

别唤醒我的梦　　　　　　　　　　　068

雨夜情思　　　　　　　　　　　　　069

寻找　　　　　　　　　　　　　　　070

重逢的夜里　　　　　　　　　　　　071

你我的世界　　　　　　　　　　　　072

03

生命里不再有你　　　　　　　　　　073

第六辑　携着我

心不由衷说再见　　　　　　　　　　077
爱你　恨你　　　　　　　　　　　　078
真情何处找　　　　　　　　　　　　079
夜夜等你到天明　　　　　　　　　　080
走出小屋　　　　　　　　　　　　　082
真不知爱你这么深　　　　　　　　　083
牧人　　　　　　　　　　　　　　　084
无悔无怨　　　　　　　　　　　　　085
再一次春光　　　　　　　　　　　　086
携着我　　　　　　　　　　　　　　087

第七辑　珍缘

狂妄的风　　　　　　　　　　　　　091
情痴　　　　　　　　　　　　　　　092
听说　　　　　　　　　　　　　　　093
你是否明白　　　　　　　　　　　　094
珍缘　　　　　　　　　　　　　　　095
雾漫心月　　　　　　　　　　　　　096
读你　　　　　　　　　　　　　　　097
我　　　　　　　　　　　　　　　　098

寄你一个梦	099
人生如梦	100

第八辑　抛锚

萍水相逢	105
既然我们已经相爱	106
我听不够你的声音	107
你是我心中的一朵鲜花	108
你	109
我不能不写诗	110
把我的心给你	111
星	112
梦中女神	113
抛锚	114

第九辑　晶莹的泪滴

荷	117
赠君	118
眼神	119
满足	120
无须破译的密码	121
莫名相思	122
勿忘我	123

晶莹的泪滴	124
野草花	125
泉·小湖泊	126
谢谢你	127
石拱桥	128
思念如日月	129
松	130
珍重今朝	131

第十辑　十八岁

蝉变	135
缘起	137
偏航	139
常常	140
害羞	141
不在乎	142
信	144
走出旋涡	145
十八岁	146

第十一辑　携手同行

走入我心田	149
年轻人	151

等你千万年	153
美妙的旋律	154
携手同行	155
春风之歌	157
你我不能缺	159
远方的你是否安好	161
不要冷落我的心	163
昂首走向前	165
开心的话只能对别人讲	167
菊花香里又相逢	168
心诚心宽爱常存	169
年轻人的胸怀	170

第十二辑　我爱大海

走出校门	175
这个年龄	177
结伴而行	178
彩色的纽带	179
我的心	180
时代少女	181
春风	182
第一次	184
离情	185
秋夜情思	187

年轻的心	188
我爱大海	190

第十三辑　独行者

独行者	195
最真切的答案	196
渴望	198
你的眼睛	199
想你	200
人去楼空	201
我愿将你放弃	202
你呀你	203
听我唱一支歌谣	204
追求	205

第十四辑　你的爱

雨缘	209
放飞	211
听人说	212
揭开你的头纱	213
美丽的山庄	214
举案齐眉	215
回报	216

是你	217
你的爱	218

第十五辑　人间自有真情在

东山之恋	221
当你走近我的时候	225
谁说你我无缘	227
鸿雁传情	228
思念	231
如果	234
你的眼睛	237
人间自有真情在	239

第十六辑　舞中情

古风	243
缘	244
编织梦想	246
妈妈我爱你	249
山泉	253
舞中情	256

第十七辑　生死恋

月夜情思	259
夫妻同心	260
永不分离	263
劳动者之歌	266
风雨夜行人	270
爱的传奇	272
亲爱的，我要把你赞颂	275
兄弟情	278
失败了，从头再来	280
生死恋	283
我要歌唱	287

第十八辑　不了情

送君东村口	297
农妇情	298
离人只能梦团圆	301
赏秋	301
离人意	302
窗前问黄鹂	302
桃花美人怨崔护	303
赠友	304
今夜魂断	305

爱在你心中	307
夜半箫声	310
云中奇缘	310
冬夜寻芳	311
寂月伴愁人	311
不了情	312
秦岭情	315
一个真实的故事	316
惊喜	319
邂逅	320
风雪归游子	320
织牛吟	321
问月	321
无题	322
秋烦	322
真心真意爱一回	323
受宠若惊	326
圆梦	329
思归	332
邂逅	333
日西有人归	334
夜雨	335
情最重	336
圆梦	338
赏荷奇缘	341

白天鹅之歌	342
仙境幽恋	344
梦中会君颜	346
相聚	347
送情郎	347
白玉兰	348
奇遇	350
花中语	351
闺中怨	352
秦楚会	353
送别	354
暮春情	354
昙花吟	355
宫怨	356
中秋思远人	357
腊月三十哥哥回	359
忧愁	360

第十九辑　沉甸甸的思恋

沉甸甸的思恋	363
壮士出征	372
年关思至爱	372
昔日笑语何处去	373
寒夜思	374

春晨	374
小楼怨妇	375
等待夜归人	376
坚守	377
深宫怨	379
期盼	380
等待	380
愁怨	381
那一夜	382
秋怨	383
意乱心迷	383
胭脂泪	384
中秋怀美人	385
中秋怀仙子	386
秋夜怨	387
十月再忆君	388
思乡	388
女儿怨	389
八哥独白	389
登月	390
眺望	391
旧梦伴长夜	391
大年思小儿	392
大年思燕归	393
年关冰山行	394

伤除夕	395
美人吟	396
红颜泪	398
秋念	400
情系鄂州友	401
望北	402
遥致人间真情贺	402

第二十辑　爱之吟

爱之吟	405

中　美景诗

第二十一辑　三春撷影

孟春撷影	411
寒夜寻诗	419
旧燕新归	419
赏花需待时	420
春寒	420
咏梅	421
庭院双娇	422
望梅自愧	422

| 仲春撷影 | 423 |
| 暮春撷影 | 433 |

第二十二辑　三夏撷影

| 荷韵 | 445 |
| 三夏撷影 | 450 |

第二十三辑　金秋撷影

秋夜	463
月季吟	465
奇花异草吟	466
金秋撷影	467
晚秋豪情	483
孤夜行	483
咏水仙	484
明月幽泉	484

第二十四辑　寒冬撷影

寒冬撷影	487
吻别	496
年关喜归人	496
忙年关	497

腊月山色	498
久别重聚	498
走向天涯	499
重逢	499
天涯游子归	500
雪中看春	500
雪后好心情	501
水浮冰山轻	501
新年祝福歌	502
除夕思娘亲	503
雾霾	503
梅花吟	504
黄花吟	504
咏雪	505

第二十五辑　天涯撷影

天涯撷影	509
春野奇观	566
白云深处访高僧	566
漂客	567
倦鸟归林	567
大河山色	568
长江晚渡	568
踏青奇遇	569

山村寒夜	569
骊山别墅吟	570
过骊山闻歌咏之	570
寻找	571
春夜听泉	571
重游灵隐寺	572
挥剑赋新诗	572
作别	573
春晨别杨凌	574
常忆芙蓉花	574
出潼关	575
无名花	575
咏西岐	576
凭栏一顾	576
春晨	577
骤雨	577
雨骤花摧	578
小桥作别	578
西岳远眺	579
御园奇遇	579
闲游明圣宫	580
冬游太白山	580
悠悠大梦醒	581
山远人不孤	581
秋夜惊魂	582

17

奇葩	584
深秋归人	584
人间美	585
怀古	586
秋归	587
太白望	587
鸟王吟	588
晴天放歌	589
少年行	589
秋收	590
独爱家乡景	590
美哉我之家	591
国之重器	591
随想组诗	592

第二十六辑　子夜吴歌

子夜吴歌　一	597
子夜吴歌　二	599
子夜吴歌　三	601
子夜吴歌　四	603
子夜吴歌　五	605
子夜吴歌　六	607
子夜吴歌　七	609

第二十七辑　风花雪月

风之谣	613
归去来	614
风花雪月	618
秋夜烦	662
咏嫦娥	662
风雨苍山路	663
垂钓吟	663
钓之感	664
祈祷	664
赏春	665
赏晚景	666
寻鸟	667
无名鸟吟	667
深秋暮归	668
山居	668
朝圣	669
宿命	669
黄昏归人	670
窗前眺望	670
酒壮诗兴	671
日暮秋愁	671
知音会昆仑	672
雨后	672

梦中呓语　　　　　　　　　　673

夜寒　　　　　　　　　　　　673

送别　　　　　　　　　　　　674

冬夜行　　　　　　　　　　　674

雨途问天　　　　　　　　　　675

秋去冬来　　　　　　　　　　675

饥寒思饱暖　　　　　　　　　676

约邻奇遇　　　　　　　　　　676

晚秋放歌　　　　　　　　　　677

别处新游　　　　　　　　　　677

人鸟缘　　　　　　　　　　　678

踏雪赏梅　　　　　　　　　　678

牛半仙　　　　　　　　　　　679

作别　　　　　　　　　　　　680

第二十八辑　山河颂

秦岭吟　　　　　　　　　　　683

秦岭奇观　　　　　　　　　　688

蒙古游　　　　　　　　　　　690

草原月夜　　　　　　　　　　691

无边无际大草原　　　　　　　691

草原琴韵　　　　　　　　　　692

夜宿蒙古包　　　　　　　　　692

别友人　　　　　　　　　　　693

咏渭河	693
游重庆	694
咏潼关	694
咏秦岭	695
夜长安	695
人间美景入画屏	696
望苍穹	697
山村春景图	697
樊川美景	698
眺望	698
天下游	699
朝晖照渔人	699
登高望远	700
危楼通天宫	700
秦岭撷影	701
华山松	711
长江壮景	712
古刹吟	712
咏壶口	713
古刹落晖	713
黄河吟	714
最爱太白云	714
春游长安	715
古城春景	716
盛世吟	717

江南行	718
西岳吟	719
大江放舟	719
忆江南	720
雨后赋	720
江南吟	721
西岳眺望	722
望云	723
中国梦	724

下　感怀诗

第二十九辑　感悟

感悟十三篇	727

第三十辑　五味人生

爸爸的肩	763
妈妈的细面	773
撑起这片天	775
谢幕	780
烈士暮年	782
前方的路	784

咏西安	788
咏老虎十首	790
小悟	793
别离挽歌	795
迈开步子朝前走	796
一支笔	798
白云深处乾坤大	799
人生	800
夜行难	804
黑夜行	804
冬去春来	805
问心无愧心中静	805
冷暖寻常看	806
归去来兮	806
明月不弃人	807
天涯的歌	808
故地重游感怀深	810
咏大佛	810
五味人生	811
过年	813
冷风春梦	815
三尺宝剑伴书眠	816
归去来	818
四季行	823
采桑女	825

依存	825
新时代农民之歌	826
游子吟	828
莫被荣华误	830
儿女尽孝要趁早	832
隐士吟	833
故乡行	835
赤子吟	837
不枉来一场	838
大漠放歌	839
成功在等待	841
雄歌	842
红尘乱世守清纯	844
别杨凌	845
致爱人	846
恪守正道	846
大圣归来	847
回家	848
粒粒皆辛苦	849
生子莫忘教	850
心绘	852
隐士吟	853
无题	854
美满一家人	855
梦中奇想	856

敢学苍鹰凌白云	857
生之叹	859
莫负好时光	861
忆童年	862
隐者之歌	863
无题	864
感悟	864
养育之恩情最重	865
做一个普通人多好	867
知足常乐	870
灵感	872
忙里偷闲	874
赤子心	874
纵有千金又何妨	875
喜雨	875
劳模颂	876
走下神坛做凡人	878
莫轻狂	879
宝刀快马踏千山	880
赏心悦目看倾城	881
翻山越岭到天际	882
胸怀四海	883
踏青吟	884
秋烦	885
天涯做闲人	885

归去来	886
罂粟花	888
鱼饵	890
凡人吟	892
喜愁	893
再扬帆	894
归去来	895
仙岛吟	896
寒冬访友	897
秋夜吟	898
残秋	899
不眠除夕夜	902
智者谋长久	903
但愿心无愧	905
苦涩的回忆	906
荷锄上山峰	907
可怜天下父母心	908
山野狂夫	912
野夫乐天	913
希望之火	914

第三十一辑　侠士风

龙吟虎啸	919
热血春秋	919

壮士剑出鞘	920
英雄豪情	921
陶渊明之叹	922
壮士行	923
英雄豪歌	924
夜钓终南山	926
浪浪高	926
出征	927
传奇英雄	928
侠士吟	930
壮士吟	935
美猴王	967
咏黄巢	969
冷芙蓉	970
颂方剑	971
莫被诱惑迷	972
心中酿大梦	973
古风	974
出征	974
壮士情怀	975
豪杰笑	976
归去来	978

第三十二辑　月下怀古

咏玉环	981
咏李斯	982
咏秦皇	982
咏曹操	983
咏司马迁	984
咏西楚霸王项羽	987
咏嫦娥	989
咏李自成	989
咏商鞅	990
咏诸葛亮	990
咏刘彻	991
咏阿娇七首	992
咏长门宫	995
咏魏延	995
咏凤雏	996
游未央宫遗址	998
秋游和珅府	1002
咏赵云	1007
咏李陵	1011
咏曹操之华容道	1014
叹秦朝	1015
夜游华清宫	1015
咏陈宫	1016

长乐宫感怀	1017
伤情	1018
咏刘禅	1018
月下感怀	1019
咏岳飞	1021
卧龙颂	1024
咏苏秦	1034
咏张良	1035
咏吕布	1037
咏刘备	1039
咏太白	1046
咏梁红玉	1048
咏赵子龙	1049
咏陶渊明	1050
南宋灭亡之叹	1053
怀古	1053
宫怨	1054
咏洪秀全	1055
朱元璋之歌	1056
遥祭岳鹏举	1059
游拜将台有感	1060
咏韩信	1062
谒隋文帝泰陵	1064
赤壁感怀	1064
再咏李自成	1065

再游华清宫	1066
咏诗仙李太白	1066
岐山怀古	1067
垂钓怀子牙	1067
胡雪岩之吟	1068
游洛阳宫	1073
叹吴三桂	1074
叹朱元璋	1076
咏嬴政	1079
宫娥怨	1080

第三十三辑　物之咏

咏芝麻	1085
咏谷子	1085
咏小麦	1086
咏枣树	1088
咏物组诗七首	1089
咏日两首	1091
谷子吟	1092
咏树根	1093
咏鹿	1093
古猿吟	1094
咏劲松	1094
咏兰花	1095

咏杜鹃	1095
咏黄瓜	1096
咏槐	1096
宝刀吟	1097
咏竹	1098
苹果吟	1099
咏秋草	1100
绿叶吟	1100
桃花颂	1101
小鱼吟	1102
鸱鸟吟	1104
咏无名草	1104
罂粟吟	1105
咏昙花	1106
小草吟	1107
咏红叶李	1108
咏松	1108
古杏吟	1109
咏莸花	1109
咏栾树	1110
咏梅	1110
绿叶吟	1111

第一辑

能否容纳

一艘千疮百孔的帆船

多么想驶进你温柔宁静的港湾

一只疲惫至极的蝴蝶

多么想落在你美丽芳香的心间

能否容纳

一艘千疮百孔的帆船,
多么想驶进你温柔宁静的港湾。
一只疲惫至极的蝴蝶,
多么想落在你美丽芳香的心间。

一条被人遗弃的小鱼,
瞪着哀伤的眼睛向你求援。
一只断了翅膀的小鸟,
扑棱棱就落在了你的脚前。

美丽、善良、博大的你呀,
是否愿接受一颗伤痕累累的心?
美丽、善良、博大的你呀,
是否能容纳一个历尽磨难的人?

爱之吟

不要对我冷漠

不要对我冷漠，
冷漠使我难过。
我是确确实实地爱你，
请你不要怀疑。

我知道你为什么这样冷漠，
但失恋总不能一辈子沉默。
为什么不忘掉昔日的痛苦？
为什么不追求幸福和欢乐？

不要对我冷漠，
不要将爱的机缘错过。
我们这就欢欢喜喜地跳舞，
我们这就高高兴兴地唱歌。

不要对我冷漠，
走过来好好地爱我。
我愿伴你直到永远，
我愿随你四海漂泊……

希望的太阳

别管他冷风凄凄，寒夜沉沉，
去坦然地做自己的梦；
别理他鸟兽啼鸣，山重水复，
去大胆地走自己的路。

只要你心中有颗希望的太阳，
你就不会感到凄冷，
你就不会感到孤单。

别提那往事历历，疼痛揪心，
过去的就让他永远过去；
别争那你输我赢，是非短长，
生活里怎能没有苦涩？

只要你心中有颗希望的太阳，
你就不会感到困惑，
你就不会感到悲伤。

我知道

我知道,你爱我的全部,
包括我的弱点;
我知道,你爱我的所有,
包括我的悲愁。

我知道,你爱我,爱得艰辛,
你才嫉妒众芳的美丽;
我知道,你爱我,爱得至深,
你才怀疑所有的人。

不要这样,请放宽心胸,
我不是博采百花的蜜蜂。
你是我今生唯一的生命,
我是你坚不可摧的长城。

不要这样,请自然从容,
我不是东南西北乱刮的风。
你是我至死不渝的爱情,
我是你海枯石烂的忠诚。

我是你忠贞的情人

我是你忠贞的情人，
我把我的心给你。
千人万人里选中了你，
风雨泥泞我就跟定了你。

就算道路曲折，前途凄迷，
就算烽烟迭起，荆棘遍地，
刀光剑影我护着你，
冰霜寒夜我永伴着你。

我是你忠贞的情人，
我把我的生命嘱托给你。
今生今世爱上了你，
天塌地裂情不移。

就算时运不济，你身陷危机，
就算凶星降临，你一败涂地，
生　我们心心相印，
死　我们就在一起。

爱之吟

为了爱

你可以不理我，
但你阻遏不了我对你的爱。
你可以逃避我，
但你怎能冷却我的热血澎湃。

既然你是我今生今世唯一的爱，
告诉你我绝不会轻易说拜拜。
我不在乎冷言冷语，
我不在乎久久的等待。

没有结束，怎知我注定要失败？
赤诚之至，我不信金石不开！
为了爱，我不在乎千重阻碍，
为了爱，我将生死置之度外。

朋友

当我拼搏的时候，

我多么想找一个鼓手，呐喊助阵。

当我疲惫的时候，

我多么渴望有一个助手，把我拯救。

当我痛苦的时候，

我多么盼望有一双温柔的手，拂去我的愁。

当我欢乐的时候，

我多么庆幸有一个伴侣，能与我分享。

当我迷惘的时候，

我多么想找一个知音，指点迷津。

当我寂寞的时候，

我便想起了爱情，想起了朋友。

第一辑 能否容纳

把你装在心间

我不能永远停留在你温柔的小炕上,
我的心飘得很远很远。
我的信念维系着巨大的翅膀,
我要寻找那广阔的空间。

我热爱那淡淡的白云,
我热爱那蓝蓝的天。
我热爱那迷离的星空,
我热爱那高高的山。

我不能老躺在你的怀里做梦,
那样我的心就会瘫痪。
我也不能奢想你太多太多的恋情,
我要扬起理想的风帆。

别说我是铁骨铮铮的男子汉,
我不忍看你的泪眼。
风见证我离去时沉重的脚步,
就让我永远把你装在心间。

壮士情怀

潇潇洒洒，走过逆旅，
从从容容，迈向风雨。
七尺男儿，满腔豪气，
何所迟疑，何所畏惧。

威威武武，直捣鬼域，
平平静静，直面顽敌。
七尺男儿，满腔豪气，
劈涛斩浪，所向披靡。

公公平平，合理处世，
自自然然，面对得失。
七尺男儿，满腔豪气，
胸怀似海，包罗天地。

轻轻盈盈，走向情意，
真真实实，面对知己。
七尺男儿，满腔豪气，
五湖漂泊，爱心不移。

第二辑 重逢在春季

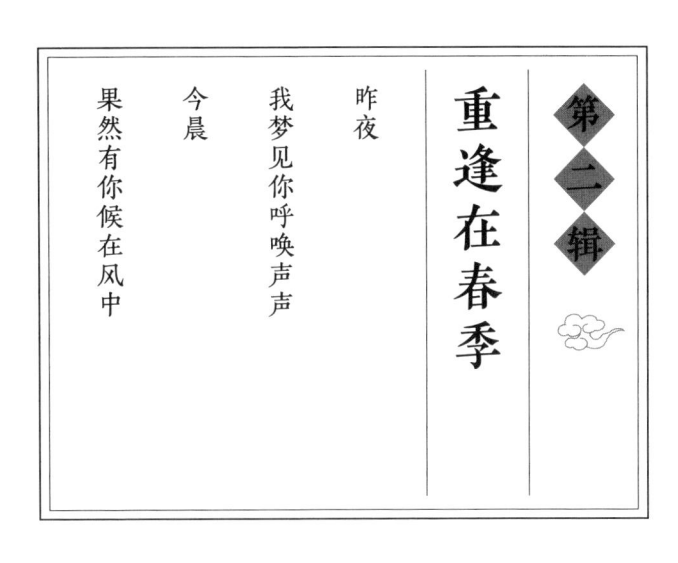

昨夜

我梦见你呼唤声声

今晨

果然有你候在风中

不让你走

明明知道你要上路,
一切都无法挽留。
但我还是紧紧抓着你的手,
不让你走,不让你走。

我的心在颤抖,
我的泪在流。
在这分手的时候,
我将头深深地埋进你的胸口。

我知道这是最后的拥有,
我知道你一去永远也不会回头。
因为,在这分手的时候,
你的眼里没有一丝留恋,没有一丝愧疚。

也许是我们的缘分已到尽头,
也许是你的心已属他人所有。
但此刻我没有哀怨,没有苛求,
只想细细地瞧,只想细细地瞅。

爱之吟

我知道这是最后的拥有,
我知道你此去永远也不会回头。
但我还是紧紧拉着你的手,
不让你走,不让你走……

海市蜃楼

曾经紧紧地握住你的手,
发誓要与你相爱到白头。
曾经像一个娇气的孩子依偎在你的胸口,
把满腹的痛苦全向你倾诉。

把你看成我今生今世最好最好的朋友,
把你当作我心头的一块肉。
可谁知一切都犹如海市蜃楼,
转眼间便消失得无影无踪。

为什么不愿在我心中停留?
为什么刚刚相爱又要分手?
为什么把我们的海誓山盟全都忘记?
为什么奉上一颗真诚的心你也不愿接受?

难道你真的就这样轻轻地走,
撇下我一去永远不再回头。
你让我往后的痛苦再向谁人诉?
你让我往后的泪水再对谁人流?

等不着你

爱之吟

等不着你，我心中烦闷，
望着漆黑的天空啊我感到孤寂。
我就像小羊羔在沙漠里迷失了自己，
我就像小婴孩被母亲抛弃。

等不着你，我心中烦闷，
望着满天的星斗啊我的心在哭泣。
拥有的时候不曾珍惜，
失去了你哟才知你不可代替。

等不着你，我心中烦闷，
失去了爱情啊生活还有什么意义。
如今我只能对着孤月叹息悲啼，
甜蜜的日子哟怎么敢回忆？

等不着你，我心中烦闷，
仰望着天空啊已经月落星稀。
不知此情此怨，何日才能绝期，
难道就这样让我一辈子等待，一辈子哭泣？

等不着你，我心中烦闷，
擦一擦眼泪啊我不再哭泣。
我要扬鞭策马寻你，
不论是千仞高山，还是万里戈壁。

第二辑 重逢在春季

我徘徊在山村的小巷

我徘徊在山村的小巷，
感到孤单凄凉。
天上没有一点点星光，
大地一片黑茫茫。

我徘徊在山村的小巷，
寻找那曾经失落的希望。
可我什么也没看见，
只有寒风在耳旁低唱。

我徘徊在山村的小巷，
感到无比空虚惆怅。
难道再也看不到那熟悉的身影？
难道再也看不到那漂亮的脸庞？

我徘徊在山村的小巷，
禁不住失去爱情的悲伤。
眼泪在我心中流淌，
钢刀绞割着我的肝肠。

惑

第二辑　重逢在春季

人们说爱情是一颗甜果，
可我却品不出其中的快乐。
欢笑里刚刚庆幸拥有，
叹息中却又悄悄失落。

人们说爱情是动听的音乐，
可她的旋律惹得我泪珠滚落。
手指鼓荡着疯狂的雷霆，
琴弦上滑下了一首首凄婉的哀歌。

爱情呀爱情，你究竟是什么？
为什么这样充满迷惑？
难道你真是一个美丽的梦幻？
难道你真是一个虚幻的传说？

我欲寻找桃源，
却走进了一片荒漠。
我欲寻访仙乐，
却在云雾中迷失了自我。

不会将你遗忘

不会将你遗忘,
我曾热爱的姑娘。
不论时间多长,
我仍然小心翼翼地将你的情意珍藏。

不会将你遗忘,
哪怕你终将逝去荣光。
可你在我心中,
却永远像一朵鲜花开放。

不会将你遗忘,
尽管你给过我痛苦忧伤。
但更多的是幸福甜蜜,
还有希望、力量和光芒。

不会将你遗忘,
我曾热恋过的姑娘。
不论时间再过多长,
你将永远占据我整个心房……

我是那片流泪的云

寒风在呻吟,
我是那片乌云,
我凝结的眼泪,
淹没了你离去的脚步。

拖着沉重的脚步,
抿着干裂的嘴唇,
随着南来北往的飞燕,
我到处将你找寻。

看到的是一张张冷漠的脸,
碰上的是一颗颗冰冷的心。
失去你的我哟,
成了一个活着的死人。

才知道知己难得,
才知道真爱难寻。
才知道你主宰了我的生命,
才知道你带走了我的灵魂!

第二辑 重逢在春季

爱之吟

我是那片流泪的云，
找遍了春夏秋冬。
我是那片流泪的云，
找遍了高山大海，找遍了荒漠森林。

苦果自己种

我在陌生的街头走动，
寻找那叫我碎心的面容。
欢欢喜喜是别人的高兴，
卿卿我我是别人的恋情。

我在熟悉的田间走动，
寻找那曾经醉人的迷梦。
歌歌唱唱是嬉闹着的双凤，
跳跳蹦蹦是无忧无虑的昆虫。

我在我的日记本里走动，
心情越来越沉重。
苦果原来是自己播种，
幸福原来是自己断送。

让时光倒流

别对我说你日子难过,
我心中也如刀割。
自从那年与你分手,
痛苦一直缠绕着我。

多少回呼唤在梦里,
多少回流泪在被窝。
多少回期盼在门前的小河,
多少回眺望在村口的山坡。

温柔的小河老唱着我们初恋的情歌,
我踏着弯弯的小河找遍了大半个中国。
青翠的松叶万年不落,
真挚的爱情噢难舍难割。

噢,让时光倒流,
让我们重新追逐在山坡。
噢,让时光倒流,
让我们重新沉醉在爱河……

是否

是否，能同唱那昔日属于你我的歌？
是否，能重温那昔日属于你我的梦？
是否，分离中还有一点点思念？
是否，黄昏之后还期待着重逢？

是否，还记得那月光下第一次的相逢？
是否，还记得那如痴如醉的爱情？
是否，还记得那幸福的眼泪？
是否，还记得那快乐的笑容？

是否，已真的忘却？
是否，已真的不再入梦？
是否，已真的得到了解脱？
是否，已真的心潮平静？

为什么回避我的追问？
为什么低着头无语无声？
为什么再也看不到那天真烂漫的笑脸？
为什么，为什么总是泪眼婆娑？

何处再相逢

曾相遇，曾相逢，
郎才女貌两痴情。
花前月下留双影，
鸳鸯枕上吐心声。

曾相逢，曾分手，
往事难回首。
柔情蜜意爱正浓，
忽而转头空。

爱似流星情似风，
来时不觉去匆匆。
几番风雨两鬓白，
夜深人静独对灯。

独对灯，四壁空，
不住泣声声。
天遥地远山水重，
何处寻芳踪？

相思浓,常寄梦,
梦中往事更伤情。
滴滴眼泪湿衣袖,
今生何处再相逢?

第二辑 重逢在春季

失去你,并非坏事

失去你,并非坏事,
我这样安慰自己。
你既然不珍惜,负我情意,
我只有迈开双脚,继续寻觅。

属于自己的永远也不会失去,
失去的又何必叹息。
满腔赤诚被你抛弃,
面对着明天噢我把头高高抬起。

也许前途冷漠又凄迷,
我不会后悔也不会再哭啼。
拭干泪、咬紧牙、毅然离去,
我要重新塑造一个潇洒的自己。

我的心在流浪

我的心在流浪，
就像柳絮一样。
今天属于你，明天属于他，
后天又不知停留在谁的身上。

不是我爱流浪，
不是我爱飘荡。
只因茫茫的人海哟，
没人肯把我的心珍藏。

我的心在流浪，
就像蒲公英的种子一样。
一会儿飘向东，一会儿飘向西，
一会儿又不知飘向哪个地方。

不是我爱流浪，
不是我爱彷徨。
面对着茫茫的人海哟，
我要寻找我停留的地方。

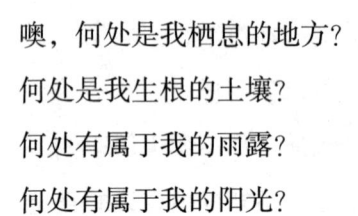

爱之吟

噢，何处是我栖息的地方？
何处是我生根的土壤？
何处有属于我的雨露？
何处有属于我的阳光？

重逢在春季

夜夜梦见你的倩影,
你竟还这样美丽青春。
十多年的风风雨雨,
难道一点也没改变你的芳容?

离别是因为我年少任性,
辜负你的一片深情。
你爱的花朵我悉心守护,
遮风挡雨只为今日重逢。

外面的世界酒绿灯红,
多情的蜂蝶总在鲜荷前停留。
痴痴迷迷是你的双眼,
急急匆匆是你归来的脚步。

只因你拿走了我的生命,
只因你主宰了我的一生。
只因你给了我甜蜜的初吻,
只因你对我一片真情。

爱之吟

哦，昨夜我梦见日落心中，
今晨果然河解冰融。
哦，昨夜我梦见阵阵春风，
今晨果然柳青花红。

昨夜我梦见悦耳琴声，
今晨果然舞燕啼莺。
昨夜我梦见你呼唤声声，
今晨果然有你候在风中。

噢，亲爱的人呀快投入我的怀中，
快感受我火热的激情！
噢，心爱的人儿快把我紧紧相拥，
让我轻轻安抚你碎裂的心灵！

亲爱的人呀快望着我的眼睛，
让我把沸腾的热流注入你的心中！
心爱的人儿快挽着我的手臂，
让我们共同走向那崭新的人生！

第三辑

迷惘人生路

分不清

东南西北何所是

挽不住

春夏秋冬似水流

爱你如初

别说针刺刀绞，我心中难受，
要去天涯海角你就默默地走。
知道千留万留也留不住你，
无奈强装笑颜向你摆一摆手。

谁说不成亲反成仇？
肝胆相照我们还是朋友。
只要你能幸福我别无他求，
爱是付出不是占有。

历尽沧桑你若思归路，
风风雨雨我在这里等候。
无碍心酸的泪，无碍霜白的头，
念你的心如火如荼，我爱你如初。

因为你

想忘掉你，偏偏又忘不掉你，
梦里心里，想的只有你。
想离开你，偏偏又离不开你，
白天黑夜，念的总是你。

想得到你，偏偏又得不到你，
追的求的，难道永远都是梦幻中的你？
甜蜜因为你，苦涩因为你，
欢乐悲愁，浮浮沉沉都是因为你。

带泪的诗笺

渡过了千条河，跨过了万重山，
日日夜夜忘不掉的，是你温柔的双眼。
你的叮咛，你的笑脸，
你的爱情噢伴我海角天涯。

不知落了几朵花，不知过了多少年，
频频回首，只因你的愁眉把我的心牵。
你的泪滴，你的誓言，
你的温柔噢是我流浪中唯一的甘甜。

不是我不想团圆，不是我不思回还，
只因我脚下的路途太长太远。
没有什么馈赠，只有一腔思恋，
飘入你梦境的，只能是这带泪的诗笺。

不眠夜

一阵阵夜风心中寂然,
一声声鸟啼平添怅惘。
一颗颗星星睡眼蒙眬,
一缕缕思念飞向远方。

一颗颗星斗忽明忽暗,
一年年盼望却难相见。
一树树花儿落了又开,
一岁岁青春一去不还。

一座座高山沉默不言,
一条条小河诉说幽怨。
一声声呼唤化作云烟,
一滴滴眼泪湿透春衫。

分手时刻

早知道劳燕分飞情谊不再，
我仍要披肝沥胆将你感动。
赤诚之至，金石为开，
难道你的心铁永难销熔？

我不怕枉费心意给你真情，
只求百年寂夜不至于悔恨声声。
筐筐情话，眼泪涟涟，
残风晓月我再一次与你紧紧相拥。

面对着你的冷漠我不甘认命，
颤抖的双手为你献上所有的赤诚。
冷风刺骨，忍着心痛，
无际的大海哟，那是我的浩浩深情。

黄昏断肠人

爱之吟

最怕这多愁多雾的黄昏，
总能勾起人思念的心神。
枯桐残柳，落叶纷纷，
归鸦寒蝉，声声哀吟。

天空几朵滴血的碎云，
大地是令人窒息的沉闷。
山也沉默，水也沉默，
独有鸡啼犬吠，流萤飞蚊。

晚风摇曳着哭泣的秋林，
落叶敲打着破碎的灵魂。
条条小路，万般踟蹰，
还是听不见你归来的足音。

怕只怕这伤人恼人的黄昏，
思念弥漫了乾坤。
飘零天涯的浪子哟，
是否也在牵挂这黄昏断肠的人。

飘零

傻乎乎我走进了寂寞的墓地，
急匆匆错过了千次万次。
回首处风卷残叶一片落红，
枯桐啼鸦，四野萧条，烟雨夜蒙蒙。

回想起往事心中阵阵绞痛，
辜负了多少纯真炽热的爱情。
沸腾的心潮噢永难平静，
如今的寂寞难道是上苍的报应？

恨只恨时光匆匆不再回头，
纵有千般悔恨也无法向你言明。
上无星，下无灯，黑暗笼罩四野，
擦一擦眼泪噢继续飘零。

第三辑 迷惘人生路

寻觅

戚戚然穷愁潦倒街头无人问,
孤孤单风中雨中相伴是何人?
声声呼山无回音冷海寂无语,
滴滴泪挥洒荒漠至死不停足。

望一望山重水复迷雾漫长空,
看一看日昏月暗心中更怅惘。
思一思如花笑颜振奋力倍增,
想一想海誓山盟脚步快如风。

风瑟瑟花开花落时光如穿梭,
雨蒙蒙草荣草枯人生太匆匆。
一瞬间冰刀霜剑白了少年头,
万万年梦绕魂牵人间相思路。

迷惘人生路

说不完卿卿我我儿女情，
道不尽恩恩怨怨人间恨。
走不完坎坎坷坷山水路，
忘不掉花花草草风月愁。

抹不去往事如烟难回首，
放不下心事沉重直摇头。
分不清东南西北何所是，
挽不住春夏秋冬似水流。

呼唤

乱哄哄大街小巷冷漠擦肩过，
闹嚷嚷千人万人憾无我知音。
静悄悄花好月圆孤灯伴孤影，
戚戚然泪流满面不住泣声声。

抬头处茫茫大海不见漂归帆，
张泪眼迷蒙烟雾万径无人还。
心儿烦叽叽咕咕偏听双燕语，
实难忍冷冷冰冰埋怨夜孤单。

星儿落雄鸡破晓送走不眠夜，
日儿升喜鹊迎来彩霞飞满天。
呼一声天南地北我爱在哪里？
唱一曲五湖四海爱我来相会。

第四辑 不能再错过

思念的情山
已迸出万丈爱火
将你紧紧
拥入我心窝

我爱

山，这样高大，这般宏伟，
怀抱里，松柏林立，
眉宇间，云绕雾缭。

水，这样宽广，这样明丽，
阳光下，波光粼粼，
春风中，一泻千里。

人，这般温和，这般俊美，
昂头处，气质如山，
谈笑间，柔情若水。

我，怎能不爱这山？！
我，怎能不爱这水？！
我，怎能不爱这人？！

女孩

一个女孩一朵花,
朵朵美丽惹人爱。
和煦的春风,微笑着脸,
温暖的春阳乐开怀。

一个女孩一朵花,
朵朵花蕊都装满了爱。
风中雨中寻君影,
日里夜里盼郎来。

一个女孩一朵花,
朵朵花瓣都写满了期待。
多情的少年呀,莫犹豫莫徘徊,
大胆地追,大胆地爱……

桃花吟

露,世间绝伦美丽,
绽,天下神韵无双。
春日枝头,笑看书生摇头晃脑高低吟,
清幽月夜,静闻蜂蝶载歌载舞伴清风。

生,潇潇洒洒爱已尽,
死,从从容容任雨淋。
离故枝,无怨无悔,
随流水,甘心为尘。

不了情

爱你两年，幸福蜜甜，
日日相见，夜夜相恋。

等你两年，意乱心烦，
山头瞭望，河边期盼。

想你两年，疯疯癫癫，
梦里呼唤，酒后胡言。

恨你两年，心如刀剜，
为何离去，再不复还？

爱你恨你，想你盼你，
夜夜天天，月月年年。

是有情，是无情

说有情，见了面，不吭声；
说无情，两相遇，粉脸红。

说有情，月光下，未同行；
说无情，睡梦中，吻丽容。

说有情，几春秋，未挑明；
说无情，互倾慕，心相同。

说有情，终分手，婚未成；
说无情，朝夕盼，相思浓……

噢，是有情？是无情？
是无情，是有情？

那时候，我们真傻

那时候，我们真傻，
啥也不敢问。
见了面，低着头，
装哑，装瞎。

那时候，我们真傻，
啥也不敢约。
吐到嘴边的心里话呀，
又狠狠地咽下。

那时候，我们真傻，
白白浪费了美好年华。
那时候，我们真傻，
留下了，一辈子的悔恨伤疤……

不能再错过

已经错过千次万次，
今天不能再错过。
扼住命运咽喉，
留住幸福欢乐。

已经寂寞千年万年，
今后不愿再寂寞。
鼓起所有勇气，
砸碎羞涩怯懦。

思念的情山已迸出万丈爱火，
将你紧紧拥入我心窝。
已经错过千次万次，
今天不能再错过……

爱你爱得好辛苦

爱你爱得好辛苦,
瘦成了一棵小柳树。
禁不住东南西北刮来的风,
抵不住四面八方飘来的雨。

爱你爱得好辛苦,
寻遍了天涯难相聚。
片片相思随流水,
东风飘愁绪。

爱你爱得好辛苦,
冰刀霜剑没少挨。
年年岁岁伴寂寥,
低头默无语。

走向春光

把门窗打开,把寂寞赶走,
洗掉满脸忧伤。
走向田野,换一身时装,
沐浴二月春光。

彩霞载舞,小鸟高歌,
春风柔柔拂麦浪,万顷菜花黄。
心情多舒畅,
天空多晴朗。

弯弯小河,哗哗清唱,
千山万岭,桃李争放。
阡陌万径绿杨柳,
天涯处处杏花香。

爱之吟

父母情

含辛茹苦把我们养大,
疲惫的心里有多少伤疤?
刀光剑影,热血倾尽,冰霜寒夜,红颜白发,
慈祥的目光,可曾祈望儿女报答?

人生的苦海博大无边,
儿女是他们黑夜里唯一的灯塔。
闯暗礁,搏旋流,劈恶浪,斗恶鲨,
含笑的嘴角,可曾流露出一句埋怨话?

噢,天下的儿女们,用什么报答,
难道滴血的心上再用刀扎?
噢,天下的儿女们,用什么报答,
难道你青春的双腿能追回那逝去的年华?

潇洒对人生

你来，我似花儿迎春光，
你去，我如鸟儿送夕阳。
晨光下，花露笑脸，甜甜蜜蜜心欢畅，
夕阳中，鸟啭歌喉，无怨无悔无悲伤。

你来，我似红桃斗芬芳，
你去，我如蜡梅傲寒霜。
春风里，蜂歌蝶舞，锦上添花满园香，
寒夜里，星月为伴，孤单只影有何妨？

我是樱，春日高照花怒放，
我是松，风吹雨打更顽强。

有这样一个女孩

朱唇儿甜滋滋,五月结红樱,
凤眼儿水滢滢,春风荡清泉。
柳眉儿描炭彩,弯弯挂新月,
柔发儿飘黑缎,丝丝垂瀑帘。

身姿儿轻柔柔,轻风摇金柳,
脸蛋儿红扑扑,鲜花挂红颧。
清眸儿若琼玉,荷钱滚露珠,
神态儿如诗画,明月描新莲。

说一声拨瑶琴,声声动心弦,
歌一曲银铃响,悦耳羞莺燕。
笑一笑摄魂魄,铁汉也断肠。
看一眼死无憾,年少二十年。

来不及盘算

愈活愈觉得世事艰难,
错过了一站又一站。
多少令人沉醉的美梦,
随流水化成了云烟。

酸涩的眼泪已经流完,
爱情的小河早已枯干。
秋风荒芜了希望的田野,
冰霜铺满了灰败的心间。

是谁的声音又在远山呼唤?
是谁的泪眼又扑闪扑闪?
是谁的情歌如此缠绵?
是谁的笑脸又在梦中闪现?

禁不住心儿阵阵乱颤,
爱海情山又横在面前。
尽管把冷漠写了满脸,
愁云遮不住燃烧的火焰。

第四辑 不能再错过

爱之吟

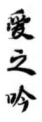

是不是又要接受命运的挑战?
是不是往昔的故事又要重演?
恍恍惚惚来不及盘算,
蹒蹒跚跚双脚已经上前……

第五辑 别唤醒我的梦

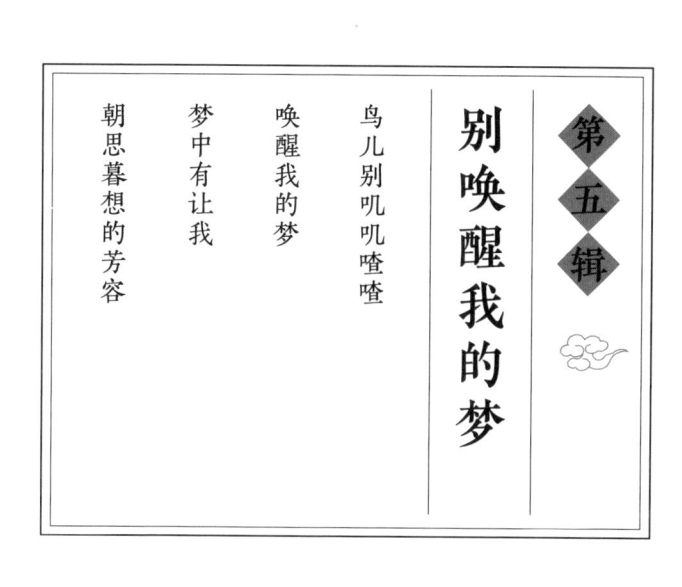

鸟儿别叽叽喳喳
唤醒我的梦
梦中有让我
朝思暮想的芳容

等你

望着渐渐远去的帆影,
心中禁不住大海般汹涌翻腾。
从此春夏秋冬潮湿的岩上,
将有一双渴望思念的眼睛。

你离开时不该频频回首,
闪亮的泪光撕碎我心胸。
既然你留恋这故乡的山山水水,
为何还要执意寻求那彩云的幻踪?

别忘了这世上仍有一份属于你的赤诚,
风风雨雨痴心伴你四海飘零。
就算花开花落星移斗转,
记忆的磁带噢永远记录刻骨铭心的真情。

想我吧,孤寂的深夜寄我一个温馨的梦,
想我吧,疲惫的时候告诉你归来的历程。
就算天塌地裂海枯石烂,
等你的心情千年万年也不会变更。

啊，月光

窗外的月光照在我的床上，
像一把银钩勾起我串串联想。
那年月光也是这样明亮，
那年苹果花也是这般馨香。

与心爱的人儿相携在阡陌，
放声把爱情的歌儿高唱。
满目桃李竞放，
一路绿柳白杨。

此刻的月光照在我的肩上，
像一支支利箭将我狠狠刺伤。
那年月光也是这样美丽，
那年油菜花也是这般芬芳。

我与我心爱的人儿相拥在田间的小路上，
泪珠串串滑过脸庞。
小河呜咽为我们伤悲，
飕飕的晓风噢，把我心爱的人儿送去何方。

啊，月光，月光，凛冽的秋霜，
洒满清泪沾湿的床帐。
啊，月光，月光，无情的银枪，
刺穿我疼痛滴血的心肠。

第五辑 别唤醒我的梦

别唤醒我的梦

鸟儿别叽叽喳喳唤醒我的梦，
梦中有让我朝思暮想的芳容。
鸟儿别叽叽喳喳唤醒我的梦，
梦中有双让我沉醉痴迷的眼睛。

鸟儿别叽叽喳喳唤醒我的梦，
让我们在梦中紧紧相拥。
鸟儿别叽叽喳喳唤醒我的梦，
让我在梦中感受这炽热的深情。

鸟儿别叽叽喳喳唤醒我的梦，
梦醒后留给我的只有孤寂与伤痛。
鸟儿别叽叽喳喳唤醒我的梦，
就让我日日夜夜、年年岁岁沉醉在梦中……

雨夜情思

天不停蒙蒙细雨，
人不断悠悠情思。
要问我为何这般痛苦，
世上只有一个人知。

谁说爱情是一部乐曲，
你说爱情是一首悲诗。
相聚有几时，
分离日日又日日。

为何要与我相识？
为何又爱得痴痴？
为何匆匆离去？
为何要留我独自？

天不停蒙蒙细雨，
人不断悠悠情思。
不知此时你在何处？
不知相聚又在何日？

寻找

走过春夏秋冬,走过冰霜雪雨,
我寻找绿绿芳草,我寻找馥郁花香。
走过高山大海,走过峻岭深川,
我寻找绮丽云霞,我寻找破浪风帆。

走过日月星辰,走过匆匆岁月,
我寻找人生希望,我寻找真理曙光。
走过孤单寂寞,走过苦难沧桑,
我寻找世间真情,我寻找幸福安康。

重逢的夜里

爱心紧贴着爱心，真诚交换着真诚，
重逢的夜里，我再一次将你紧紧相拥。
原谅我的过去，宽恕我的过错，
撕开我的衣裳，看悔恨填满心胸。

爱心紧贴着爱心，真诚融化了真诚，
皎洁的月光里，我们再一次紧紧相拥。
别再哭泣，别再哀伤，
透过你的双眼我看到了肺腑的真情。

累累的伤痕还在滴血，
万万次伤痛才将我疼醒。
辜负了你的期望，辜负了你的深情，
面对着你哟我悔恨难当、无地自容。

血红的眼里别再掉泪，
滴滴的泪珠撞得我心儿好疼。
忘掉过去展望未来，
面对着漫漫长路噢与我携手同行……

你我的世界

没有寒冷,没有冰霜,
朗朗的天空闪烁着灿烂的阳光。
没有痛苦,没有哀伤,
柔柔的春风抚开笑脸张张。

没有春残,没有花落,
圣洁的甘露滋润着甜美的心房。
没有孤单,没有寂寞,
幸福的欢乐永伴着你我。

没有猜忌,没有鸿沟,
你我的世界里洒满了温柔。
没有别恨,没有离愁,
相挽相携,相爱千秋。

生命里不再有你

别说在那遥远的异乡，你曾想我，
别说在那凄冷的雪夜，你曾寻我。
我的心已破碎，无法奏响往昔的欢乐，
痛苦哀伤的岁月里，我已习惯了寂寞。

别说在那虚无缥缈的梦中，你曾呼唤我，
别说在那高耸入云的山岩上，你曾遥望着我。
我的心已憔悴，青春不再是花儿一朵，
风摧雨蚀的季节里，我的爱已随风飘落。

别说你思我、念我、深爱着我，
别说你追我、寻我、深恋着我。
失意的时候为什么离开我？
最需要你的时候，你又躲在哪个角落？

吻我吧，别我吧，去追求新的生活，
吻我吧，别我吧，去寻找新的欢乐。
我的生命里不再有你，
独自流浪，独自漂泊。

第六辑

携着我

我爱

快把我疲惫的手牵

让我倦弱的心

停在你含秀的双肩

心不由衷说再见

我曾对你说爱你永远，
可我今天又要说再见。
无奈呀我爱，
知道你不会留恋不会心酸。

你从没把我放心上，
你唯一感兴趣的只是钱。
我诚挚的热爱你视而不见，
面对着一张张的钞票噢你笑开了颜。

尽管如此我还是哭红了眼，
我知道忘掉你多么艰难。
无奈呀我爱，
我是心不由衷地说再见。

我是心不由衷地说再见，
我时刻都盼望你心回意转，
只要你给我一丝丝温柔、一点点爱抚，
我愿将我的爱、我的一切，再次为你奉献。

爱你 恨你

朝朝思念，愈念你你愈远，
夜夜想你，愈想你心愈酸。
你呀怎忍心把情断？
你呀怎忍心扔下我不管？

年年等你，日出日落不见你，
岁岁盼你，星现星隐不见你。
你呀真狠心给我这么多痛苦！
你呀真绝情给我这么多孤寂！

多少次咬牙想将你忘记，
无奈爱你的心涛永难平息。
历尽沧桑为你漂泊，
走遍了荒漠噢只盼那芳草萋萋。

花开花落想的是你，
草荣草枯盼的是你。
咬牙切齿恨的是你，
山山水水寻觅的还是你……

真情何处找

似花儿开开落落，四季为你笑，
似月儿圆圆缺缺，夜夜将你照。
似鸟儿婉婉啭啭，声声为你歌，
似春风温温柔柔，伴你多逍遥。

钦佩你，举在头上日日当神明，
热爱你，揣在怀里珍重像瑰宝。
遇高山披荆斩棘，为你开大道，
过江海屈膝躬身，愿做脚下桥。

不珍惜赤胆忠心，你从不正眼瞧，
失去了天地方向，你去何处找？
破红尘，万丈深情早已沉海底，
泪流尽，一颗痴心碎裂早枯焦。

夜夜等你到天明

爱之吟

你不该莽莽撞撞闯进我心中，
你不该草草率率了结那段情。
若不是你勾魂夺魄的那一眼，
我怎会坠入情网深深陷泥泞。

你把爱字看得那样随便那样轻，
说合就合说散就散一瞬三变更。
你只管自己觅新弃旧好自在，
哪管他心失平衡蹒跚路难行。

你不该一时放任感情冲动，
你不该平白无故搅扰我的平静。
若不是你美如醇酒的那一吻，
我怎会醉生梦死染上相思病。

本是花好月圆莺歌燕舞春意浓，
怎奈一场暴雨爱花早凋零。
不知你心中作何感想，
我的心噢在为你哭泣为我痛。

第六辑 携着我

你可以永不回眸百呼不应,
却不该一走了之不再入梦。
若不是如痴如醉那一个夜晚,
我怎会如此留恋如此珍重。

知道怨天怨地怨你都无用,
想起那份情过早夭折好心痛。
如果有朝一日你顾念旧情,
我在老地方夜夜等你到天明……

走出小屋

请你走出小屋看看,
眼前一片春光灿烂。
花儿露着甜甜的笑脸,
小鸟呀把你深情呼唤。

请你走出小屋看看,
绚丽的彩霞多么娇艳。
多情的蝴蝶将你围绕,
温柔的春风哟吻着你的脸蛋。

请你走出小屋看看,
美妙的人生多么浪漫。
莲池里对对嬉戏的鸳鸯,
白云间双双比翼的紫燕。

请你走出小屋看看,
壮丽的世界多么令人留恋。
高山上树起磐石般的信念,
大海里再次鼓荡你爱的航船。

真不知爱你这么深

真不知爱你这么深，
尽管你刺痛我的心。
为你祈祷，为你祝福，
为你掉泪，为你伤情。

真不知爱你这么深，
尽管你刺痛我的心。
想你日日夜夜，盼你秒秒分分，
为你徒守寂寞，虚度青春。

真不知爱你这么深，
尽管你刺痛我的心。
天涯把你找，海角将你寻，
为你历尽沧桑浮沉……

第六辑 携着我

爱之吟

牧人

一只迷路的小羔羊，
引颈哀鸣张望。
黑暗填满了山谷，
路途被荆棘阻断。

月儿哪里去了？
星星在乌云后躲藏。
豺狼扬起了前爪，
乌鸦适时地喊丧。

噢，一支熊熊的火炬将前路照亮，
你张开双臂将我拥入火热的胸膛。
亲爱的牧人呀，你轻轻拂去我的忧伤，
带我走进了温暖，走进了春光。

摘一朵彩云做你的裙裳，
千山万水永伴你身旁。
美丽的牧人呀，我热爱的姑娘，
我在为你祈祷，我在为你歌唱。

无悔无怨

冰霜熄不灭爱情的火焰，
刀剑割不断真挚情缘。
高山挡不住长翅的思念，
大海冲不淡心中诺言。

虽然你我天各一方，永难相见，
云来雁往，我们的心儿紧紧相连。
虽然孤独难忍，青春不解红颜，
心中有爱，我们的生活苦中有甜。

冰霜熄不灭爱情的火焰，
刀剑割不断真挚情缘。
高山挡不住长翅的思念，
大海冲不淡心中诺言。

虽然你我分离，一年又一年，
年年岁岁，我们的心儿紧紧依偎。
虽然时光无情，秋风吹皱了红颜，
执子之手，一辈子我们无悔无怨。

再一次春光

再一次春光,
照在我脸上。
赶走了哀伤的愁云,
描成了笑脸一张。

再一次春光,
照在我心上。
送入丝丝暖流,
融了千年冰霜。

再一次春光,
照在田间的小路上,
照着初放的鲜花,
照着我心爱的姑娘。

携着我

过一道河,跨一座山,
翻一座岭,闯一道关。
山连山,关连关,
山高水远我尝尽了人间冷暖辛酸。

扬帆苦海,放马平川,
走过昨夜,迈向明天。
昨日复昨日,明天又明天,
星移斗转,我还要面对多少爱恨悲欢?

别说我是铁骨铮铮的男子汉,
我心中亦有无数柔弱的泪泉。
不让人看到痛苦哀伤的双眼,
昂首挺胸强示威武强装笑颜。

我爱,快把我疲惫的手牵,
让我倦弱的心停在你含秀的双肩。
给我一份力量,给我一丝温暖,
携着我走向光明走向天险……

第七辑

珍缘

就让青春的浪潮
翻越这铁筑的堤坝
让爱情的王子
去寻找那温柔的意境

狂妄的风

我知道你的爱情,
多么纯净。就如同,
荷叶上的露珠,
那样晶莹。

我知道你的爱情,
多么神圣。就如同,
月中的嫦娥,
万众景仰。

我知道你的爱情,
多么朦胧。就如同,
天边的云彩,
如幻如梦。

但我倔强的心,
总不肯认命。就如同,
狂妄的风,
妄图将你的琴弦拨动。

情痴

如果你的爱情
是一块坚冰
我就用火热的激情
把她消融

如果你的爱情
是一块顽石
我就敞开柔软心胸
与她万年相拥

如果你的爱情
是一场酣梦
我就扔掉所有的阳光
夜夜相候

听说

听说你要寻找美丽的天堂,
你所有闪亮的梦想,都在我的心间。
蝶舞翩翩,鸟歌绵绵,
还有五颜六色的芬芳花环。

听说你要寻找广阔的空间,
我透明的心,就是一片无边的蓝天。
任你穿越,任你飞翔,
任你尽情挥洒所有的悲欢。

听说你要寻找童话中的岛屿,
我爱之舟,早已为你升起了白帆。
载着你的憧憬,载着你的渴望,
劈涛斩浪,驶向梦中的港湾。

听说你要寻找理想的伴侣,
我纯净的灵魂,愿把你的心牵。
越过高山,穿过丛林,
渡过江海、驶向温柔、迈向明天……

你是否明白

花开的清晨，我满腹怅惘，
寂凉的雨夜，我渴望阳光。
不见你的时候，无限向往，
见了你，心慌乱口难张。

多少话儿想对你讲，
多少相思心里藏。
深情痴爱挣扎在梦中，
矛盾自卑徘徊在心上。

我怯懦吗？我敢寻衅死亡，
我勇敢吗？我不敢面对忧伤。
艰难人生，我是所向无敌的战将，
温柔情场，我却不如一个腼腆的姑娘。

朋友，你是否理解，
理解我深情忧郁的目光？
朋友，你是否明白，
明白我爱你想你的衷肠？

珍缘

让我们珍惜这祈祷了万年的缘分
就如同用殷血浇灌这嫩绿色的生命
失去了两山间美丽的彩虹
也许永难找到宜人的风景
错过的日月，一亿年也难重逢

就让青春的浪潮翻越这铁筑的堤坝
让爱情的王子去寻找那温柔的意境
若真的夕阳回首
那一定是一个
彩色的笑容

雾漫心月

你的眼睛像一泓清泉温柔纯净
但不知群星闪烁的夜空
你是否能找到那带泪的
星星

你的心灵像一盏暗夜里的灯闪烁光明
但不知摩肩接踵的闹市上
你是否能感受到那沉重的
衷情

真不知你是醒是梦
你脚下的风总是来去匆匆
面对着漫天的迷雾我心惶恐
朦胧

读你

在我的眼里你是一只
美丽可爱的小鸟
但不知你的心中
我是花是草

在我的心中你是一件
无价的珍宝
但不知你的心里
我是稗是稻

真想读懂你的心
消除我重重困扰
我如痴的双眸透过你厚重的眼帘
千遍万遍将希望寻找

我

爱之吟

我把所有的云霞
都织进情丝
让她把最绚丽的风采
奉献给你

我为所有的花朵
都洒上春雨
让朵朵动人的美丽
都散发着情意

我给所有的梦想
都蒙上一层神秘
让爱神高超的艺术
把你的思绪牵系

寄你一个梦

夜寂静，月朦胧

奏响凄婉哀伤的笛声

有谁知那孤独寂寞

愁苦的心情

总想寄你一个梦

采一朵粉色芙蓉

把泪的晶莹、心的疼痛糅入熏风

送入你心中

只有你知道那相思鸟

弯弯曲曲的路径

再没有人读得懂

那血丝密布的眼睛

人生如梦

人生如梦，梦中明丽又朦胧
多少欢笑，多少伤痛
多少闪亮的星星
在泪光中错过
又在偶然间相碰

人生如梦，梦中激荡又平静
哭泣中分手，欢笑里相逢
多少怨恨衷情
在眨眼间幻灭
又在知与不知中萌生

人生如梦，梦中层层叠叠多少重
谁能把握失败，谁能把握成功
谁能把握命运的风
是西是东
是沉是升

第七辑 珍缘

人生如梦，梦中世界谁能看得清
管它平坦，管它泥泞
冰霜雪雨挡不住万里行程
渡一道江河，越一座山峰
酸甜苦辣通通埋藏在胸中

第八辑

抛锚

就算莫测的世界
骤起风暴
我在你的心窝里
依然逍遥

萍水相逢

我拖着沉重的脚步向你走来，
你张开双臂将我拥入胸怀。
从此人世间再也没有寒冷，
阳光下到处是醉人的春风。

难道几十年的等待
就是为了这瞬间的心动？
难道几万里的路程，
就是为了这梦中的芳容？

这不是偶然的相逢，
这是前世早已经注定。
我的目光牵动着你的心扉，
你的微笑支配着我的生命！

千万不要与我分离，
让我尽情地陶醉！
千万不要与我分离，
就让我融化在你的怀里。

爱之吟

既然我们已经相爱

既然我们已经相爱，
那就让我们大胆地敞开爱的胸怀。
迎接痴情的曙光，
拥抱那属于我们的世界。

既然我们已经相爱，
就让我们爱得痛痛快快。
忘掉一切痛苦烦恼，
把甜蜜的歌儿送到九霄云外。

既然我们已经相爱，
就让我们永远不要分开。
火热的激情大海一样澎湃，
圣洁的爱情如同闪烁的明星与日月同在。

既然我们已经相爱，
爱情的天地里我们就不必再犹豫徘徊。
携起手来冲破一切困难阻碍，
团结起来共同创造一个崭新的未来……

我听不够你的声音

我，听不够你的声音，
我，看不够你的微笑。
看见了你，
心儿就要陶醉了。

你的声音那么美妙，
你的微笑那么美好。
每当我看见了，
双颊就有一把甜蜜的火烧。

我，听不够你的声音，
我，看不够你的微笑。
看见了你，
心儿就要陶醉了。

你就像轻盈的燕子在天空中唱着歌谣，
你就像美丽的桃花在春风里微笑。
我看见了，我听见了，
就舍不得离开了……

我，听不够你的声音，
我，看不够你的微笑……

第八辑 抛锚

你是我心中的一朵鲜花

你是我心中的一朵鲜花,
我用心血为你灌洒。
为了你更加艳丽芬芳,
我不怕辛劳不怕风吹雨打。

你是我心中的一朵鲜花,
温暖的心房就是你的家。
真诚和痴爱你永远拥有它,
它伴你海角天涯。

你是我心中的一朵鲜花,
你美丽的容颜将永放光华。
这里没有暴雨潇潇,这里没有秋风沙沙,
只要我没倒下……

你

无论春阳，多么温暖，多么灿烂，
若没有你，我的心中，
仍是一片凄冷，一片黑暗。

无论冬夜，多么漫长、多么阴暗，
只要有你陪伴，我的心，
就会燃起一束明亮的火焰。

无论生活，多么诱人、多么浪漫，
若没有你，我忧郁的心，
怎会欢畅，怎会甘甜？

无论命运里，还有几多坎坷、几多磨难，
只要有你陪伴，我的激情，
永远不会退却，永远不会疲倦。

我不能不写诗

我从没奢想成为诗人,
但我决不能不写诗。
就像蜜蜂不能不酿蜜,
就像春蚕不能不吐丝。

尽管世界之大无人赏识,
你的心是我走红的园地。
我不能不写诗呀,
亲爱的,你是唯一知我爱我的编辑。

只要你对着我的诗稿绽一抹满意的微笑,
只要你在诗笺上留下了感动的泪迹。
你给了我无穷无尽的灵感,
你使我将腐朽化为神奇!

我曾得到你无数次的嘉奖和恩赐,
那是我财富中最辉煌的一笔。
只要日月不息生命不止,
亲爱的,我心中还有万万卷爱你的诗集……

把我的心给你

如果你的胸怀是一片广阔的蓝天，
我愿化作一朵白云永远将你依恋。
如果你的胸怀是一座温柔的港湾，
我就是一艘停泊在你心间的小船。

如果有一股春风将你的头发吹散，
那是我在亲吻你桃花般的脸蛋。
如果有一颗星星对着你目光闪闪，
那是我一双痴迷的泪眼。

阳光下有我的爱恋，
月夜里有我的思念。
爱人呀，把我的心给你，
让它永远永远将你陪伴。

星

也许我是你满天星辰中的一颗,
但你却是我黑夜里唯一的光明。
我生命的舟,大浪里
就靠你指引航程。

也许我在你的夜空里会被时光吹落,
但你却是我心目中永远也抹不去的晶莹。
我寂寞的心,寒夜里,
就靠你寄托一个温馨的梦。

我默默地祈祷,
我虔诚地祝福。
我用我整个的生命,拥抱这,
灿烂的晴空。

梦中女神

像朗朗的天空没有一丝阴云，
像清清的湖水没有一粒泥沙。
闪亮的眸子露珠般清纯。

像初升的太阳闪烁着红光，
像多情的彩霞飞上了面颊。
漂亮的脸像出水的莲花。

像婀娜的细柳在春风中摇曳，
像翩翩的飞燕在天空中起舞。
美丽的曲线鬼斧神工。

像万道光芒将我灵魂净化，
像千缕情丝将我双足牵绊。
如春的温柔情意绵绵。

第八辑　抛锚

抛锚

几经辗转,几经漂泊,
我爱之舟,终于在你的心海里抛锚。
心不再流浪,梦有了航标,
我阴郁的脸上绽开了微笑。

就算莫测的世界骤起风暴,
我在你的心窝里依然逍遥。
我用我整个的生命把你热爱,
你用你万丈的深情将我拥抱。

第九辑 晶莹的泪滴

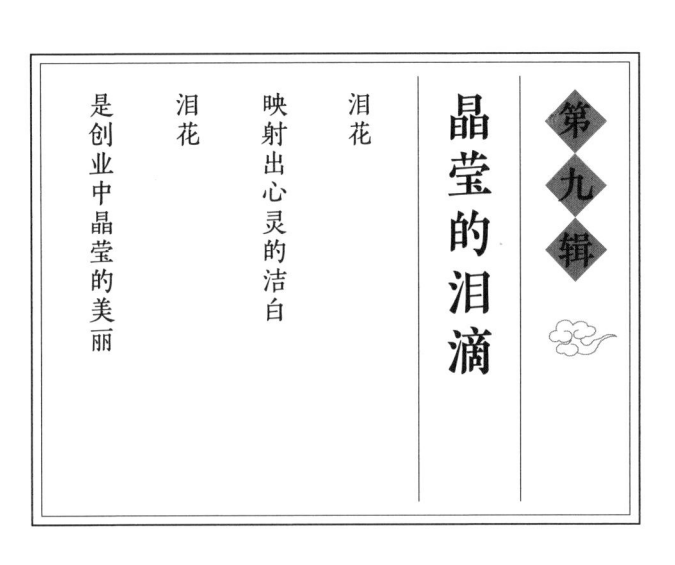

泪花
映射出心灵的洁白
泪花
是创业中晶莹的美丽

荷

你没有故意显露，
一切都出于自然。
可在你的面前，
却有一双惊叹的眼睛。

你对我极为冷淡，
但我却偏爱与你攀谈。
在你美丽芳香的花蕊里，
有我永远也读不完的情话。

第九辑　晶莹的涧滴

赠君

目若晴空朗星,
脸如桃花初红。
疑似嫦娥落仙境,
不敢自作多情。

既然命中注定,
何必萍水相逢。
有心当作陌生人,
谁知偏偏入梦。

爱之吟

眼神

不必絮絮叨叨地诉说，
不用前前后后地殷勤。
心与心的联系，
只要一个诚实的眼神。

不要五彩斑斓的虚伪，
只需一缕朴质的纯真。
不论多么纷乱的情场，
你便可以撷取那最美丽的灵魂……

满足

天天送我鲜花,
不如在我心田里播一片绿。
鲜花总有凋谢时,
心中的春天永不离去。

天天对我说情话,
不如送我一缕温馨的含蓄。
一抹微笑、一个眼神只要出自心底,
我渴望爱的心便会满足……

无须破译的密码

何必要我说爱你,
从我的眼里难道你读不出情意?
何必要我天见天地陪你,
心中有爱,人在天涯心相依。

高声喊出的未必就是真爱,
真爱是心与心的默契。
你我已是两部息息相通的电台,
难道发出的密码还需要破译?

莫名相思

日出的时候，
总愿化作彩云相望。
日落的时候，
总是变作炊烟彷徨。

潮起的时候，
总是伴着浪花歌唱。
潮落的时候，
禁不住痴心荡漾。

梦醒的时候，
总是那样朦胧那样迷茫。
入梦的时候，
总是那样清晰那样明亮。

勿忘我

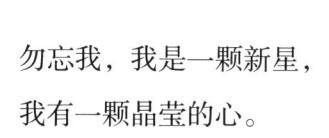

勿忘我,我是一颗新星,
我有一颗晶莹的心。
勿忘我,我是一株小草,
虽不起眼,却满怀是春。

勿忘我,我是一片彩云,
向往你,不分黄昏清晨。
勿忘我,我是一片寂寞的森林,
等待你,任风吹,任雨淋。

第九辑 晶莹的洞滴

晶莹的泪滴

爱之吟

我是一个爱流泪的人,
也许正当我流泪的季节。
欢,我流泪;悲,我流泪;
哭,我流泪;笑,我也流泪。

泪花,映射出心灵的洁白,
泪花,是创业中晶莹的美丽。
胜,我流泪;败,我流泪;
爱,我流泪;恨,我也流泪。

泪花呀,青春的专利……

野草花

不要仓促地从我的面前走过，
是不是你向往的那一朵？
朋友，请驻足蹲下细细地琢磨。

我不是牡丹，也不是鲜荷，
我，就是我。
默默无闻，独绽在山坡。

不娇扮，不粉饰，
自自然然，从从容容，
把纯洁奉献给你，把赤诚装在心窝。

泉·小湖泊

过深沟，跨荒漠，
千里跋涉，
只为投入你温柔的心窝。

一日我们终于融合，
合成一潭永恒的欢乐。
我心有你，你心有我！

就算被无情的季节冷却，
生既相爱，死怎分开？
那透明的冰块噢，不正是拥抱着的你我？

谢谢你

南燕北归一个吻，
打破了小小池塘久久的沉寂。
碧绿荡漾着涟漪，
说一声："谢谢你！"

冬去春来一片情，
绿绿的小草充满生机。
轻风吹来一片碧浪，
花儿笑了："谢谢你！"

日出日落想着你，
安然舒坦无比甜蜜。
千言万语难开口，
心轰鸣："谢谢你！"

第九辑 晶莹的洞滴

石拱桥

爱之吟

月上槐树梢,四野静悄悄,
石拱桥,人比花更俏。
嫣然一笑,手扶长辫梢,
一低头,丽影消。

天苍苍,路迢迢,
雾漫漫,何处找?
夜夜梦绕石拱桥,
思念暮暮朝朝。

思念如日月

天上的星星，谁能数清？
心灵的谜底，谁能道明？
日里夜里，总在想你，
爱上了，反倒心绪不宁。

白天，东瞧西瞅寻找你的倩影，
晚上，还在梦中温习你的丽容。
思念如月，圆了又缺，
思念如日，落了又升。

第九辑　晶莹的洞滴

松

没有花儿的娇媚，
没有藤儿的柔软。
英姿勃勃，潇潇洒洒，
傲立悬崖，昂首天际。

任，鹰呼雀唤，
任，云雾迷蒙。
过千年万载，此心不移，
忠诚，永远属于怀抱里的大地！

就算，刀砍斧劈，
就算，风折雷击，
就算，化为灰烬，
也要给心中的情人，留个常青的回忆。

珍重今朝

珍重今朝，今朝一去不再来，
今日花卉，明日不会重开，
明日重开的，不再是今日的蔷薇。

珍重今朝，今朝一去不再来，
今日阳光与明日同样灿烂，
明日的朋友噢怎是今日的情怀？

珍重今朝，今朝一去不再来，
今朝的山，今朝的水，
今朝的情意噢心里埋。

第十辑

十八岁

容颜聚集着

十八年的春色

心里藏着

六千五百多个梦

蝉变

悠悠东风枯荣着春花，
一日一日我渐渐长大。
长大的自己，自己也感到陌生，
常常惊诧这微妙的变化。

嫩白的脸上绽开两朵红晕，
无故的冷漠却爬上了朱唇。
晴朗的天空忽然变化，
悄悄飘来一抹淡淡的愁云。

深深眷恋往昔的单纯，
不知不觉变成了一个寂寞的人。
模糊的目光里不再有真实的表白，
连步态也那样深沉。

活蹦乱跳只能是记忆中的欢乐，
渴望追求只有在梦中蹉跎。
常常想对着天空大呼大喊，
冷眼将冲动深深压抑在心窝。

爱之吟

有人赞美典雅文静,
嘲笑讽刺的是怎样的激情?
缄默的火山终要爆发,
勃勃的生命谁在乎无谓的虚荣?

朋友,快来跳舞,美好的时光莫耽误,
朋友,快来唱歌,年轻的心不能再孤独。
你挽着我,我挽着你,
让心与心撞击出一串快乐的音符。

缘起

呆呆地望着我,傻傻地笑,
心中泛起层层春潮。
慌慌张张擦肩而过,
谁知偏偏碰个正着。

扑通扑通心儿狂跳,
迈开双脚风一样奔跑。
羞红的脸蛋火一般灼烧,
额头的汗水暴雨般浇。

呆呆地望着,我傻傻地笑,
为什么到我梦里搅扰。
平静的心湖不再平静,
你似一叶小舟在我心海里漂游。

挥一挥长鞭将你赶跑,
拿一把金锁将心扉锁牢。
别再对着我痴痴地傻笑,
梦醒之时就会把你忘掉。

爱之吟

呆呆地望着，我傻傻地笑，
缕缕情丝在你眼睛里闪耀。
那样温柔那样真诚，
难道这就是我要寻找的？

火红的太阳爬上了树梢，
张开双臂，将你紧紧地拥抱。
花儿在祝福，鸟儿在祈祷，
愿我们相亲相爱白头到老。

偏航

没有星光的夜里，告诉自己不能偏航，
有心无心浑浑噩噩与你相撞。
两颗心儿裂成了碎片，
片片都在回忆中荡漾。

别说我经验不足苦酒自酿，
放舟情海谁能把握好方向？
自己的心常常对自己说谎，
何况黑漆漆雾腾腾一片迷茫。

潇潇洒洒勾掉那笔旧账，
向前看修复破裂的心房。
面对着未来放声高唱，
苦海的尽头是一轮灿烂的朝阳……

常常

常常埋怨自己的轻率无知,
但后悔如今已迟。
你的爱情已融进了我的生命,
心留下了永不磨灭的痕迹。

尽管你在我的眼里消失了踪影,
夜夜孤枕都在温习有你的曾经。
历尽劫波美梦终成空,
你如火如荼的温情足够抚慰我余生。

常常庆幸自己拥有过真情实爱,
只悲好花不再重开。
秋风瑟瑟,片片落红是你的背影,
山巅河旁,花前月下是我的等待。

尽管我常常安慰自己不要悲哀,
孤独的小舟游不出冷寂的苦海。
我知道失落的往昔无法挽回,
但痴迷的双足总不自觉地在你出没的地方徘徊……

害羞

常常对自己说别再害羞,
勇敢地面对执着的追求。
可见到了你却抬不起头,
擦肩而过匆匆溜走。

你模糊的容颜我从未细细地瞅,
未曾分辨是黑是白是俊是丑。
可我的心儿总盼望与你相遇,
温习不厌是那滋肝润肺的丝丝暖流。

常常对自己说别再害羞,
让生命尽情地拥有。
但总不敢握住你颤抖的手,
畏惧在心里跳个不休。

突然一朵乌云遮住了火红的日头,
你沮丧的脸上蒙上了一层灰色的恨愁。
有心挡住你离去的脚步,
使不动,使不动是那羞涩的双手……

第十辑 十八岁

不在乎

我不在乎你欣赏不欣赏我这样的女孩,
我总是不停步地追着,斗胆地爱着。
腐朽的封建礼教不能将我束缚,
自卑害羞的锁链早已被我挣脱。

现在不再是男人选择女人的时代,
每个人都有权选择自己的所爱。
潇潇洒洒将一切障碍踢开,
寻寻觅觅只为一个让我倾心的男孩。

我不在乎你欣不欣赏我这样的女孩,
面对着真诚我将心扉敞开。
人生的道路曲折遥远,
多一个朋友多一份关怀。

别以为我行为放荡轻浮轻率,
清纯的心儿琼玉般洁白。
我将赤诚奉献友谊,
友谊的花朵在我心野盛开。

第十辑 十八岁

我不在乎你欣不欣赏我这样的女孩,
自己的信念不需别人崇拜。
爱恨悲欢,成功失败,
自己把握自己的未来。

欢畅的音乐里尽情地摇摆,
浪漫活泼我是新时代的女孩。
我不在乎别人的评价是好是坏,
引吭高歌呼唤着友谊,呼唤着爱。

爱之吟

信

孤独的时候接到你的信,
空旷的屋子里仿佛多了一个人。
孑然的心不再寂寞,
默默享受你的温存。

痛苦的时候接到你的信,
就好像收到一个甜吻。
受伤的心不再疼痛,
欢乐的世界里一片温馨。

快乐的时候给你写封信,
一份欢乐两个人分享。
你是我今生今世最好的朋友,
余生怎么能忘掉你。

幸福的时候给你写封信,
告诉你,你是给我幸福的人。
隔山隔水无所赠,朋友,
洁白的信封里包着颗赤诚的心……

走出旋涡

让我走出这爱的旋涡，
汹涌的情浪几乎吞没全部的我。
我不敢把生命交给上帝审判，
幼嫩的心共振着远方的呼喊。

我想回到平静单纯的往昔，
呼吸那自由自在的空气。
渴望蓝天的雄鹰总要展翅，
不甘愿困在笼子里。

让我走出这爱的旋涡，
激荡的温柔中我迷失了自我。
我不敢把脚步永留在你的心窝，
远方的彩虹唤我蹚过爱河。

藏起你真挚火热的情意，
挣开你锁链般的双臂。
浩瀚的海洋里找回我自己，
荡一叶小舟将真理寻觅。

十八岁

爱之吟

容颜聚集着十八年的春色，
心里藏着六千五百多个梦。
无忧无虑走向生活，
昂首阔步迈向人生。

坚定执着是一行寻觅的脚步，
闪光明亮是一双渴望的双眼。
痴心寻找世间真情，
哪管他高山峻岭风雨泥泞。

身体经受了十八年的养育磨炼，
生命融会了无数的英雄豪杰。
澎湃的热血不甘平庸，
崇高的信念驭狂龙飞腾。

电打雷击折不断理想的翅膀，
刀山火海不退却壮志豪情。
娇花弱柳与我们无缘，
我们是搏击风浪的雄鹰。

第十一辑

携手同行

山连着山

云挽着云

让我们

渐渐地靠近

走入我心田

无聊一天天，乏味一年年，
年轻的心在空虚中打转。
这也不想做，那也不想干，
愁眉苦脸尽往牛角里钻。

踟蹰在月下，徘徊在花前，
六神无主，意乱心烦。

孤独一天天，寂寞一年年，
儿时的欢乐再也看不见。
黄连不知苦，蜜糖不觉甜，
浑浑噩噩将痛苦尝遍。

茫然在河旁，沉默在山巅，
忧心欲碎，愁肠寸断。

爱之吟

渴望一天天，等待一年年，
谁能给我一个快乐的初恋。
春日说情话，冬夜两缠绵，
冷冷暖暖陪在我身边。

托言高飞燕，寄语白云端，
君若爱我，走入我心田。

年轻人

年轻人，人人爱，
姑娘长得美，小伙长得帅。
不论高低胖瘦，
个个都像鲜花开。

牡丹有牡丹的韵味，
玫瑰有玫瑰的情怀。
就连山下的小草花，
也有她迷人的姿态。

年轻人，太可爱，
意气飞扬，热血澎湃。
他们是时代的弄潮儿，
他们是地球的主宰。

悲欢一肩担，
困难脚下踩。
没有什么堡垒，
他们攻不下。

爱之吟

年轻人,也有点怪,
可以没吃没喝,但不能没有爱。
失恋的姑娘瘦如柴,
寻爱的小伙直发呆。

年轻人呀年轻人,不要颓唐不要悲哀,
青春的岁月写满了时不我待。
生命不在今日绽放,
就在明天缅怀。

等你千万年

我在这里等你。一千年一万年，
不见不散，只为那前生注定的缘。
送走春夏秋冬，迎来岁岁年年，
哪怕熬碎痴心，哪怕山河望断。

也许前生有所恋，也许前生有所欠，
怀德怀恩，今生今世定奉还。
虽然我们不曾相见，我却熟悉你的脸，
只要你一出现，我心就在呼唤。

仰起你的头，擦亮你的眼，
我会在你寻觅的地方出现。
朋友，不见不散，
等你一千年，等你一万年……

美妙的旋律

踩着跳跃的音符,跟着时代的脚步,
你就不会掉队,你就不会落伍。
阳光明丽,春风和煦,
年轻人应当努力进取。

不论前程是风是雨,
昂首迈向人生之旅。
也许会与厄运错过,
也许会与梦想相遇。

跟着快乐的音符,踏着迪斯科舞步,
你就不会寂寞,你就不会孤独。
长吁短叹,是种错误,
年轻的心不应当痛苦。

生活里少不了欢歌笑语,
年轻人应当载歌载舞。
人生的舞池飘满了花絮,
浪漫的生活奏出美妙的旋律。

携手同行

山连着山，云挽着云，
我们渐渐地靠近。
既然已经相识，就不再是陌生人，
互付真诚，彼此信任。

就像鲜荷一样脱俗清纯，
拥有你胜过拥有万金。
谁说男女之间只能成为情人，
我要与你共享一份友谊的温馨。

手牵着手，心连着心，
昂首迈向拥挤的人群。
走过嫉妒的沙漠，走过嘲笑的丛林，
走过真诚的喝彩，走过羡慕的眼神。

你有一颗正义善良的心，
今生今世难舍难分。
谁说爱情是感情的最高水准，
我要让你知道友谊更能震撼人的心扉。

爱之吟

梦牵着梦,魂系着魂,
我们像同胞兄妹一样亲。
你的目光如吻,我的笑容如春,
你擦干我的眼泪,我抚平你的伤痕。

别管他人怎样议论,
携手奔向明丽的仲春。
朝霞似火,山花如银,
人生路上留下一串快乐的脚印……

春风之歌

带着千年的向往，
带着万年的思念。
带着切切的爱慕，
带着深深的眷恋。

走过痛苦的河，
走过寂寞的山。
走过荒芜的园，
走过忧虑的湾。

带着清润的晨霭，
带着明丽的春光。
带着婉转的莺歌，
带着浓郁的花香。

走过悲伤的雨，
走过冷漠的霜。
走过牵衣的网，
走过绊足的桩。

爱之吟

带着圣洁的爱心，
带着甜蜜的温情。
带着美好的祝愿，
带着满腔的赤诚。

走入你的心海，
走入你的春梦。
走入你的爱情，
走入你的生命……

你我不能缺

不能没有你，不能没有我，
生活里你我不能缺。
没有你就没有色彩，
没有我就没有欢乐。

你就像晶莹的星星，
点缀着寂寞的夜空。
你就像美丽的鲜花，
装饰着空虚的心灵。

你就像和煦的春风，
包裹着柔柔的温情。
你就像快乐的夜莺，
歌咏着深宵的美景。

不能没有你，不能没有我，
生活里你我不能缺。
没有你就没有色彩，
没有我就没有欢乐。

第十一辑 携手同行

爱之吟

你就像明丽的春光，
抚慰着荒芜的大地。
你就像绵绵的春雨，
滋润着干枯的心田。

你就像彩色的蝴蝶，
情意依依。
你就像多情的王子，
让我痴迷。

远方的你是否安好

远方的你是否安好?
不知梦里问过多少。
寻你的路千里迢迢,
想你的心万年不老。

是否脸上常挂着微笑,
千万别被忧愁压弯脊腰。
孑然天涯你并不寂寥,
我的爱阳光般将你围绕。

远方的你是否安好?
日日夜夜为你祈祷。
你的成功是我的荣耀,
失败了也不必烦恼。

人生路上不尽是阳关道,
有山有水也有独木桥。
走过冬夜便是春朝,
走过痛苦便是欢笑。

爱之吟

远方的你是否安好?
真诚地送你一支歌谣。
我的爱在词句间燃烧,
我的情在音符里跳跃。

寂寞的时候不必心焦,
引吭高歌快乐逍遥。
纵然你我相隔千里,
我们的心在紧紧地拥抱……

不要冷落我的心

不要冷落我的心，
我的心好真。
自从相识到如今，
爱你日日深。

等黄昏盼清晨，
寻荒漠找密林。
夜夜梦里不离分，
君心牵我魂。

不要冷落我的心，
我的心好纯。
自从认识到如今，
就爱你一人。

任鲜花美如云，
任流水绕足跟。
心中印着你的吻，
只有你最亲。

第十一辑 携手同行

爱之吟

不要冷落我的心,
我的心好沉。
自从相识到如今,
天天怕离分。

你步态好轻盈,
我心中重千钧。
夜夜寂月照空门,
偷偷拭泪痕……

昂首走向前

聚聚散散，苦苦甜甜，
不要伤心，不要埋怨。
生活的本身，
苦乐参半。

好花几时开？好月几时圆？
心让合就合，心让散就散。
不必强求，
顺其自然。

没悲就没欢，没苦就觉不出甜，
生活本身就是一种体验。
忧愁抛脑后，
真情藏心间。

聚聚散散，苦苦甜甜，
不要伤心，不要埋怨。
生活的本身，
苦乐参半。

爱之吟

花开花又落,月缺月又圆,
拥有当珍重,失去莫留恋。
聚聚散散,
皆有缘。

乐极常生悲,苦过也有甜,
也许明天会有新发现。
凶吉不必卜,
过眼皆云烟。

开心的话只能对别人讲

不要伤心不要掉泪,这话只能对别人讲,
厄运一旦降到自己头上,谁能不悲伤?
梦想难以实现,心儿受到了重创,
炉火前觉不出温暖,晴天里看不到阳光。

如果有人对失败报以微笑,只是自欺欺人撒个谎,
回到家里同样会涕一把泪一把,大哭一场。
有血有肉的人,就是肺腑有肝肠,
试着问问自己是否愿把苦果品尝?

不要伤心不要掉泪,这话只能对别人讲,
厄运一旦降到自己头上,谁能不悲伤?
离开痴迷的情人,失去心爱的姑娘,
美妙的音乐奏不出欢乐,山珍海味也难入愁肠。

微笑挂在脸上,钢刀切割着肝肠,
心中有多少无奈,只好装模作样。
有血有肉的人,谁不怕寂寞谁不怕忧伤,
试着问问自己能否饮下穿肠的汤……

菊花香里又相逢

爱之吟

柳比身姿花比容，
笑靥盈盈常入梦。
人生路上曾相逢，
相亲相爱情意浓。

一声惊雷平地起，
风吹雨打散浮萍。
花前月下常伤悲，
孤单只影空涕零。

花凋花谢花又红，
月缺月落月又明。
生命易了情难了，
菊花香里又相逢。

爱似云霞天边生，
心如碧海春潮动。
剖肝沥胆诉别意，
敞开心扉续前情。

心诚心宽爱常存

说了几千年的爱，唱了几千年的爱，
提起爱字人人笑颜开。
你也渴望爱，他也渴望爱，
为了爱字生死抛脑外。

不知是爱太少，不知是人风骚，
爱来爱去爱了个大烦恼。
今日对面笑，明朝冷漠瞧，
不知不觉爱就溜走了。

寻了一生的爱，梦了一生的爱，
提起爱字频频把头摆。
相爱难相聚，无情却在怀，
仰天长叹空悲哀。

不知是情缘浅，还是心不诚，
得得失失常常怨命运。
痛苦自己找，烦恼自己寻，
心诚心宽爱长存。

年轻人的胸怀

年轻人的胸怀，装得下山，装得下海，
装得下所有的恨和爱。
任情山高千尺，任恨海深万丈，
宽阔的胸怀，那样诚恳，那样坦荡。

甜酒苦酒自斟自酌，悲剧喜剧自编自唱，
没有什么遗憾，没有什么惆怅。
失落空伤悲，
痛苦枉断肠。

梦想的星星还遥远，
脚下的路途太漫长，
年轻人的心目中，
燃烧着明丽的希望！

年轻人的胸怀，装得下山，装得下海，
装得下成功，装得下失败。
任风雨千层浪，任歧路九回肠，
输输赢赢荣荣辱辱全不往心上放。

第十一辑 携手同行

冬去春来鸟语花香，云散日出万里霞光，
没有什么愧疚，没有什么沮丧。
愈搏愈倔强，
愈挫愈顽强。

梦想的星星还遥远，
脚下的路途太漫长，
年轻人的心中，
燃烧着明丽的希望……

第十二辑 我爱大海

我爱

汹涌的大海

大海是

搏击者的战场

走出校门

走出学校的大门,
迈向广阔的人生。
虽然前途迷茫,
我心充满了憧憬。

胸怀无畏,意气高昂,
身负时代的使命。
走进风雨,走向泥泞,
成功失败都让人感动。

走出学校的大门,
迈向潇洒的人生。
就算关山重重,
挡不住万丈豪情。

年轻的心火焰一样跳动,
追求的脚步永远不会驻停。
翻一座山,过一道岭,
戈壁荒漠里寻找生意盎然的梦。

爱之吟

走出学校的大门,
迈向美丽的人生。
莫说世态炎凉,人情如冰,
爱的山河处处飘荡着春风。

塞外芳草青青,
关内花儿正红。
朋友——
愿我们在拼搏中相逢。

这个年龄

这个年龄，好让人羡慕，
走遍天涯海角都不会孤独。
就像一朵朵鲜花受人宠爱，
就像一颗颗珍珠耀眼炫目。

不论是稻香飘飘的田间，
不论是马达轰鸣的工厂。
有你就有希望，
有我就有阳光。

这个年龄，真叫人嫉妒，
花前月下处处缠绵着爱侣。
就像一双双蝴蝶欢乐地嬉戏，
就像一对对鸳鸯说着不绝的情语。

不论是风沙飞扬的戈壁，
不论是渺无人烟的荒漠。
有情就有温暖，
有爱就有欢乐……

结伴而行

爱之吟

不必问你的姓,不要问我的名,
相挽相携,让我们结伴而行。
我的腿灌铅一样沉重,
你一脸倦容。

过了这座山峰,还有道道长岭,
让我们风雨同舟生死与共。

不要说你的姓,不必道我的名,
人生何处不相逢,
浮沉知冷暖,
患难见真情。

彩色的纽带

只是匆匆一眼,怎留下这么多思恋,
不是上帝的安排,难道是前生有缘?
桃花盈盈的笑脸,开在芳香馥郁的心间,
就连梦中的血管,都在澎湃着你的甘甜。

月夜静静的田间,将此情细细地品鉴,
心似朗朗的北斗噢没有一丝丝杂念。
难道拥有一份真诚,就算拥有春天?
人世间最珍贵的礼物噢莫过于信任的双眼。

友谊是彩色的纽带,将两颗心牵,
爱你到海枯石烂,爱你到永远永远。
谁说人生无情,苦海无边?
凄冷的寒夜噢我不再无助孤单。

漫漫的人生路,有你做伴,
面对着高山峻岭,我大步向前。
别说你人在天涯,聚途遥远,
你的心噢陪在我的身旁,跳动在我的心间……

我的心

我的心,是一张白纸,
任你涂绿涂蓝。
我的心,是一架瑶琴,
任你弹苦弹甜。

挥动你的手,
在心底刻下爱的诺言。
拨动你的情,
唱一曲辉煌灿烂。

我的心,是一方花圃,
能展露你姣美的容颜。
我的心,是一片海洋,
可接纳你所有的苦难。

扎下你的根,
静静地开在我心田。
敞开你的心,
拥抱幸福美好的明天。

时代少女

不论工作多么繁忙，
天天起床我总要化妆。
多一份美丽，多一份自信，
多一份漂亮，多一份欢畅。

画上弯弯的柳眉，涂上红色的唇膏，
娇媚的脸蛋多么出挑。
敢与春光争色，敢与桃花比俏，
欢畅的心中充满了自豪。

别用奇异的目光看我，
我知道该怎么生活。
素面朝天是旧时的美丽，
新的时代就得谱一曲新歌。

挂一串金色项链，着一身时髦新装，
银坠玉饰响当当。
景色如画著春光，美丽仍需再装潢，
让世界尽情地欣赏。

春风

你是一位年轻的画家,
创作了一幅幅迷人的画卷。
田间巷尾,开遍了桃花,
滚滚麦浪,一望无边。

蜂儿唱红了千朵娇颜,
蝶儿舞醉了彩霞满天。
杜鹃倾吐着深深的眷恋,
燕子带来了久久的思念。

你是一位浪漫的画家,
万般激情倾注于笔尖。
轻轻一点,点活了大江小河,
信手一挥,挥绿了长岭山巅。

细柳摇髋扭弯了青翠的河岸,
白杨昂首刺破了深远的蓝天。
牛儿在田间把希望播种,
羊儿在草原将曙光呼唤。

第十二辑 我爱大海

你是一位多情的画家，
是神仙也躲不过的美人关。
你轻轻吻着我的脸蛋，
紧紧将我的心绪牵绊。

万缕柔情撞击着心尖，
心在晨光中不由自主地震颤。
你竭尽所能展露着风采，
原来只是为了讨得心上人的喜欢……

第一次

挡不住你的情，挡不住你的爱，
拥你入胸怀。
不知是欣喜，不知是悲哀，
错了从头再来。

年轻的心搏动着信赖，
遇到了真诚不自主地敞开。
你的眼泪这样晶莹，
你的激情这般澎湃。

牵着你的手，抚着你的头，
平生第一次感受。
心在瑟瑟抖，痴情忘了羞，
甜里掺着愁。

人生的路无尽头，
坎坎坷坷总得走。
擦干你的泪，松开你的手，
幸福留在以后。

离情

思乡是一把金锁，
锁不住向往自由的心。
远方有一朵彩云，
牵走了我的魂。

撇下故乡的山，
撇下故乡的人。
流浪，
也许是属于我的命运。

我天生不肯安分，
心像大海一样翻滚。
没人明白我的志向，
我要描绘壮丽的青春。

踏破千双铁鞋，
拼上一条命，
立志，
我要将希望找寻。

爱之吟

捧上一抔黄土，
望一望故乡的云。
摸一摸牵衣的篱笆，
吻一吻心上的人。

母亲呀母亲，擦干脸上的泪，
故乡呀故乡，别再喋喋地问，
离开你的，
是位最爱你的人。

秋夜情思

寒星点点,银月如钩,
相思又一秋。
织女牛郎今相会,
寂寞泪难收。

青山独自秀,
碧水空自流。
望断千条关山路,
一醉方休。

君若他乡有知,
应怜今宵此愁。
莫让青春空守楼,
海棠已经红透。

年轻的心

年轻的心,火车的轮,
哐当哐当向前奔。
穿越高山过江海,
昂首迈向滚滚红尘。

掠过多少是非烟云,
碾碎多少悲欢爱恨。
不回首,
向梦中的驿站挺进。

年轻的心,天上的云,
东南西北没有固定的脚印。
走向荒漠,
走向森林。

起起落落,浮浮沉沉,
聚聚散散,觅觅寻寻。
款款步入,
忠诚的大门。

第十二辑 我爱大海

年轻的心，古老的琴，
缕缕丝丝缠绵着温存。
声声惹人醉，
曲曲断人魂。

唱不完花前相思，
诉不尽月下拥吻。
赞不够，
美妙的青春。

我爱大海

我爱巍巍的高山,
高山在我脚下。
我爱滔滔的海洋,
海洋澎湃着青春的希望!

浪花撞击着心尖,
生命在欢乐中激荡。
鱼儿为我载舞,
海燕为我歌唱!

我爱哗哗的小河,
小河载不动我沉重的向往。
我爱汹涌的大海,
大海是搏击者的战场!

狂风在耳旁呼啸,
雷霆在头顶轰响。
懦者在呼救声中沉沦,
强者在大浪里获得了力量!

第十二辑 我爱大海

我爱绵绵的柔情，
柔情容不下男子汉的粗犷。
我爱狂啸的大海，
大海唱出了壮士的铿锵！

海底密布着暗礁，
旋流狞笑着死亡。
就算一朝覆舟，
也不枉来去一场。

第十三辑 独行者

以坦然的心境

面对未来的烦忧

荆棘丛中

走一条属于自己的路

独行者

茫茫人海中我孤单无助，
沧桑的额头上刻满了哀愁。
几曾呼唤，几曾祈求，
现实却说："求救不如自救！"

以坦然的心境面对未来的烦忧，
荆棘丛中走一条属于自己的路。
我用满腔的热情点燃生命的火炬，
执着的脚下哪有不可逾越的鸿沟？

嘲笑吧，我把冷眼抛在脑后，
嫉妒吧，中伤无法叫我回头。
热血在澎湃，痴心在颤抖，
我在默默地将真理和自由寻求。

最真切的答案

爱之吟

你问我为何容颜憔悴,
浮肿的眼睑涂上了一层薄墨。
你问我为何唇色苍白,
蜡黄的脸上找不到昔日的光彩。

默默地望着你我无言以对,
最真切的答案是两行酸涩的眼泪!

你问我是不是心中后悔,
后悔那个错误的选择。
你问我是不是心中惭愧,
惭愧那个不该的分离。

默默地望着你我无言以对,
最真切的答案是两行痛心的眼泪!

第十三辑 独行者

你问我愿不愿重新选择,
别让美丽的梦幻再度破碎。
你问我愿不愿朝夕相陪,
用甜蜜的爱冲淡苦涩的回味。

默默地望着你我无言语以对,
最真切的答案是两行滚烫的热泪。

渴望

眼底隐藏着哀伤，笑唇遮挡着痛苦，
有谁的目光能穿透我的肺腑？
彩妆包缠着寂寞，瘦骨强撑着空虚，
有谁的触角愿探入我心深处？

那是一片苍凉的荒漠，只待春风轻抚，
那是一个阴冷的角落，只盼云散日出。

冰霜一样的神态，烈火一样的情怀，
有谁愿以双手把冷漠揭开？
黄土一般的淳朴，白云一样的洁白，
有谁愿迈双腿向渴望走来？

那是一个神奇的世界，只待真诚开采，
那是一条清澈的河流，心中流淌着爱。

你的眼睛

你的眼睛闪动着火苗,
把我心儿烧焦。
挡得住汹涌澎湃的春潮,
抵不住爱的灼烤。

你的眼睛晃动着一把剪刀,
把我肝肠撕绞。
扛得动被遗弃的命运,
耐不住痛苦煎熬。

你的眼中有一丝温情在飘,
好似那个醉人的春宵。
就算你找得到忏悔的借口,
挽不回那远去的年少……

第十三辑 独行者

想你

爱之吟

日落山，黄昏后，
拉开被单蒙着头。
想你，就在这个时候，
孤单夜凄冷，寂寞满腹愁。

跌跟头，坎坷路，
深深的伤口鲜血流。
想你，就在这个时候，
无助泪难收，疼痛强忍受。

戴日月，披星斗，
蹒蹒跚跚朝前走。
想你，就在这个时候，
风雨无人伴，孤影度春秋。

人去楼空

总觉得前途如谜,
哪能没有知己?
谁知翻高山跨峻岭苦苦寻觅,
无人能够代替你。

常觉得人生如戏,
总能留段传奇。
谁知冷如冰淡如水,
哪有情和义?

总觉得该回头,
把爱还给你。
哪知道人已去楼已空,
徒留往昔回忆……

我愿将你放弃

你的目光太挑剔，
世上有几个维纳斯？
交人交心重在情和意，
美丽的外表不是爱的唯一。

鸟语花香，春光明媚，
自由的现代人自己把握自己。
你在选择，我在选择，
主宰我命运的是我不是你。

浩瀚的大海，无边的天际，
我的心不再痴迷。
既然你不是我梦中的知己，
我愿将你放弃……

你呀你

你的笑靥甜如蜜,流进我心里,
你的目光蒙眬如谜,我猜不出谜底。
有心将你放弃,舍不得甜甜笑靥,
有心向你表白,摸不准你是否有情意。

细柳是你的身姿,在我梦中摇曳,
鲜花是你的脸蛋,美丽使我自卑不已。
有心将你忘记,挥不去婀娜身影,
有心向你说一个爱字,我没有这份勇气。

见了你装作不识,自己欺骗自己,
日里盼夜里想,被窝偷偷哭泣。
你呀你,使我着了迷,
你呀你,使我无法把握自己……

第十三辑 独行者

听我唱一支歌谣

爱之吟

听我唱一支歌谣，
在这美丽的春朝。
桃花俏，杏花娇，
桃花杏花比不上妹妹长得好！

听我唱一支歌谣，
在这醉人的春朝。
晨风吹，阳光照，
春风春阳暖不过哥哥的怀抱！

听我唱一支歌，
在这欢乐的春朝。
山在笑，水在笑，
山山水水你我相伴多逍遥！

追求

没有一次一次的失败，
就没有一次一次的追求。
没有一次一次的追求，
就没有一次一次的忧愁。

总是在荒漠里寻找出路，
总是在未知中将真理探求。
总是在大浪里独自遨游，
总是在迷惘中细细地研究。

说来并无多大成就，
心安未曾让时光白流。
痛苦是期待成功的等候，
欢乐是夜以继日的追求。

第十三辑 独行者

第十四辑 你的爱

你的爱
是一首深情的诗
你的爱
是一曲无声的歌

雨缘

捧一束玫瑰向你走来，
你仰仰脸冷漠地走开。
人群中我紧追不舍，
想向你诉说心中的爱。

任你东藏，任你西躲，
千藏万躲躲不过悸动的感觉。
我知道我是多么地爱你，
爱，不能错过。

朗朗的天空突然阴云密布，
淅淅沥沥下起了细雨。
赶上去为你把雨伞撑开，
爱护，不需要太多言语。

漫漫长路我们相依靠，
静静地倾听彼此的心跳。
真爱不需要山盟海誓，
承诺，是一抹温馨的微笑。

爱之吟

走过漫漫长夜,走过风雨泥泞,
我们热烈地拥抱灿烂的黎明。
春风轻柔,日出霞红,
相挽相携,共赴明朝。

放飞

卸下心头重负，换一身时髦衣服，
远离喧嚣的城市，放飞一下心情。
披着满天朝霞，呼吸着新鲜空气，
与你相挽相携，一切烦恼全忘记。

白杨频频招手，细柳点头致意，
小鸟声声在道喜，花儿的祝福甜如蜜。
高山上相偎相依，大海里互诉心语，
戈壁滩阵阵爽朗的欢笑，荒漠里串串快乐的足迹。

一路春风习习，你我满脸惊喜，
心记住浪漫的历史，笔写下难忘的日记。
让我们放声高唱，唱尽心中欢畅，
让我们尽情摇摆，摇醉这嫩绿色的草原。

听人说

听人说，真爱不能相聚，相聚的不是真爱，
听人说，真爱不会长久，长久的是悲哀。
为什么苦苦诉求，苦苦等待，
难道你要用婚姻将我们的爱情收藏？

听人说，真爱好比太阳，永远放着光彩，
听人说，真爱是朵神奇的花，只在情人的心里开。
婚姻是爱的温床，家是欢乐的土壤，
只要用心血浇灌，玫瑰就不会枯萎衰败。

听人说，真爱好比流星，只有一秒钟的光，
听人说，真爱好比昙花，只有一瞬间的馨香。
既然人世间有恩有怨，有合有散，
何不把我们的爱情就此珍藏在心间？

听人说，真爱好比高山，雷轰不倒，
听人说，真爱好比大海，永远不会枯干。
就算天塌地裂，海枯石烂，
我以真心真意，爱你千年万年……

揭开你的头纱

揭开你粉红色的头纱,
笑颜遮不住我内心的惊讶。
与你相遇相识相爱数年,
从没发现你的美丽胜过今天。

只钟情你的善良你的才华,
是你的真诚将我的心堤冲垮。
此刻你雍容典雅如诗如画,
莫非这是爱情之树开出的花?

揭开你粉红色的头纱,
天边飘来一抹绮丽的彩霞。
从今起云游四海浪迹天涯,
有你做伴豪情振奋意气风发。

看看你陶醉的妩媚,
按下心头狂烈的惊喜。
携你款款步入人生的舞池,
快乐的舞曲刚刚奏起。

美丽的山庄

心情好舒畅,一路野花香,
你带我走进美丽的山庄。
听说这就是生你养你、你日夜思恋的地方,
你爱她就像爱我一样。

空气好新鲜,景色好美丽,
莺歌燕舞彩云飞。
青青的山,绿绿的水,
牛肥马壮人俊美。

我爱你,爱这美丽的山庄,
我愿朝耕晚息永伴你身旁。
肥沃的土壤播下我们美好的希望,
将我们的爱写在这洒满阳光的山坡上……

举案齐眉

蒙蒙细雨滋润着绿茵，
如痴如醉是你的朱唇。
人生旅途有你相伴，
如同生命里一片常青的春。

人生匆匆，时光如梭，
千年万年爱心不变。
不论天涯，不论海角，
风雨兼程，你前脚走，我后脚跟。

我是爱的王国里最忠实的臣民，
守身如玉如你圣洁的心。
今生今世把忠诚给你，
举案齐眉，相敬如宾。

第十四辑　你的爱

回报

也许你给我的爱不需回报,
也许你对我的付出不会索要。
但我的心海里泛起层层热潮,
渴望年年岁岁将你拥抱。

谁说爱是付出不需要回报,
相亲相爱才能白头偕老。
爱情的花朵需要我们共同浇灌,
幸福的小舟只有真诚驾驭才不会触礁。

给我一片宽容的海洋,
还你一片理解的蓝天。
给我一抔小小的热土,
还你一座巍巍的青山。

是你

是你用心垒起爱的基石,
幸福的大厦才巍然屹立。
是你将温情融入我的血浆,
希望的田野才嫩绿茁壮。

天空可以没有一丝云彩,
大地可以变成一片废墟。
但我不能没有你的爱情,
你的爱情是我心灵的支柱!

是你的眼睛点亮了航灯,
生命的小舟才乘风破浪。
是你的温柔洒满了心间,
明丽的世界才浮动着花香。

天上可以没有一点点星光,
大地可以沦为黑暗的地狱。
但我不能没有你的爱情,
你的爱情是我生命的火炬。

爱之吟

你的爱

虽然你从没说过爱我,
但我知道你是这世上最爱我的人。
你的爱,像阳光给我温暖,
你的爱,像春雨滋润我心窝!

虽然你从没说过爱我,
但我知道没有你生活就不会有欢乐。
你的爱,是一首深情的诗,
你的爱,是一曲无声的歌!

虽然你从没说过爱我,
但我知道这一生你是为我而活。
含辛茹苦挣扎在生活的旋涡,
刀光剑影你在为我拼搏。

虽然你从没说过爱我,
但我知道你的爱是一种温馨的缄默。
你是人世间最美丽的爱神,
你用行动为爱写下了最辉煌的注脚……

第十五辑 人间自有真情在

如果，前世无缘

今生很难相见

今生相见

只为再续前缘

东山之恋

见过花千朵，
从来无感觉。
时光如流水，
热情渐冷却。

路过南山峁，
忽听一支歌。
悠扬婉转暖心窝，
激情澎湃起狂波。

细雨绵绵润枯禾，
久病经年遇良药。
春雷一声大地醒，
垂危之心猛复活。

绕过东三岔，
走上北山坡。
山在人不见，
喜鹊也寂寞。

爱之吟

蓝天白云薄，
黄土人失落。
热情似火一瓢水，
心中有话对谁说。

气喘吁吁腹中饿，
大汗淋漓口焦渴。
古槐枝枝百雀叫，
青松无语满山岳。

要捉鱼儿下爱河，
要折红梅上南坡。
要阅春色穿山过，
要追妹妹别停脚。

妹妹声声在呼唤，
哥哥跑步上南山。
再苦再累心情愿，
千金一诺不失言。

第十五辑　人间自有真情在

站在南山峰尖尖,
只见祥云不见仙。
双目迷蒙心中乱,
一对鞋底两只穿。

日落西山霞满天,
秦岭风光真好看。
多情哥哥若有意,
西山峁峁顶顶见。

南山西山十里半,
叠嶂重重三道关。
为了见上妹妹面,
痴情哥哥岂怕难?

汗流浃背湿衣衫,
半挽裤腿光脚板。
东西南北极目望,
不见人影见炊烟。

爱之吟

西山东山路途远,
哥哥嫌累把家还。
山路难走天色晚,
如若有缘下次见。

莫说山路多坎坷,
不见妹妹心不甘。
汗水流尽脚磨烂,
誓要把妹手儿牵。

太阳落山星光闪,
万籁俱寂心跳欢。
哥哥妹妹紧相拥,
五更风冷不知寒。

当你走近我的时候

当你走近我的时候,
我的心就不由自主地颤抖。
尽管你刚刚上路,
爱,已经渗透。

你就是我心中不落的日头,
虽然不在云后。
股股暖流,
悄悄涌进我心头。

当你走近我的时候,
我忍不住频频翘首。
人,还在田垄,
情,就像曙光初露。

你就是指引我航程的北斗,
我的双脚永远跟着你走。
你美丽清澈的双眸里,
有我取之不尽的力量和温柔!

爱之吟

当你走近我的时候,
我就忘却了所有悲愁。
多么希望躺在你的怀抱里,
把温存享受。

你就是我今生今世全部的拥有,
让我把你紧紧拥搂。
在你率直纯洁的世界里,
让我牵着你的手,走向幸福快乐,走向天长地久。

噢,相隔千万里,
今朝来相会。
有爱相随,
令人感动,让人陶醉!

噢,鸳鸯成双对,
爱情最珍贵。
山山水水,
不离不弃,朝朝相陪。

谁说你我无缘

今生不能共婵娟,
来世我们把手牵。
银河闪烁浪花溅,
彩云朵朵人缠绵。

谁说你我无缘,
情投意合心连。
日里彼此思念,
夜里梦绕魂牵。

高山大海常呼唤,
百花丛中露笑颜。
莺歌声声蝴蝶舞,
风和日丽人依恋。

谁说我们无缘,
情投意合心连。
我愿舍弃一切,
日日与你做伴。

第十五辑　人间自有真情在

鸿雁传情

幽幽碧泉映月明，
芳草萋萋涧边生。
青山空灵星光冷，
长江浪高打古城。

杜鹃啼血松林静，
饿虎长啸百兽惊。
残荷枝头叹息短，
竹楼窗前玉笛横。

古刹悠悠钟声轻，
微风闲摇菜油灯。
孤床辗转难入眠，
满天彩霞旭日升。

北归大雁向南行，
叫声凄婉泪滴冰。
人间真情天感动，
四只眼睛两双红。

第十五辑 人间自有真情在

日暮残阳下西山,
长安城头锁寒烟。
秋风萧索黄尘卷,
梧桐落叶满庭院。

一树老槐麻雀乱,
两株斜柳唱晚蝉。
白猫夜叫声声寒,
紫燕秀爱惹人烦。

千里迢迢望眼穿,
该回还时人未还。
快刀不平相思怨,
插翅难渡孤独关。

秦岭古道马蹄欢,
渭水滔滔归千帆。
伶仃身旁孤影瘦,
渴望眸中泪已干。

爱之吟

山连山，水接水，
敢问阿哥何时归？
心连心，手牵手，
大年三十往回走。

朝在掐，暮在数，
夕阳等在家门口。
日在推，夜在算，
初一定吃团圆饭。

大雁大雁请慢走，
千里送书我已收。
一句问候解千愁，
两声平安心无忧。

金光万道霞满天，
梳妆镜前笑眉弯。
青春打拼日子甜，
苦尽甘来人团圆。

思念

有一种爱恋叫思念,
有一种思念叫牵挂。
生活习惯吗?身体还好吗?
蚊子还咬吗?想我的夜里还哭鼻子吗?

孤独的时候,你登高远望,
我送你一坡坡微笑的山花花,
寂寞的时候,你就进入梦乡,哥哥陪你拉话话。
天大地大,在我心中你最大,
春变、夏变,对你的牵挂永远不会变化。

有一种爱恋叫思念,
有一种思念叫沉默。
见不上你的面,听不到你的歌,
感受不到你的温柔,抚慰不了你带泪的诉说。

我在天涯,你在海角,
寻你的脚步,已遍布每个角落。
既然已相思到病入膏肓无可救药,
就让这切切的梦想在寒冬枯萎掉。

爱之吟

有一种爱恋叫思念,
有一种思念叫心痛。
一年年芳草枯,一岁岁桃花红,
一天天相思浓,一夜夜碎了梦。

你在哪儿?也不回个声,
我万箭穿心险些丧了命。
呼天天不应,叫地地不灵,
求签问卜皆是一场空。

有一种爱恋叫思念,
有一种思念叫狂乱。
心愿难如愿,承诺难兑现,
望眼欲穿,愁肠寸断,只有一肚子恨和怨。

你红红的笑脸,胜似天上的神仙,
这唾手可得的幸福到底还有多远?
我要驾神驹携十万利箭,
把这障碍刺穿,把这不平砸烂。

第十五辑　人间自有真情在

有一种爱恋叫思念，
有一种思念叫期盼。
大江南北，我已寻遍，不见你容颜，
你有消息就托鸿雁，还在那棵梧桐树下见。

盼星星盼月亮盼你能够回到我身边，
我爱你想你，你就是我生命中的神和天。
任山水遥远，任雄关漫漫，
我在老地方等你暮暮朝朝，岁岁年年。

如果

如果,今天的辛劳,
可以换取明天的收获,
为了累累硕果,
我愿耕耘荒漠。

如果,今天的汗水,
可以染红明天的花蕾,
为了春天的美丽,
我勇往直前,绝不后退。

如果,短暂的分离,
是为了长久的相聚,
为了长久的相聚,
我愿忍受难熬的孤独。

如果,一个人的苦难,
能够换取更多人的欢乐,
五湖流浪,四海漂泊,
我甘愿付出自我。

第十五辑　人间自有真情在

如果，今天的卑微，
能够争取明天的高贵，
就算斧钺加身，
我无悔！我无畏！

如果，今天的打拼，
可以改变明天的命运，
哪怕拼尽全力，
我绝不放弃，要为之奋进！

如果，今天的折腾，
是为了明天的安宁，
为了明天的安宁，
不成魔，不成活，要追梦！

如果，今天的追梦，
是为了博得世人的尊重，
为了一双双平视的眼睛，
我无惧霜冷！我笑对刀锋！

爱之吟

如果，无情的刀锋，
要夺走我明天的生命，
今夜，我珍重，
珍重想你的每一分钟！

如果，殷红的鲜血，
果真能换取最后的胜利，
面对死亡，
舍我其谁！

宁愿在追求的山路上，
点亮闪光的青春，
绝不在平庸的温床上，
孵化空洞的美梦！

宁愿在挑战的搏击中，
献出宝贵的生命，
绝不在怯懦的鄙视下，
屈膝求荣！折腰偷生！

你的眼睛

你的眼睛，闪亮如星，
万里长空，照亮我前程。
不贪名利，不慕虚荣，
埋头苦干，收获成功。
为民请命，为国尽忠，
好男儿，一身正气演绎精彩人生。

你的眼睛，清澈如泉，
灌溉梦想，滋润我心田。
人穷志不短，先苦后有甜，
敢拼敢搏，真英雄真好汉。
无须金山银山，无须扬名立万，
大丈夫本当独步天下手提三尺剑。

你的眼睛，迷人如朝霞，
江山万里，旌旗飘飘美如画。
扬鞭催马，战袍披挂，
风风雨雨你陪我打天下。
明知山有虎，偏向虎山行，
有你，千难万险我不怕。

爱之吟

你的眼睛，温暖如春风，
天降严寒，我心暖烘烘。
有败有胜，有输有赢，
不离不弃，让我真心感动。
命运有吉凶，你我生死共，
手牵手，心连心，走了一程又一程。

你的眼睛，美丽如花，
金花银花，天下美人你最佳。
想醉不用去酒吧，
回眸一刹，心已醉啦。
别笑我痴，别笑我傻，
你是我心尖永远的牵挂。

你的眼睛，情义无价，
天大地大，我心中你最大。
尝尽人间苦难，阅尽人间繁华，
你伴我走过了万里天涯，
你的眼睛，是我生命的灯塔，
指引我航行，让我从青丝迷恋到华发。

人间自有真情在

如果，前世无缘，
今生很难相见。
今生相见，
只为再续前缘。

心地善良人品端，
哥哥早在妹心间。
寻寻觅觅三千年，
就为团聚这一天。

聚银海，堆金山，
同床异梦苦无边。
心中有爱日子甜，
哥哥陪伴妹欣欢。

如果，两不相欠，
人生相遇很难。
今生相见，
只为把情债偿还。

爱之吟

丹凤眼，桃花脸，
不是天仙胜天仙。
只要陪在你身边，
历尽沧桑我心甘。

日里想，夜里盼，
不见妹妹泪涟涟。
人间自有真情在，
相亲相爱一百年。

第十六辑

舞中情

欢畅的音乐
水一般柔和
你我的心中
缕缕甜蜜流过

古风

随缘

汉唐姻缘,明清契约。
滴滴琼露,萧萧枯禾。
竭池之鱼,渺渺碧波。
情同天地,复苏日月。

践约

举目望银河,低头听山歌。
辞赋芳心动,琴瑟凤鸣和。
君赴鹊桥会,妾践梁祝约。
同守百年爱,共享千秋月。

筑巢

前世种因,今生结果。
微笑泛甜,花容似火。
人醉情山,心溺爱河。
共筑爱巢,同享欢乐。

爱之吟

缘

桃花红了你的脸,
星星亮了你的眼。
山村小桥旁,
我在你身后浮想联翩。

是人？是仙？
让我一见倾心的容颜。
有缘？无缘？
笑容怎么那么甜。

一路追,一路赶,
伊人消失在花丛间。
到底人是花？还是花是人？
难分辨,真遗憾。

彩霞羞了我的脸,
旭日暖了我的眼。
山村小桥旁,
古琴一曲,拨动了我的心尖尖。

第十六辑　舞中情

凤求凰，绕耳边，
你天天守候在小桥旁。
青山看得见，溪水听得见，
命运注定要演生死恋。

时光三年，今续前缘，
一个热吻把爱点燃。
快拥我入怀，不要眼泪涟涟，
让我们相爱一千年一万年。

编织梦想

我在海角，你在天涯，
人隔千里，心在牵挂。
你好吗？想你啦，
我的至爱，我亲爱的人啊。

亲爱的人啊，我的至爱，
回家的路，还需多少等待，寂寞难耐。

你在海角，我在天涯，
路途遥远，梦中把话拉。
为了家，你我打拼，
为了家，千难万难，忍着吧！

忍着吧，回家的路不会太遥远，
相信吧，过好日子的梦想一定能实现。

回家的路，我朝思暮想，
好端端谁愿在外飘荡？
为了家人的日子幸福安康，
为了酬壮志锦衣归故乡。

第十六辑 军中情

归故乡,改造那片荒凉,
归故乡,让荒漠飘来稻谷香。

谁不热爱自己的故乡,
咱们的故乡长不出幸福的梦想。
种花花不开,种草草不长,
一片荒漠,满地苍凉。

好儿郎,就要有担当,
再苦再累都要把家乡建设得更漂亮。

我在海角,你在天涯,
努力打拼,让青春发热发光。
你在海角,我在天涯,
抛血洒汗,让人生更辉煌。

豪情喷涌,热血激荡,
我爱我挚爱,我爱我家乡。

爱之吟

我在海角,你在天涯,
有奋斗,梦想就能开花。
你在海角,我在天涯,
幸福生活,就在拼搏者的脚下。

有付出就有收获,有追求就有希望,
我们在海角天涯,编织更加绚丽的梦想。

妈妈我爱你

小娃娃，妈妈生，
妈妈生娃肚子疼。
手也抓，脚也蹬，
大呼小叫喊声声。

全身力气全用空，
宁死要把儿女生。
牙一咬，心一横，
世上又多了个小生命。

妈妈妈妈我爱你，
我的生命是你送。
爬出美丽女儿宫，
双眼睁开东方红。

东方红，太阳升，
妈妈怀里暖乎乎。
过春夏，过秋冬，
我是妈妈的小精灵。

爱之吟

怕我哭，抱怀中，
儿歌声声，真好听。
逗我笑，学鸟叫，
摇篮轻轻摇呀摇。

摇呀摇，摇呀摇，
儿女笑着入梦乡。
不好，有人吻我脸，
一睁眼，妈妈的亲吻比蜜甜。

妈妈妈妈我爱你，
抚养儿女了不起。
戴新帽，穿花衣，
走到人前好得意。

又会写，又会算，
成绩年年排在前。
儿歌舞蹈天天练，
老师同学都夸赞。

第十六辑　舞中情

天天接，天天送，
你的时间不够用。
上班下班不迟到，
相夫教子责任重。

鸡未叫，天未明，
叮叮当当把饭弄。
不怕热，不怕冷，不敢歇，不敢病，
一年四季把儿女宠。

妈妈妈妈我爱你，
你是我的好闺密。
酸甜苦辣向你诉，
儿婚女嫁你定期。

弯了腰，白了鬓，
一辈子辛苦你不提。
家里万事全靠你，
千难万难你总笑嘻嘻。

爱之吟

慈母手中线，游子身上衣，
为儿女操劳，何时才到期？
你问期，永无期，
直到闭上双眼命归西。

妈妈呀妈妈，我亲爱的妈妈，我爱你，
今生今世怎样才能报答你？
摘下太阳温暖你，送座金山孝敬你，
仍然不能报答你天高地厚的情和意。

山泉

我是远山脚下的一眼山泉,
弱小,但我有宏伟的信念。
任高山阻拦,任路途遥远,
转千弯,绕千滩,追求的脚步永向前。

经万难,历万险,痴心永不变,
脑中藏着澎湃的梦幻。
不经风雨,不见世面,永远得不到锤炼,
除非你满足于浅薄和粗鄙。

向前,向前,雄鹰声声呼唤,
追逐梦想,虽苦也觉甜。
一天又一天,一年又一年,我高歌不断,
勤奋的脚下,天越来越蓝,路越走越宽。

走过春夏秋冬,走过万水千山,
我看到了大海的伟岸。
宽阔无比,一片湛蓝,
冉冉升起的红日,把大海染得厚重而绚烂。

爱之吟

这是多么雄伟壮丽的画卷,
怎么能不令人向往迷恋。
大海呀大海,
我已深深偎依在你身边。

任时光千年万年,我永远在你心间,
看日出日落,看月缺月圆。
世事变迁,岁月冷暖,
我愿随你到天边。

白云做伴,听浪花飞溅,
情满满,爱满满,直到永远。
有你在身边,我感到无比的满足和欣欢,
包容了,不会散,爱上了,无悔无怨。

海燕逐海燕,白帆映白帆,
你容万物纳百川,心胸宽广无边。
任风狂雨骤,任电打雷击,
天崩地裂,你永葆迷人的笑脸。

第十六辑 舞中情

你是意志的象征，你有磐石般的信念，
你是博爱的标签，你是力量的展现。
你是强者的偶像，你是追求者的爱恋，
大海呀大海，我爱你，
爱你潇洒从容，爱你风度翩翩。

舞中情

七色的彩灯不断地变换,
赤橙黄绿青蓝紫不改你我的陶醉。
欢畅的音乐水一般柔和,
你我的心中缕缕甜蜜流过。

不必问你尊姓大名,
我的心有一股奇妙的感应。
你的爱自手臂流入我的心间,
我的情以你为轴快乐地旋转。

七色的彩灯不断地变换,
忽闪忽闪照耀着无尽的缠绵。
千躲万躲躲不开你的双眼,
左旋右转你紧贴着我的心尖。

夜夜梦里都有缤纷的梦幻,
千年的期待在今宵兑现。
让我们舞尽心中的欢畅,
美丽的青春辉煌灿烂。

第十七辑

生死恋

生死恋,生死恋
千金一诺心不变
金窝银窝不羡慕
草窝泥窝我不嫌

月夜情思

清风明月爽金秋，大雁南归去悠悠。
菊花丛中蝈蝈叫，幽园水边蛾眉愁。

银光冷照梧桐路，雪影频频摇翠竹。
思恋窗前抬眼望，徘徊脚下落叶厚。

东坡苹果已红透，西塄谷子熟待收。
郎奔前程天涯远，妾在家里有近忧。

婆婆年迈日渐瘦，公公体弱腰如钩。
一对儿女年尚幼，亲戚邻里无援手。

双猫墙上惊黄犬，桂花树下系老牛。
更深残荷生寒露，月斜孤影上高楼。

别样相思别样愁，一双泪眼对北斗。
今夜思君知不知？一轮红日柳梢头。

第十七辑 生死恋

夫妻同心

过去，我总生活在你的宠爱里，
从未尝试过幸福背后的艰辛。
上马金，下马银，
白雪飘飘也如春。

你就是我的神，
给我一片朗朗乾坤。
呼风唤雨，点石成金，
让我过得欢天喜地如意称心。

过去，我总生活在你的光环里，
从未体验过快乐背后的伤心。
外边的世界不闻不问，
我沉醉在美丽的童话里。

如今，忽然一声道别离，
劳燕分飞，相隔千山万水。
生活的重负落在了我的肩背，
沉甸甸，我才知晓你的珍贵。

第十七辑 生死恋

亲爱的人呀，你几时回？
我不要荣华富贵。
清茶淡饭也无悔，
绫罗绸缎比不上你冷暖相陪。

孤独、寂寞、伤悲，
无人处偷偷流泪。
痛苦、痛心、憔悴，
花好月圆夜夜难入睡。

亲爱的人呀，你几时回？
生活的艰辛我们共同面对。
不怕苦不怕累，
勤劳的双手一定会把贫穷撕碎。

你在外边漂泊受罪，
我在家里相思心碎。
就算体无完肤，伤痕累累，
信念的翅膀永远不能低垂。

爱之吟

亲爱的人呀,你赶紧回,
刀枪剑戟,有我作陪。
不怯懦,不后退,
夫妻同行,一定会把一切困难摧毁。

永不分离

天地悠悠，几度春秋？
不见你，悲泪难收。
山水重重，茫茫烟雨，
不见你，我默默无语。

亲爱的人呀，你在哪儿？
是否感知到我此时的情怀？
肝肠寸断，五内俱焚，
望眼欲穿，急不可待。

亲爱的人呀，我在征战沙场，
不甘平庸，是我的理想。
一身戎装，一杆银枪，
一双眼睛，直盯前方。

前方战鼓急，前方马蹄疾，
前方生死是个谜。
过关斩将，血染旌旗，
奋勇搏杀，才能创造神奇。

爱之吟

长夜漫漫，岁月几许？
不见你，枯了黄菊。
白雪飘飘，北雁南归，
不见你，我意冷心灰。

你几时回？我的爱人呀，
你的妻子正逢妙龄貌美如花。
骄阳晒，秋霜杀，
岁月蹉跎，只怕早生华发。

亲爱的人呀，我几时回？
这简单的谜题你心领神会。
不杀出一片天地誓不归，
不干出一番事业我永不回。

不让你受罪，不让你遭人白眼，
这是我今生今世做人的标准。
为了你的美丽，为了你的高贵，
就算流尽最后一滴血我也无怨无悔。

第十七辑 生死恋

人生如梦，来去匆匆，
看淡了，万事皆空。
金重银重，真情最重，
放下了，一身皆轻。

广厦千间，六尺足眠，
良田万顷，一日三餐。
贵一天，贱一天，贵贱难逃生死关，
我只要你朝朝相陪岁岁年年。

十年打拼不觉累，
胸戴红花故里归。
对天对地心无愧，
对国对家永无悔。

亲爱的人呀，我已回，
心心相印，朝朝相陪。
看莲花摇曳，看鸳鸯戏水，
举案齐眉，永不分离。

劳动者之歌

我是普通劳动者的一员，
一生一世与黄土地为伴。
尽管平凡得不能再平凡，
但我无悔无怨。

春天我在桃花园里锻炼，
夏天我为生计流汗。
秋天我的收获满满，
冬天老婆孩子热炕头，特别温暖。

谁说当农民平庸不堪，
这个时代普通人才是活神仙。
不愁吃，不愁穿，儿孙一串串，
老父亲，老母亲，天伦之乐笑容多灿烂。

没有诸葛的才干，
就不摘丞相的桂冠。
没有气吞山河的虎胆，
就不必九九八十一桩磨难。

第十七辑 生死恋

我只满足于一日三餐，
何须家财万贯？
我只醉心于广袤的田园，
甘心平平淡淡。

有奢求，才有恨和怨，
有贪婪，才合不上眼。
登泰山，笑看风云变幻，
观沧海，冷对大浪滔天。

任花开花落，我心坦然，
任星移斗转，自在天天。
不做黄粱梦，潇洒在人间，
只求团团圆圆，平平安安。

我是普通劳动者的一员，
一生一世与黄土地为伴。
这里水至清，这里天湛蓝，
这里有我太多太多的爱和恋。

爱之吟

这里有我孩童时的玩伴,
这里的人至纯至善。
这里的禾苗绿无边,
这里的红苹果特别特别甜。

这里的麦子金灿灿,
这里的谷穗沉甸甸。
这里的喜鹊飞满天,
这里的山歌美又甜。

这里的杏花格外的艳,
这里的月亮特别的圆。
这里的小伙都能干,
这里的姑娘赛天仙。

这里的牛羊跑满山,
这里的西瓜赛过吐鲁番。
这里的玉米棉花一片接一片,
这里的酥梨花椒香到了天边边。

第十七辑 生死恋

这里的黄河九十九道弯，
这里的华山天下第一险。
这里的风景美不胜收人人赞，
这里的文明耕读传家几千年。

我是普通劳动者的一员，
日出而作，日落而息是我终生的心愿。
我爱这厚重富饶的八百里秦川，
我爱这祖祖辈辈辛勤耕耘的美好家园。

风雨夜行人

我知道,
太阳落下,明天一定会升起。
所以,
我不怕黑夜侵袭。

狂风骤,暴雨急,
脚下三尺泥。
伸手不见五指,人似落汤鸡,
今夜,夜色如漆。

前有大山挡道,
后有饿狼追击。
命运,
把我打入万丈谷底。

魔鬼打着灯笼觅食,
秃鹰招摇着双翼聚餐。
就连爱凑热闹的星星也闭上了眼睛,
反复猜度,今夜这出戏,是悲是喜?

第十七辑 生死恋

赤兔，颤索迟疑，
群狼的嚎叫恐怖而悲凄。
整个世界，情绪一片低迷，
上帝呀上帝，还给不给人一线生机。

正义战胜邪恶，天经地义，
光明替代黑暗，毋庸置疑。
此时此刻，只有三尺宝剑如我，
自信、果敢、坚毅。

因为，我知道，
太阳落下，明天一定会升起。
快马加鞭，奋蹄奔驰，
我要拥抱那第一缕晨曦。

爱的传奇

我们邂逅在渭河边，
你的目光闪灼如电。
一瞬间，
粉碎了我由来已久的傲慢。

我像井底之蛙没见过天，
傻乎乎看着你美如桃花的脸。
从此以后我就是你的跟班，
日思夜想魂归你心间。

你就是天上的神仙，
下凡与我再续前缘。
前生一定有所欠，
不然怎会倾尽所有讨你欢心。

你总是躲躲闪闪，
常常消失在热闹的人群间。
百花丛中只一眼，
我便认出了你婀娜多姿好身段。

第十七辑 生死恋

你任性不服命运差遣,
从闹市回到了田间。
不出三天,
你的微笑又落入我的眼帘。

是逃避？是考验？
哪怕去往海角天涯。
蓦然回首,
我在你面前。

一个甜吻开启了热恋,
一个拥抱注定了永远。
亲爱的,你是我的主宰,
我愿与你相爱百年。

时光飞逝六十年,
你我相爱如从前。
尝尽人间苦与甜,
情不变,爱不变,牵肠挂肚永不变。

爱之吟

今天，我们携手漫步在渭河边，
昔日的情景浮现在眼前。
多少感动，多少冲动，多少感慨竟无言，
坚实的脚步走向前走向永远。

就一眼，感动了天，
爱神给我们牵红线。
就一眼，感动了地，
山山水水千年万年颂扬我们爱的诗篇。

亲爱的，我要把你赞颂

亲爱的，我要把你赞颂，
赞颂你如花似玉的面容。
二十年风风雨雨的洗礼，
如今你风采依旧，令人心动。

春风里那四只深情的眼睛，
一瞬间缔结了爱情永恒。
秋月下那次紧紧相拥，
你我的世界从此没有了黑夜寒冬。

亲爱的，我要把你赞颂，
赞颂你晶莹剔透的心灵。
金钱地位，谁不动容？
你却偏偏采摘了我一片真情。

你大气，你包容，
你永远不嫌弃我的平庸。
你经天纬地的心胸，
伴我渡过了万里江天，岁月峥嵘。

爱之吟

亲爱的,我要把你赞颂,
赞颂你气势如虹。
泰山压顶不折腰,
面对厄运,你淡定从容。

你说有失败就有成功,
酸甜苦辣才是真实的人生。
一路风烟,一路笑容,
你才是我心中崇拜的英雄。

亲爱的,我要把你赞颂,
赞颂你的不世之功。
孝敬父母感动了十里亲朋,
相夫教子圆了望子成龙的美梦。

你让我五体投地地感恩感动,
为了你我不惧刀光剑影。
你让我发自肺腑地珍惜珍重,
你是我的女神,我愿为你付出生命。

第十七辑 生死恋

噢，我要把你赞颂，
赞颂你青春永驻的面容。
噢，我要把你赞颂，
赞颂你金子般美好的心灵。

噢，我要把你赞颂，
你是我心中崇拜的英雄。
噢，我要把你赞颂，
你是我的女神，你是我的生命！

兄弟情

兄弟恩，兄弟情，兄弟恩情泰山重。
厄运当头共患难，如遇强敌挡刀锋。

生死共，荣辱同，为了情义何惜命。
脑袋掉了碗大的口，流血不过三尺红。

兄弟情，兄弟恩，兄弟恩情比海深。
相扶相携两只手，肝胆相照一颗心。

不求金，不求银，最珍最贵是知音。
刀山火海闯天下，风风雨雨不离分！

兄弟情，兄弟情，冰清玉洁似芙蓉。
点点滴滴要珍重，金枝玉叶怕秋风。

兄弟恩，兄弟恩，知恩图报亲又亲。
患难路上是兄弟，富贵面前不变心。

第十七辑 生死恋

兄弟恩,兄弟情,兄弟恩情泰山重。
朝朝暮暮忆君容,时时刻刻盼重逢。

兄弟情,兄弟恩,兄弟恩情比海深。
天塌地裂情不移,兄弟永远在我心!

失败了，从头再来

失败了，从头再来，
听从命运再一次安排。
塞翁失马，焉知非福？
胜利，就在下一次战斗中等待。

谁都有磨难与无奈，
谁都有不如意、不自在。
成功之路，困难绕不开，
追求梦想，就要大胆向前迈。

失败了，从头再来，
听从命运再一次安排。
不能效仿霸王武断自裁，
白白断送了江东半壁河山。

从来没有不付出就能收获的记载，
从来没有只挣不赔的买卖。
成功意料中，失败不意外，
赢得起，输得起，这才是真正的英雄情怀。

第十七辑 生死恋

失败了，从头再来，
听从命运再一次安排。
破罐子破摔十分有害，
这样的人生只会一败再败。

知难而上，知错就改，
舞动健康正义的节拍。
与厄运叫板，与对手竞赛，
天下豪杰你最帅。

失败了，从头再来，
听从命运再一次安排。
浑浑噩噩，萎靡不振，哭哭啼啼，忧虑徘徊，
你注定是别人的一碟小菜。

人生短暂，青春不再，
为何不轰轰烈烈活他几十载？
此树是我栽，此荒由我开，
让累累果实为你点赞为你喝彩。

爱之吟

失败了，从头再来，
听从命运再一次安排。
合身的衣服，才能穿出气魄，
熟练的曲子，才能唱出豪迈。

英雄不是不失败，
愈挫愈坚才可爱。
走新路、穿新鞋、马喂饱、刀磨快，
活出大自己，杀出新未来。

失败了，从头再来，
听从命运再一次安排。
东边不亮西边亮，黑桃不来红桃来。
认认真真选择表演的舞台。

做好功课，才能出彩，
要想成功，就下功夫彩排。
让压力变动力，让莽汉变人才，
明天的你，一定会独步天下，名扬四海。

生死恋

繁星点点月儿弯,急急匆匆上山巅。
两天没见妹妹面,失魂落魄心中酸。

秦岭山下水生烟,黄花遍地蝴蝶恋。
东山哥哥西山妹,白云深处情歌甜。

枣树枝枝唱喜鹊,今天一定喜事多。
小妹昨天约大哥,今天一定有话说。

为人憨厚脸皮薄,一张白纸我戳破。
金鸾唱歌凤凰和,哥哥有话就直说。

铁鏊烙饼干坨坨,妹妹怎么看哥哥?
爱妹爱到心坎坎,妹妹是否有感觉?

长夜漫漫人寂寞,想哥想到月儿落。
旁人不往心上搁,愿与哥哥蹚爱河。

爱之吟

没有弟妹没哥姐,父母早逝徒留我。
从小孤苦一人过,十年春秋苦难多。

两只瓷碗一口锅,一间草庐热窝窝。
只要哥哥对妹好,吃糠咽菜无话说。

妹妹容颜赛月娥,不嫌贫贱跟我过。
一口稀饭给妹喝,累死不让妹受饿。

芳草萋萋满山坡,人勤不愁没收获。
两人分得一块馍,共品人生苦与乐。

千山万壑听我说,我对妹妹有承诺。
为妹打拼为妹搏,今生今世为妹活。

腿勤不怕青山高,要过坎坷有双脚。
四月李子五月桃,芝麻开花节节高。

第十七辑 生死恋

六月西瓜七月杏,八月九月苹果红。
早备柴火度寒冬,相互依偎不觉冻。

千重万重命最重,最好养上几箱蜂。
营养丰富身无病,甜蜜日子比火红。

哥刨黄土妹撒种,春播秋收忙不停。
甩开膀子圆美梦,光说不做麦囤空。

春风拂面晨曦红,夫妻西垄把田耕。
早出荷锄望北斗,晚归入眠伴月明。

一天一天又一天,一年一年又一年。
勤劳人家有余庆,凡俗日子赛神仙。

绿树成荫白云淡,山泉潺潺绕庄前。
一双儿女都康健,一栋红楼赛宫殿。

爱之吟

夫妻二人拼命干,十年垦得百亩田。
牛羊满山猪满圈,小康日子比蜜甜。

人在做,天在看,好人好运无悬念。
只要吃得苦中苦,发家致富有何难?

不垂青史不立传,相扶相携把路赶。
既然人间有真爱,何须留恋金銮殿?

看似平凡不平凡,昼耕田园夜同眠。
一生一世如一日,日日夜夜生死恋。

生死恋,生死恋,千金一诺心不变。
金窝银窝不羡慕,草窝泥窝我不嫌。

生死恋,生死恋,打断骨头筋相连。
贫贱夫妻两不弃,真心真意爱百年!

我要歌唱

面向东，迎春风，
朝霞红，太阳升。
我要歌唱，
歌唱梦想，歌唱豪情。

菜花黄，麦苗青，
耕种才有好收成。
立下凌云志，恃才济苍生，
鱼翔海底，鹰击长空。

人生难得几回搏，
吃得千般苦，方显真英雄。
不怨天，不怨命，风里浪里磨刀锋，
有梦乘东风，坚持到底定成功。

面向东，迎春风，
人勤事业兴。
浑浑噩噩，庸庸碌碌，
浪费时光，浪费生命，到头一场空。

爱之吟

面向西，夕阳低，
炊烟迷，风景凄。
我要歌唱，
只要不放弃，随时有良机。

黄忠八十，刀不老，
廉颇八十，尚能饭。
姜子牙八十，兴周八百年，
千古绝唱，谁不敬谁不知？

万里长征，路在脚下，
走一步，少三尺，多走一步创奇迹。
六十小强，八十老强，愈老愈强，
心不死，志不移，胜利在前方。

面向西，夕阳低，
壮士暮年马蹄疾。
只要还有一口气，就要证明自己，
不断超越，不断奋起，不断升华活着的价值和意义。

第十七辑 生死恋

面向南，艳阳天，
天蓝蓝，云淡淡。
我要歌唱，
美好人生多浪漫。

有关怀，有温暖，
亲朋好友在身边。
有困难，有艰险，
自己山梁自己翻。

人生短短几十年，
心怀善念，快乐无边。
哭也一天，笑也一天，
以直报怨，人正祸远。

面向南，艳阳天，
人品如莲，污泥不染。
大爱行天下，世界更绚烂，
厚德人生，无悔无怨。

爱之吟

北风吹，雪花飞，
天如镜，银成堆。
我要歌唱，
爸爸妈妈儿女归。

追名逐利，有喜有悲，
面对苍天，但求问心无愧。
就算享尽荣华富贵，就算坐拥江山万里，
回首，才知人间真情最珍贵。

新年到，儿女回，
抓紧时间把父母陪。
父母为儿操尽了心，受尽了罪，
四世同堂，微微喝醉，天伦之乐享一回。

北风吹，雪花飞，
别哭泣，别流泪。
爸爸妈妈头发白，
伴在身边，天天敬，天天陪。

第十七辑 生死恋

面向天,眼界宽,
星星亮,月儿圆。
我要歌唱,
苍天保佑人如愿。

莫信他人言,相信自己眼,
爱,就把她放在心间。
离得近,陪在她的身边,
离得远,发个视频互赠笑脸。

不是刻意要博她欢心,
而是离不开她的气息与容颜。
爱他人很难,被人爱更难,
一定要珍惜那份爱那份缘。

面向天,眼界宽,
看破红尘,才知道陪伴最甜。
爱人呀,我到底给了你什么?
风雨人生路,你紧紧,紧紧把我的手牵。

爱之吟

面向地,风景奇,
百花红,芳草萋。
我要歌唱,
大好河山令人迷。

高山翠,大海碧,
彩虹远,暮云低。
骏马一匹匹,牛羊一群群,
米囤满,麦仓溢,塞外响牧笛。

遇上一个好时代,
人人都能出彩创奇迹。
喜鹊天天叫,年年有大吉,
幸福日子甜如蜜。

面向地,风景奇,
我的歌声绕天际。
感动上苍感动地,
朋友,人生好好活,幸福不羡仙。

第十七辑 生死恋

噢，春夏秋冬，就是人生，
我要赞美，我要歌颂。
世事有冷暖，人间有炎凉，
走过了，就是幸福，就是赢。

草枯草荣，花落花红，
生在中华，是我们的荣幸。
国泰民安，东方称雄，
不愁吃穿，身心丰盈。

噢，唱天唱地，白驹过隙，
日月轮回，逆旅如风。
受了千般苦，享尽千般福，
最珍贵，一幕幕美好的回忆。

爱过的人不能忘，
天长地长情更长。
真爱在心间，
今生不枉，来去一场。

第十八辑 不了情

千轻浮名轻

万重苍生重

一枝灞桥柳

十里桑梓情

送君东村口

正月十五后，
送君东村口。
带好换洗衣，
折枝门前柳。
君行千里放心走，
家里事莫愁。
儿女我抚养，
父母我伺候。
庄稼我收割，
蔬果我销售。

打工多辛苦，
保重身体记心头。
好吃好喝好心情，
莫让人消瘦。
世上没有顺心事，
有苦梦中诉。
山外金子塞外银，
年终莫忘回家路。
腊月月尽东村口，
妻在此处候。

农妇情

正月十五送君走,热泪洒在东村口。
离家踏上打工路,为了生活强招手。

二月十五百花开,日日疏花果园来。
脚踩云梯步步高,傻眼望得千里外。

三月十五种棉花,妻当牛马把耧拉。
耧铃来回当当响,滴滴汗水自己擦。

四月十五除杂草,天天荷锄太阳高。
千辛万苦不烦恼,眼前全是你的好。

五月十五正三夏,千斤小麦收回家。
皮肤晒黑嗓门哑,你不嫌弃我不怕。

六月十五秋播忙,汗滴黄土化为墒。
累死累活有念想,有你有家有希望。

七月十五拔谷苗,杨柳梢梢知了叫。
田间地头在想你,问君知道不知道?

第十八辑 不了情

八月十五月儿圆，你不在家饼不甜。
该团圆时不团圆，被窝偷偷抹泪眼。

九月十五摘苹果，今年收入两万多。
儿女补课有学费，父母看病不愁药。

十月十五落秋霜，小麦已长三寸长。
秋去冬来天渐冷，注意保暖添衣裳。

冬月十五满天雪，换双棉鞋暖暖脚。
天寒地冻易犯病，一日三次别忘药。

腊月十五年将至，日日夜夜在等你。
左看右看看日历，早换晚换换新衣。

年关将至见到你，父母高兴儿欢喜。
怦怦心跳口无语，吃完饺子烹乌鸡。

爱之吟

大年初一因有你,一家团圆有年气。
父母早晚笑嘻嘻,儿女把你当马骑。

你是咱家大熊猫,你是我的心头宝。
有你全家有依靠,幸福日子节节高。

离人只能梦团圆

一日三挫心中乱，鸡鸣五更难入眠。
凉衾冰枕沾泪痕，披衣起床推窗看。

灞水桥头弯月冷，终南山下积雪寒。
孤雁离群声声泣，枯柳无依风中颤。

本想遣愁寻温暖，此情此景平添烦。
转身倒床蒙头睡，离人只能梦团圆。

赏秋

昔岁月下赏秋菊，箫瑟合鸣歌一曲。
今夜金风菊又黄，馨香如故箫声孤。
门前溪水声如泣，后园残红落叶枯。
冷月不知愁人苦，清光一夜照寒屋。

离人意

红桃粉杏满园香，此时送别情更伤。
愁压眉梢头难仰，恨刺骨肉泪汪汪。
抬腕招手添新堵，笑容一掬更断肠。
春风不解离人意，劲逐白帆向远方。

窗前问黄鹂

红尘琐事心中揪，一日三望窗前柳。
自信明月解百愁，敢问黄鹂何时秋？
悲伤常在意料后，春鸟岂知秋鸟忧。
园中倩影已远去，日落星寒月如钩。

桃花美人怨崔护

春风徐徐馨香浓,人面桃花相映红。
心生爱慕一瓢水,四目相对万种情。

昼上心头夜入梦,侍立柴门日日等。
庭前金菊身姿瘦,满地落红哭秋风。

神医难治相思病,不是鸳鸯梦不成。
桃花美人怨崔护,春日一别无影踪。

天上人间路不同,富贵怎把贫贱容?
千重心思轻轻放,蜗居大山不露行。

第十八辑 不了情

赠友

日出霞飞霭薄，
龙吟虎啸鹰搏。
满腔正气在心窝，
冰霜雪雨奈何。

万水千山走过，
尝遍人间苦乐。
知己相伴一首歌，
笑看潮起潮落。

今夜魂断

远处钟声响起，行将迈向新年。
昨日还是春天，怎奈转瞬冬寒。

长帆归心似箭，忽遭飓风摧残。
似被重棒击扁，船在江中打转。

远望前程暗淡，近看恶浪盘旋。
就算蒙上泪眼，实在无法安眠。

那头温柔浪漫，踏梦难登彼岸。
悲怆孤独伤感，重逢遥遥无期。

举目乌云遮天，向谁倾诉哀怨？
耳旁风泣水咽，今夜魄飞魂断！

远处钟声响起，行将迈向新年。
昨日还盼春天，怎奈永坠冬寒。

想你天真烂漫，声声门前呼唤。
还是那样武断，立马船归人还。

爱之吟

庭院小路弯弯,外连万水千山。
眼前烟沉云暗,脚下残叶片片。

自从璧合手牵,历尽人间苦难。
想来万箭穿心,不知多少亏欠。

举目乌云遮天,向谁倾诉哀怨?
耳旁风泣水咽,今夜魄飞魂断!

爱在你心中

当湛蓝的天空，
没有一丝丝云彩。
我像一朵白云，
依附在你的胸膛。
尽情飘荡，
自由飞翔。

当你的感情世界，
像一张白纸。
你把我，
独独画在中央。
千般琢磨，
万般猜想。

我是你世界的全部，
你是我生命的依托。
没有了你，
我什么都不是。
没有了我，
你一切归零，
却永远也回不到往昔的平静。

第十八辑 不了情

爱之吟

爱的第一印象，
是那么的神奇那么的美妙，
即使后来我无言地消失。
最早介入你的世界，
我已成为你永远都抹不去的历史。

时光荏苒，岁月蹉跎，
那一片白纸也渐渐褪色。
但我的影子，
如彩虹般绚丽。
在你纯净的心田，
在你昏花的眼里。

也许，在你的世界里，
不曾再闯入过白云。
或者说，你的天地里，
再容不下一丝丝风景。
因为，我在你的心中，
够沉够重。

第十八辑 不了情

尽管大千世界,
几度风云变幻。
尽管滚滚红尘,
人心不古。
可我今生今世独享了你,
最最忠贞的守护。

实际上,你并未说过什么,
只是默默地陪伴。
我也是在那个寒冷的雪夜,
你偶然一次梦呓里,
得知 —— 我是你唯一 ——
这个令我一辈子感动涕零的秘密。

爱之吟

夜半箫声

北风萧索月光幽，孤枕一夜似三秋。
冷衾翻转恨沙漏，鸡鸣更鼓愁更愁。
折柳一别入南楚，鸿雁何时到商丘？
苦情美人正心忧，是谁窗外吹《梁祝》？

云中奇缘

曲径百道弯，拾级上九天。
苍松伴奇石，红梅香庭院。
谷空箫声远，云深遇着仙。
莫道只一眼，相爱九千年。
款款牵素手，似人又似仙。

冬夜寻芳

冰冻三尺腊月天，独自寻芳终南山。
梅开如云迷人眼，寒风扬雪一谷烟。
生来偏偏爱素颜，坡陡路滑马不前。
鸡鸣五更心中冷，清香缕缕断桥边。

寂月伴愁人

紫燕恋故乡，落英惜暮春。
踟蹰别时路，心思付瑶琴。
林深有鸟啼，山空无回音。
明月寂无语，夜夜伴愁人。

不了情

（一）

千尺碧泉落繁星，百折古槐盘紫藤。
清风有意摇翠柳，明月无心惹梅红。
声声雄鸡唱五更，一支玉箫冷芳容。
万重心思驾云鹤，山高不见长安城。

（二）

策马纵乾坤，桃花落三春。
日言失分寸，夜梦乱芳心。
有诗不成韵，山水冷古琴。
寒光穿绿纱，明月照孤人。

（三）

遥望天涯泪纷纷，十年江湖无音信。
风吹落叶门前等，雨打窗花夜惊魂。
千般打问万般寻，冬去春来不寒心。
今托鸿雁寄一语，富贵莫忘糠糟人。

（四）

雨后草青青，送君登前程。
鹰击朝阳红，快马踏春风。
千轻浮名轻，万重苍生重。
一枝灞桥柳，十里桑梓情。

（五）

窗外皎月圆，天涯照玉颜。
真情长流水，钢刀斩不断。
红尘千般苦，思君笑脸甜。
莫道山水远，等君一百年。

（六）

平时只觉事业重，几看父母去匆匆。
人生最悲生别离，别时方知万事轻。
落叶纷纷满院风，呼爹唤娘四壁空。
天塌地裂日失明，华佗难医心中疼。
肝胆俱裂泪眼红，千悔万悔有何用？

爱之吟

日思身影夜思容，遗憾只能在梦中。
父母在，莫远游，房前屋后多照应。
儿女只有父母疼，父母老来儿女敬。
飞鸟尚知反哺恩，儿女岂忘养育情？
金重银重情更重，父母健在多孝敬。

（七）

堂前一瓶梅，庭左两棵松。
日照桃花红，风摇柳枝青。
黄鹂唱声声，古琴骤然停。
二八玉颜冷，凝目望长空。

秦岭情

远看嵯峨舞狂龙，近观苍翠堆碧玉。
红花朵朵眉目秀，白云飘飘胸怀虚。

横分南北三千里，竖抱野村一百户。
朱鹮逍遥出山林，牧笛袅袅绕茅屋。

少年豪放诗百首，美女怀春歌一曲。
剑眉紧锁因君故，心碎杜鹃啼山谷。

君若伤心妾亦愁，一样相思两头苦。
日里夜里把郎伴，天高路远人不孤。

吹唢呐，打腰鼓，爱人亲人一起舞。
十里乡邻同欢庆，杀猪宰牛把酒沽。

积福行善三百年，修来与君同船渡。
蓦然回首望古都，繁华依旧人不慕。

一个真实的故事

爱之吟

一对燕子喳喳叫，穿越黑暗向拂晓。
告别南国往北飞，古城西安有爱巢。

歌声欢快醉白云，舞姿翩翩闹春宵。
同心共梦满腹爱，四目相顾两关照。

雄燕风趣雌燕娇，一路说来一路笑。
相濡以沫情感好，志同道合心性高。

突然声声霹雳爆，冰雹打叶大雨浇。
雄燕翅折落蒿草，雌燕伤心大声嚎。

古槐秃鹰哈哈笑，今晚吾儿有夜宵。
一个俯冲似闪电，铁嘴就把雄燕叼。

秃鹰展翅速度高，一会就到半山腰。
它要去把儿女喂，哪管雌燕身后追。

刚着石崖未进窝，突遭雌燕把眼啄。
一声哀鸣嘴未合，雄燕顺势向下落。

第十八辑　不了情

雌燕急速向下飞，雄燕正好落在背。
秃鹰负气拼命追，雌燕空中几迂回。

眼看秃鹰要得手，雌燕突落我怀抱。
我把双燕身前罩，秃鹰在我头上绕。

头上绕，恨难消，张开血嘴嗷嗷叫。
我张大口朝天吼，秃鹰渐渐才飞高。

我请大夫医雄燕，雌燕一日供三餐。
人燕就像一家人，不觉时过十五天。

雄燕翅膀全医好，两燕并翅双飞高。
眼看双燕远方去，若有所失心烦躁。

一日偶然把头低，双燕频频在嚼泥。
举目爱巢屋顶建，对我叽叽诉谢意。

双燕语言我全懂，悲伤欢乐与我共。
鸟儿报恩尚如此，人何重利轻义气。

爱之吟

三年过后正立秋，雌燕跌下命已休。
雄燕绕尸飞三匝，泣血而亡随她走。

此情此景活生生，目望双燕泪眼盈。
形影不离朝夕伴，同生共死情义重。

忽然百燕绕尸嚎。叼走双燕向远空。
瞬间感动我心碎，悲痛欲绝泣声声。

秋风习习夕阳红，寺院深深撞大钟。
我把悼词沉痛吟，招手道别情难禁。

今生风雨不离分，来世同伴两相爱。
如若二位念前缘，欢歌并翅冲我来。

日日高飞九天外，夜夜梦中入心怀。
天堂真情难磨灭，人间世代爱永在。

惊喜

一

桃花吐蕊杏花开，二八少女携香来。
七分灵性三分呆，十分心事有期待。
乡间小道十八拐，目不斜视头不歪。
柳林尽头小溪外，一个惊喜入胸怀。

二

千仞崖头百花开，两树喜鹊鸣窗外。
红颜带笑理青丝，骏马携风入门来。

爱之吟

邂逅

松前邂逅初见面,低头无语泪先流。
好似梁祝千年等,踉跄入怀泣声声。
日映芳容荷花红,风吹细柳腰姿轻。
人爱深山耕田垅,情似皎月映明星。

风雪归游子

风摇秃枝冷,雪飘满山云。
天低阴云重,崖高飞鸟稀。
十里无鸡鸣,长箫有新曲。
坡陡马不前,归人不停足。

织牛吟

风轻柳色新，露重桃花润。
日高抛银线，土厚生紫云。
丈夫耕田垄，娇妻织布帛。
桑下低声问，原是天上人。

问月

策马出潼关，寻梦下江南。
怀揣万卷书，腰悬三尺剑。
烟花千万里，音信七八年。
敢问吴楚月，何时照人还？

无题

春阳灿灿青山外,晨风徐徐润胸怀。
童心跟着蝴蝶走,馨香浓郁花中来。
油菜似金连成片,梨花如银一排排。
翠柳身旁红杏开,朱颜眉头施粉黛。

秋烦

银河移北斗,残月挂吴钩。
袒胸蚊子咬,蒙衾气不透。
月明星色暗,房阔不胜忧。
愁人心正烦,秋虫唱不休。

真心真意爱一回

昔日万事我料理，风风雨雨会应对。
今日有家我难回，事无巨细你受累。

每当想起你的爱，心中惭愧泪行行。
跟我没过好日子，受苦受累受伤害。

大雨滂沱未撑伞，风雪袭来我不在。
忙了家里忙家外，泰山压顶得忍耐。

亲戚朋友要关怀，照顾老母育小孩。
双肩挑起千斤担，历尽苦难不言败。

刀光剑影走一回，方知情意最珍贵。
人生路口有分离，朝夕相伴才美丽。

泪流干，心疼烂，天天想回你身边。
冬天为你挡风寒，夏天为你摇大扇。

下火海，上刀山，为你撑起一片天。
日日活在恩爱里，天天幸福展笑颜。

爱之吟

你的情，拿命还，否极泰来尝甘甜。
汗水流尽血流干，陪你快乐度百年。

人生就像一台戏，酸甜苦辣要尝齐。
昔日一切太顺利，今朝坎坷是磨砺。

人生梦想似铁环，敲敲打打方可圆。
山高水长路漫漫，风雨过后天更蓝。

松柏耐得数九寒，春风得意百花艳。
心跳不停放手干，奋斗人生才灿烂。

得得失失自难免，重新拥有也不难。
夜幕降临心无怨，坚信光明在眼前。

祸生福，福生祸，大难不死后福多。
人生路上不平坦，坑坑洼洼都得过。

走到山顶要下坡，下到坡底要过河。
走了一程又一程，追梦路上最快乐。

第十八辑　不了情

有朝一日走到头，方知一生无所求。
最温最暖携君手，万里红尘无忧愁。

两眼一闭空荡荡，争来夺去梦一场。
今生拥有你的爱，幸福快乐在天堂。

亲爱的，别悲伤，人有一亏天补偿。
面对厄运要坚强，冬去春来现瑞祥。

东方不亮西方亮，问心无愧剑眉扬。
成功失败烟云过，最珍最重恩爱长。

亲爱的，等我回，年年岁岁把你陪。
雨过天晴江山翠，幸福之花更绚丽。

金山银山东流水，你的情意最珍贵。
天上人间你最美，真心真意爱一回。

受宠若惊

爱之吟

用冷漠支撑着坚强的外表，
用冷眼遮挡着内心的无助。
像一只失去伴侣的孤鹤，
在天空吟唱着冰冷的深秋。

身边一片无动于衷的星辰，
嘲笑着你凄凉痛苦的呻吟。
努力扇动着疲惫无力的翅膀，
勉强走过了一个个失望消沉的黄昏。

乌云正筹备着一次无情的打击，
狞徒正擦拭着锋利的箭头。
你在冷酷的世界里维系着危机四伏的生命，
不知你内心堆积了多少绝望的忧愁。

你从未低下你高贵倔强的头颅，
你是否规划好了你还要逾越的小路。
世界不知你不可告人的苦痛，
人们只能忖度着你必有不可失约的等候。

第十八辑 不了情

空荡荡的天空没有特别的引诱，
清冷的月亮永远是你可望不可即的乡愁。
太阳的些许温暖也是遮人耳目的作秀，
你唯一的希望就是没有选择的自救。

遥望着你精疲力竭的孤影，
我只能祈祷上苍保佑你的虔诚。
遥遥的思念只能是锥心刺骨的痛，
说起相聚我只能反复回味着昔日拥有时的美梦。

苍白的脸庞镶嵌着一双血红的眼睛，
唯一可以拿出手的就是对你永远不变的真情。
亲爱的人呀，你信天信地就是不信命，
勇敢地守护着人世间最最珍贵的永恒。

雪花纷纷扬扬播撒着无情的冰冷，
你匆匆忙忙还在丈量着你必须坚守的行程。
你明明有千种万种更加明智的选择，
为什么要坚信这一生爱我就是你注定的宿命。

爱之吟

山重重水重重你的情义最珍重,
天要黑天要明日日夜夜盼重逢。
受宠若惊好感动,
最温最暖你的爱你的情。

圆梦

面无表情地走过，
拒人千里的冷漠。
哼着只有你能听懂的情歌，
你是否感到了被压制而喷射的爱火。

为什么执着地闪躲？
为什么失去了昔日的快乐？
走在陌生的角落，
还在用眼偷瞟着惊慌无措的我。

怎么能这样地过？
怎么能这样地活？
用爱作代价，
兑现不该兑现的承诺。

你是在欺骗自己，
你是在与幸福为敌。
走入了无情的世界，
活着还有什么意义。

爱之吟

有车有房令人羡,
没情没意日子凄。
财富奋斗可拥有,
真心真爱世间稀。

决定不要下得急,
摸摸胸口问自己。
车价房价有高低,
情义无价,是否丢得起。

亲爱的,抬起头,
看看前边要走的路。
琼浆玉液你是否能入喉,
一双冷手能不能焐热你思念的心。

顺着路,你向前走,
哥哥就在前边候。
心在抖,泪在流,
我的世界就缺你温暖的手。

第十八辑 不了情

心连心，手牵手，
金山银山都会有。
为了与你常相守，
我愿抛血洒汗去追求。

彩霞飞舞东方红，
哥哥妹妹心相通。
牛奶面包都会有，
最珍最重是真情。

人生路，咱同行，
坎坎坷坷脚踏平。
双手打开幸福门，
共同奋斗圆美梦。

思归

碧林绕朱屋,青草环镜湖。
飞檐垂紫藤,古槐串白玉。
桃杏展娇媚,松柏亮风骨。
日升醉彩霞,荷睡摇珍珠。

双燕叽叽语,美人抬笑眉。
嗒嗒马蹄脆,远山有人归。
粉腮露红晕,青丝低低垂。
匆匆补浓妆,轻轻拭热泪。
天天伤别离,日后朝夕陪。

邂逅

酒足饭菜饱，
散步把食消。
灞水清清烟柳远，
天蓝红日高。

低头芳草翠，
举目桃花娇。
松林声声喜鹊叫，
平添几分噪。

乌云瞬间聚，
大雨瓢泼浇。
风吹柳絮人飘摇，
花伞头上罩。

明眸解千愁，
荷香开心窍。
风停雨歇风光好，
佳人身旁笑。

第十八辑 不了情

日西有人归

人孤玉床冷，鼠窜我心惊。
披衣挑灯明，推窗望寒星。

夜深寂无语，偶闻布谷声。
高呼伊人名，天远无回应。

谁惹天公怒，无端起狂风。
池浅雨点大，柳长饿鬼哭。

电闪天地动，雷震耳欲聋。
正在伤心处，忽见东方红。

风停天下宁，雨歇彩虹升。
落叶遍地横，喜鹊枝头鸣。

远山有微尘，嗒嗒马蹄声。
日西有人归，镜前妆丽容。

夜雨

风狂杨柳啸,雨急荷折腰。
云黑夜来早,雷轰天地摇。

壁空红烛照,床宽洞房小。
朝出人未归,朱唇怨玉箫。

一夜骤雨停。槐梢旭日高。
落叶遮芳草,枝乱绊双脚。

松青黄鹂歌,眼困苦夜熬。
不忍对铜镜,唯恐花容消。

风轻移莲步,门重有人敲。
知是伊人回,蛾眉微微翘。

不屑无名恼,紧紧拥细腰。
彩霞染红颜,梨花带露娇。

情最重

爱之吟

二月长安灯火明，月落灞水平玉镜。
酒酣侧耳听鱼跃，歌罢举目望星空。

远离繁华心欲静，岸柳处处黄鹂鸣。
微风暗送花香暖，碧波轻摇兰舟横。

长安自古帝王都，香车宝马黄金屋。
满街行人貌不凡，藏龙卧虎气不俗。

高楼幢幢齐天平，豪商巨贾足挨足。
汉唐雄风几千年，街头巷陌吟诗书。

欲留三秦故乡等，要离古城心不宁。
日出开得吴越船，月落难成曲江梦。

银河渐隐月朦胧，晓风催促金鸡鸣。
招手告别长安城，一声再见泪眼红。

执手冷，泣声声，十里长亭折柳送。
与君同饮一杯酒，痴心伴君万里行。

第十八辑 不了情

爱豪杰，惜英雄，往事如昨在我胸。
侍立柴门天天等，夜夜梦里盼重逢。

春风吹，桃花红，含情脉脉情意浓。
郎才女貌天仙配，一朝邂逅万世情。

乌云低，狂风劲，雷声滚滚乾坤动。
大雨瓢泼夜行人，眼前漆黑心中明。

春竹翠，溪水清，白雪皑皑满地冰。
棉衣层层犹觉冻，与君牵手暖融融。

征程远，山水重，浮浮沉沉伴君行。
相扶相携度今生，秦都汉城共筑梦。

铁锚起，白帆升，痴情男女各西东。
一声啼哭惊四座，纤夫心软船难行。

牵肠挂肚难分手，哥哥拥妹在怀中。
抽刀断水水更流，天重地重情最重。

圆梦

女：
自古人生伤别离，事不关己不流泪。
十日若有八日陪，两日就算小点缀。

去年紫燕今年回，昔岁人去今未归。
望断天涯无踪影，夜夜辗转难入睡。

男：
自古人生伤别离，几人真知其中味。
三日不见胜新婚，一年分离人憔悴。

最痛有家人难回，风吹柳絮四海飞。
一轮明月满天辉，东西鸳鸯两头悲。

女：
一家不知一家难，各人自有各人烦。
孤独不觉三春暖，寂寞最怕冷月圆。

春日不看桃花艳，秋夜恼恨多情蝉。
娇弱无力懒梳妆，抬眼恐见镜中颜。

第十八辑　不了情

男：
人生在世谁无难，千磨万击志更坚。
自信韶华不虚度，敢下血本人胜天。

日赴商海搏巨浪，夜奔书山攻难关。
通宵达旦年复年，誓不成功人不还。

女：
家中自有二亩田，辛勤耕耘日子甜。
荣华富贵如云烟，知足常乐莫贪婪。

男：
出身苦寒受过难，家不脱贫心不甘。
财富渐多囊中满，荣归故里建家园。

女：
郎在外边抛血汗，妻在家里日日盼。
苍天保佑人平安，一帆风顺早团圆。

男：
东风徐徐心中暖，政通人和艳阳天。
抓住机遇拼命干，定叫旧貌换新颜。

爱之吟

男女合：
月儿圆，人团圆，小康日子赛神仙。
科学种田机械化，别墅小车样样全。

稻谷香，西瓜甜，花椒苹果红艳艳。
生意做到全世界，有志男儿谱新篇。

华夏文明五千年，炎黄子孙是好汉。
民族复兴美梦圆，中华明天更灿烂。

赏荷奇缘

秦岭薄雾漫嵯峨，灞水烟柳翠唐阁。
彩云弄巧织绮罗，清风善染绿阡陌。

紫燕高低白杨过，蝴蝶上下吻新荷。
兰舟轻轻逐碧浪，少女娇媚赛嫦娥。

头顶烈日心中灼，腹装西凤不解渴。
心口燃烧目喷火，双桨震颤嘴哆嗦。

糯米牙，甜酒窝，朱颜粉黛独自乐。
两腮羞红无处躲，白衣仙子在笑我。

杏树枝头傻喜鹊，心中有话就直说。
十里荷塘鲜花多，偏偏就爱这一朵。

遥遥天际双飞鹤，潺潺流水鸳鸯歌。
欲伸素手捞明月，一对情侣坠爱河。

白天鹅之歌

爱之吟

铁门常挂将军锁,钢窗密筑麻雀巢。
人去楼空客舍大,长夜难眠相思多。

自古月圆月又缺,苍天难辨对与错。
放眼振翅双飞鹤,哽咽无语清泪落。

四顾茫然人寂寞,携手窗前觅欢乐。
白杨绿柳黄鹂唱,红桃粉杏紫燕歌。

朱鹮出没终南山,鸳鸯戏水樊川河。
千顷嫩荷风光好,万人踏青笑阡陌。

天空茫茫白云薄,碧海翻滚万亩禾。
蜂蝶迷恋菜花黄,牛羊青草满山坡。

风筝高低斗绮罗,阳光明丽春风和。
十里桑榆翠村郭,江山如画缺你我。

人生苦海起风波,大浪滔天两地隔。
千重思念抹不去,万般热爱难冷却。

第十八辑 不了情

良辰美景全错过，金玉岁月枉消磨。
如果他日再相见，愿做一只白天鹅。

白天鹅，白天鹅，朝朝暮暮为君歌。
心悦君兮难割舍，字字句句掏心窝。

过江海，翻山岳，今生与你同苦乐。
逆水行舟我掌舵，为你打拼为你搏。

白天鹅，白天鹅，心中有话对你说。
今生欠你情太多，愿以生命作付托。

爱如水，情似火，忠肝赤胆心一颗。
海枯石烂情不变，今生今世为你活。

仙境幽恋

绿树岭前群鸟白，碧泉倒映青松翠。
梨花朵朵醉春风，红杏枝头鸣黄鹂。

天外褐雁列长队，涧边细柳丝丝垂。
玉笛暖心小河唱，银箫痴情大山回。

断壁陡峭奇峰危，薄雾缭绕崖上梅。
蝴蝶园里黄花瘦，乱草丛中牛羊肥。

梧桐引得凤凰来，苍鹰钟情万古柏。
少女肩上落画眉，君子双手托子规。

鸳鸯畅游桃花水，鲤鱼跳跃争春晖。
一对白鸟秀恩爱，两只天鹅比翼飞。

赤橙紫蓝花成堆，馨香馥郁肝脾醉。
炊烟袅袅晚餐熟，清风明月人未归。

第十八辑 不了情

百鸟回巢万籁寂，群山染墨千般美。
织女牛郎空垂泪，人间伴侣相依偎。

今生今世有你陪，轰轰烈烈爱一回。
目送皓月西山坠，手牵朝阳满天晖。

梦中会君颜

雨歇晴了天,渭水看白帆。
五谷香四野,林秀太白山。

乌云遮杨凌,红日照长安。
伊人梦中见,倍觉秋风暖。

酒高不知年,狂歌方寸乱。
念及桃花脸,彻夜不能眠。

披衣踏秋草,淮道夜露寒。
思恋望明月,祝福托紫燕。

相聚

窗外三尺冰,房内暖融融。
爱侣交双鬓,离人胸贴胸。
附耳听心语,牵手诉衷情。
情长恨夜短,不觉东方红。

送情郎

桃李花正开,杨柳刚泛黄。
丈夫别故乡,贤妻送夫郎。
热泪遮望眼,喉中哽锋芒。
欲把归期定,人过篱笆墙。

白玉兰

爱之吟

你的心，与我相连，
你的眼，离我不远。
只要合上眼帘，
就是你灿烂的笑脸。

那个春天，
是你我的乐园。
那个夜晚，
我驻进你心田。

不一般的欢愉，
火一样的温暖。
你情意满满，
与我诉尽幸福之言。

分离是天谴，
重逢是期盼。
谁知那个握别的夜晚，
竟留下了终生遗憾。

第十八辑　不了情

夕阳里，我叫喊，
晨辉中，我呼唤。
那个诗一般的名字，
是我一辈子的牵绊。

阳光般的笑脸，
桃花般的容颜。
如今却变成了，
割不断的留恋。

我正在眺望你，
你是否看得见。
那个我深爱过的女孩，
你是我这一生唯一的思念。

白玉兰，白玉兰，
分不开，割不断。
那个历尽苦难的男孩，
就要回家与你团圆！

奇遇

爱之吟

日出转金轮，独步去踏春。
御园花似海，难牵少年心。

双脚挺殷勤，不舍追红唇。
人似初醒花，花似浅睡人。

一顾已断魂，再顾入芳林。
到底人是花，还是花是人。

太阳渐西沉，痴人还在寻。
忽然一声笑，原来是女神。

月光灿如银，院中竹影匀。
别说没有酒，花香也醉人。

花中语

奇鸟振翅奔澹月，湛湛蓝天飞白雪。
一道倩影随风舞，二寸黄喙一首歌。

平明出发须臾回，按时赴约有话说。
两朵金桂落清泪，一汪冷香人寂寞。

世人皆慕天宫好，哪知神仙苦与乐。
后羿当悟花中语，万里驾鹤会月娥。

闺中怨

风吹星斗日追月,秋雨未了又下雪。
窗前红杏揩目过,池中清水开新荷。

枝头鸧鹒声声唱,庭下燕孤人寂寞。
书生朝里谋富贵,美人独身守空阁。

含忧带愤喜画眉,鹦鹉学舌心不悦。
脚踏节拍手抚琴,自娱自乐歌一阕。

秦楚会

刚别秦岭山，又入楚国湖。
早餐羊肉泡，晚食武昌鱼。

长安老朋友，鄂州再相逢。
拉话不尽情，邀来鼓乐娱。

翩翩细腰舞，兼吼大秦曲。
酒醉五更船，东方露鱼肚。

送别

千思万想想不通,自古送别满愁容。
红桃西顾迎笑脸,绿林东摇正顺风。
青天碧海山水重,花香馥郁草香浓。
飞越潼关近崤关,马踏太行到京城。

暮春情

双目闭,云鬓斜,风狂雨骤摧落花。
多情鹦鹉笑枝丫,血迹斑斑杜鹃泣。

野草牵,荆棘挂,娇躯倚在葡萄架。
青蒿丛中人迹绝,黄尘尽头看骢马。

辑故事,编谎话,如何骗过爹和妈。
炊烟浓处是人家,晚归少女有后怕。

昙花吟

千里赴君约,徒步楚天外。
夜宿饿鬼谷,日过野狼寨。

渴饮辙中水,饥食糠糟菜。
三步一折腰,路路朝西拜。

心中有感应,早知有人来。
美丽只一瞬,专为痴情开。

羞中带豪迈,天颜比雪白。
温馨沁肺腑,终生暖心怀。

宫怨

窗前抬望眼，茫茫雾满天。
雕栏松不老，御苑奇花艳。

甘露有余甜，青梅味正酸。
宁愿守寂寞，懒闻未央欢。

江山多红颜，岂怨君恩浅。
五更剪灯花，平明卷珠帘。

长睡不愿醒，入梦到从前。
贪婪福寿短，无欲享永年。

中秋思远人

风急黄尘卷,
林疏落叶乱。
烟雾迷蒙苍山远,
旷野萧条秋色淡。

海阔鱼翔浅,
天高孤鹰旋。
奋蹄骏马踏荒漠,
恋家倦鸟归故园。

西山日不落,
但恨时钟慢。
窗前频闻双燕语,
中秋平添万重烦。

桂香满庭院,
临风凭玉栏。
望穿秋水人不归,
遥寄相思恰月圆。

爱之吟

扔掉催马鞭，
放下湛卢剑。
三间草庐可遮风，
一袭布衣能御寒。

举目山花灿，
低头赏清泉。
风里雨里人相伴，
知冷知热心中甜。

腊月三十哥哥回

桐花紫，槐花白，桃花杏花苹果梨。
山坡苜蓿如紫绶，田野片片向日葵。

柳条瘦，荷叶肥，杜鹃山茶傲玫瑰。
野菊月季日日开，朵朵牡丹是花魁。

故乡山，故乡水，故乡风景实在美。
每当想起家乡妹，游子偷偷流眼泪。

红脸蛋，柳叶眉，樱桃小嘴细腰围。
唱支情歌百鸟醉，跳起舞来更娇媚。

要奋斗，要作为，天涯追梦不能陪。
妹妹夜夜村头等，腊月三十哥哥回。

第十八辑 不了情

忧愁

心随飞鸟不择路，人骑瘦马黄昏后。
青山绿水难诱惑，芳林拥花空作秀。

莫道少年强说愁，世间几人能无忧？
春催夏来夏催秋，不觉白了少年头。

十里亭前有姝丽，翩翩笑靥还含羞。
无意回眸只一顾，冲天戾气一网收。

赏明月，观星斗，抓黄猫，玩黑狗。
叽叽呱呱话不休，太阳已上东山头。

第十九辑 沉甸甸的思恋

一轮冷月天上悬

夜半风急孤灯暗

但闻五更潇潇雨

幽径天明残花乱

沉甸甸的思恋

一

月转银盘朗中秋，风吹金菊平添愁。
昔岁同品一盅酒，今宵别泪两头流。

二

和泪清风摇细柳，泣血杜鹃鸣翠竹。
谁说相思等闲事？一夜白了少年头。

三

蝴蝶高低春花乱，泪痕淡淡倚栏杆。
日日朱门不上锁，夜夜明月无人还。

四

水细寒烟苍山冷，枯桐噪鸦残阳红。
天边孤雁瘦影远，滩头落花卷西风。

爱之吟

五

岁月蹉跎霜青丝,细纹上脸浑不知。
双燕耳语团圆夜,孤人最愁离别时。

六

热泪镜中红颜憔,冰霜刀下剑眉高。
孤影漂泊山水远,天涯两头愁春宵。

七

春夜衣单心难平,万般辗转天不明。
恨到极致翻身起,推窗风寒满天星。

八

双目圆睁四壁空,只身辗转肤骨疼。
孤人难熄心中火,冷月正结一天冰。

第十九辑　沉甸甸的思恋

九

春风送暖花正红，人心苦寒已结冰。
白天不见晚上等，年年岁岁看流星。

十

金菊银桂满天星，霜冷水寒孤月明。
望断天涯无归影，更深露重听秋风。

十一

织女容颜牛郎情，携手竹林看花红。
一朝离别出意料，千年桥头盼重逢。

十二

北风呼啸雪花乱，飞鸟归巢羊归圈。
冰冻三尺孤影冷，期待门前不知寒。

爱之吟

十三

爱君几许恨几许,无良娶得别家女。
膝下誓言随风去,案上红烛夜夜雨。

十四

风冷花凋月如钩,一样相思两头愁。
为了生计奔波苦,独留红颜守空楼。

十五

水细烟寒暮云薄,兰瘦荷枯蝶不落。
心付瑶琴无人和,面对苍山独自歌。

十六

轻风拂面荷花红,一舟欢歌一舟情。
只恨当初放君手,碧水桥头等一生。

十七

窗外一阵南来风，故人倩影入梦中。
枕榻香衾暖融融，只盼从此天不明。

十八

浮红逐水苍山空，交颈鸳鸯各西东。
冰霜雪雨寻常事，落英何须怨秋风。

十九

昨日娇颜烫脸红，今朝素手冷冰冰。
再三催问花无语，低头荷叶泪晶莹。

二十

麻雀觅食门前静，乌鸦归巢苍山空。
几声呼唤花无语，一夜风冷孤月明。

爱之吟

二十一

秋风萧索月季凋，蜂飞蝶远孤枝高。
今日莫夸昔日俏，悠悠岁月是霜刀。

二十二

杨花吹雪柳絮飞，夕阳落山百鸟回。
蝴蝶花前无去意，有家不归恋芳菲。

二十三

灞水桥头归帆白，夕阳西下胜朝晖。
路人不曾仔细看，朱颜心事上柳眉。

二十四

叶绿荷红情歌近，天蓝云白箫声远。
声声呼唤心中热，迢迢山水千里寒。

二十五

双燕蜜语心中酸，更深露重梦难圆。
孤楼月冷银汉远，一夜风寒青丝乱。

二十六

一轮冷月天上悬，夜半风急孤灯暗。
但闻五更潇潇雨，幽径天明残花乱。

二十七

风卷残叶夕阳红，孤楼瘦柳相思浓。
塞外水寒苍山远，床前心冷泪结冰。

二十八

枯藤残柳大雁回，水寒帆影人未归。
山噙夕阳暮云红，冷风撩衣叶乱飞。

爱之吟

二十九

伫立问苍天,方知已经年。
寄宿近笔墨,客旅远红颜。
面沐北风冷,心伴白云闲。
日观杨凌树,夜游翠华山。

三十

繁星一天寒,孤月满地霜。
床前昙花谢,凤衾有余香。
日落滋爱恋,夜来生奢想。
既然放不下,何必效魏王。

三十一

有梦寄远方,衾温懒开窗。
忽闻马蹄响,声去心更伤。
天河两岸寒,冷月一池霜。
目送飞鸿远,失眠恨夜长。

第十九辑 沉甸甸的思恋

三十二

细雨凋春花，秋风枯芳林。
船逐东逝水，天行流泪云。
齐楚三千里，只能梦中寻。
月下相思树，窗前断肠人。

三十三

任性有分寸，真情不较真。
擦肩虽一瞬，形同两世人。
逢人便打听，梦里常追寻。
错过在午后，一生怕黄昏。

三十四

明月近山寨，冷水远阳关。
日子不好过，家家都有难。
叹气释重负，蒙衾抵露寒。
天边大雁归，中秋人未还。

壮士出征

肩荷斧钺心无怨,昂头挺胸走向前。
三尺宝剑向虎狼,一颗丹心赴国难。
满腔热血千里洒,双脚踏破万道关。
壮士不惧征途远,大浪滔天扬白帆。

年关思至爱

昨晚一夜风,清晨冷森森。
云暗日不明,天寒雨蒙蒙。
房内无年味,窗外爆竹声。
凝目思至爱,望梅泪眼红。

昔日笑语何处去

除夕之夜人团圆，爆竹声声庆丰年。
入云龙飞炸天响，满堂红彩万星繁。

银汉北斗投慕眼，贺岁月老喜眉弯。
鸡鸣五更难入眠，一家四口笑声甜。

远处银花树树新，四周鞭炮震乾坤。
窗外惊叫声声闻，方知今夜又迎春。

一对儿女已入眠，美人榻前泪湿巾。
昔日笑语何处去？牵心挂肚少一人。

寒夜思

星冷腊月天,风啸终南山。
坚冰凝灞水,积雪封秦川。
梦中有人唤,披衣上栏杆。
月高愁思远,更深大地寒。

春晨

鱼鹰竞翔大江流,长风摇竹千里秀。
一朵白云带疏雨,满山红杏花含露。
极目锦绣通吴楚,放眼繁华无尽头。
黄鹂高枝唱旧歌,美人低眉添新愁。

小楼怨妇

乌云沉沉天色灰，凄风带雨叶纷飞。
小楼沉默双燕语，孤石静待浪花拍。

同命鸳鸯浮寒水，比翼白鸽屋下回。
思春红颜床边冷，热心穷途人难归。

苍天有情拭悲泪，大地无意岁月催。
星移斗转无留意，冬去春来鬓角白。

彩霞绚烂红日丽，炊烟缭绕苍山翠。
远眺归路行人稀，近看园内桃花坠。

艰难持家生存累，天涯奔波常别离。
等到他日携金归，只恐不识我是谁。

等待夜归人

爱之吟

天高月如银,山远夜色深。
蛙声连成片,溪水轻轻吟。

荷香淡初夏,岸柳浓暮春。
槐花入窗户,青藤挂朱门。

鸳鸯枕头孤,雕龙婚床新。
暑热袭新妇,挥扇打饿蚊。

玉兰润肺腑,羌笛乱芳心。
金银鹅毛轻,爱重三千斤。

五更难入睡,披衣到前村。
小桥别离处,等待夜归人。

坚守

繁星点点月儿弯，辛苦劳作又一天。
拍拍尘土擦擦汗，牵牛扶犁把家还。

冰锅冷灶用火暖，形单影只心不寒。
春来秋去三十年，夜夜梦中有君伴。

花红草绿不续弦，痴心一片未曾言。
知冷知热心相连，相亲相爱恩如山。

高官厚禄不羡慕，缺衣少食无怨言。
冰天雪地手牵手，风里雨里笑声甜。

大山小河都走过，心无旁骛天地宽。
贫贱夫妻无奢望，粗茶淡饭饱三餐。

绫罗绸缎身上穿，大路小路各一边。
红绿粗布围腰间，阿妹绝色胜天仙。

抬头低头向我笑，睁眼闭眼你身娇。
今生难忘你的好，情比海深比天高。

爱之吟

嫦娥邀君上九天,哥哥等妹一百年。
日出日落盼君归,月缺月圆梦中恋。

追妹不怕九霄寒,百年之后月宫见。
天塌地裂不分离,哥哥伴妹万万年。

琼楼玉宇桂花艳,彩云飘飘把手牵。
嫦娥感动翩翩舞,哥哥妹妹笑开颜。

深宫怨

月圆正中秋，花前忆当初。
歌舞不为二，仙容拔头筹。

佳丽三千众，独尊我为后。
二八人正美，十六尚含羞。

喝完杯中酒，怀中观牛斗。
日日侍国宴，夜夜牵君手。

朝夕如沙漏，日随星月走。
天子有新欢，月娥成旧宠。

纵有千般恨，敢似常人怨？
既为宫中柳，不得不低头。

岁月老红颜，寂寞伴春秋。
脸上堆笑容，心中恨当初。

期盼

旷野风摇树,天涯挂黑幕。
绿叶打侯门,玉瓣飞绮户。
阡陌扬黄尘,朱楼人踱步。
少女盼郎归,雨骤身不顾。

等待

风急马蹄快,人归千里外。
神驹越溪水,雄鹰上高台。
华庭闻酒香,柴门有人待。
此时应无语,踉跄入胸怀。

愁怨

开门数寒星，关窗听虫鸣。
子时理银钗，五更宽衣带。
既是君没来，莫怨妾不待。
平明一掬风，扑面冷心怀。

门前步迟迟，唯恐君不知。
驽马非骐骥，可曾误君期？
只缘爱至深，心中生别意。
踟蹰失约路，雾把心窍迷。

既然有真心，何必要真金。
悠悠四十载，夜夜愁煞人。
一个无言语，一个有余恨。
人间滴滴雨，天上一朵云。

第十九辑 沉甸甸的思恋

那一夜

爱之吟

人人都过情人节，多情少年脚不歇。
前看后看叶摇树，左看右看树摇叶。

对对情人脸儿贴，独有少年心悲切。
声声鸟唱惹人烦，夕阳西下泪滴滴。

四夜静，灯火灭，面前少女怯生生。
相爱本就无因由，明眸流转只一瞥。

星的夜，月的夜，花的夜，草的夜。
风的夜，雨的夜，少男少女定情夜。

寻的夜，找的夜，魂牵梦绕千百夜。
夜夜星月皆依旧，再未找到那一夜。

秋怨

嫁与商贾常不在，新妇最怕一人待。
饿蚊不失吸血机，贼鼠哪肯弃残菜。
狂风再三破纸窗，淫雨门框生绿苔。
孤床薄衾寒屋冷，两只蟑螂钻进来。

意乱心迷

推窗轩台被露滋，开门远山日出迟。
霭轻晨鸟戏草木，雾浓紫燕人不识。
侧耳隐闻小溪唱，抬头岚重不知时。
怅然昨夜离别梦，意乱心迷难成诗。

胭脂泪

叶千片，花千朵，风吹云鬓人寂寞。
清泪滴滴看夕阳，轻蹙蛾眉望江波。

走千山，过万壑，枕戈弹剑独自歌。
两岸烟霞落倦鸟，才下齐楚到吴越。

征荒原，战胡沙，秋霜白了少年发。
心力熬干血流尽，只为封侯赐荣华。

天也大，地也大，博取功名事最大。
勤王路上无父母，金鼓声中冷娇娃。

中秋怀美人

八月十五月儿圆，可惜盛宴人不全。
窗前美人拭泪眼，灯下娇妻心更烦。

明眸频频天外看，美味佳肴无心咽。
莫道中秋风光好，离人今夜又失眠。

在家只觉感情淡，出门方知心相连。
夜夜梦里忆笑脸，日日伊人是红颜。

秋风萧索天地寒，百花凋零好梦残。
孤人最怕中秋月，可怜仙子闺中闲。

第十九辑 沉甸甸的思恋

中秋怀仙子

饭后无所事，立窗对太白。
鸟自田野归，云从水边回。

山披夕阳晖，草含相思泪。
金菊配银桂，情人赴约会。

家妻拾残酒，抬手垂罗帷。
不知月中仙，中秋何人陪。

秋夜怨

云拉灰篷帐，日月隐居长。
御苑花已枯，莽林残叶黄。

独鸟唱扶桑，蝴蝶入洞房。
冷衾有余香，孤人空惆怅。

油尽无灯光，五更人彷徨。
恨人人不在，恨天秋雨长。

家有万斗粮，何必求封王。
如果有来世，嫁与守家郎。

爱之吟

十月再忆君

人在太白山，心系石榴园。
花开骄阳艳，十月枝枝繁。
来年红籽软，料想比李甜。
闻桂知旧香，望月思君颜。

思乡

淫雨打深秋，难洗脸上羞。
新鞋走旧路，无非有利诱。
吃得苦中苦，难抑思乡愁。
梦中呼老母，一夜白了头。

女儿怨

孤月无情冷宫帷,满树银汉东方白。
三年等得一夜恩,怎比庶人天天陪。
春风不解女儿心,红烛夜夜胭脂泪。
来世做男不做女,刀枪剑戟取富贵。

八哥独白

牛郎织女天上会,世间万径无人归。
两只蜻蜓合一体,并蒂莲开也流泪。
紫燕体恤无言语,鹦鹉知人有独白。
红颜心头为念想,众人眼里是金龟。

登月

仰视望月亭，遥遥白云中。
脚踏九曲路，袖拂千年松。

抬腿登天梯，赴旅万里行。
洗梳银河水，摆驾蟾蜍宫。

朵朵桂花香，盏盏宫灯明。
隐隐哭泣声，月娥泪眼红。

朝朝思天庭，今夜残梦醒。
不禁透骨风，依依人间情。

眺望

秋风寒渭水，太白凝霜练。
浅黄一地草，红叶万树花。
野村闻犬吠，旷原噪乌鸦。
极目望长安，云乱不知家。

旧梦伴长夜

晚来蜡烛亮，人去心灯灭。
双衾难御寒，不言泪滴滴。
无刺咽喉鲠，思虑肝气结。
新雨冷清秋，旧梦伴长夜。

大年思小儿

大儿门前望，小儿黏着娘。
红梅两度开，慈父别时长。

鸡鸭食不香，心中空荡荡。
除夕不好过，初一情更伤。

不闻昔日笑，无心放鞭炮。
天亮日正高，无聊睡大觉。

不是缺红包，无处去撒娇。
父亲你快回，孩儿要您抱。

情急烈火烧，泪冷珍珠掉。
思儿寸肠断，枯容不忍瞧。

打工万般苦，生存就得熬。
团聚谁不想？留守薪酬高。

大年思燕归

风冷菊花败,紫燕千里外。
屋前无心语,往昔乐不在。
翘首望丽影,低头思娇态。
劝君莫悲哀,柳黄燕归来。

第十九辑 沉甸甸的思恋

年关冰山行

冬去春不来，含苞梅未开。
雪积苍山冷，雾漫一谷霾。

庐矮遭风害，屋贫遇天灾。
坡陡十八拐，人负一捆柴。

莽林箫声起，歌飞九天外。
苍鹰三两只，鸿雁一排排。

快马力已衰，壮汉脚难抬。
野火照荒寨，热粥暖心怀。

伤除夕

春晚歌舞狂，观众心已伤。
虽属除夕夜，难禁热泪淌。

飞雪打铁窗，孤灯照空房。
风急玉床冷，壁寒落白霜。

义重心宽广，德厚人善良。
有功没奖赏，无罪遭诽谤。

声声问上苍，星隐月彷徨。
祸福天难料，好人多遭殃。

爆竹震天响，精神遭重创。
菩萨无言语，壮士心渐凉。

雄鸡一声唱，旭日出东方。
红梅露笑脸，万物沐春光。

美人吟

秋风黄菊颤,
流云红霞卷。
远近烟浓隐白帆,
高低雁翔南归倦。

翘首乌发乱,
低头黛眉弯。
小舟逐波离人远,
落叶搅尘心更烦。

古槐明月瘦,
新人旧衣宽。
敢横琵琶诉积怨,
难耐岁月败红颜。

仰观牛斗转,
天高银河灿。
须臾忽觉愁肠暖,
夜长哪堪忆从前。

第十九辑 沉甸甸的思恋

妙语口舌甜,
憨笑酒窝浅。
愿随伊人同生死,
今生不与他人眠。

热泪盈双眼,
快马过三山。
寻觅路上关连关,
相思树下年复年。

红颜泪

风起乌鸦噪，
日落哀鸿鸣。
旷野萧瑟黄尘扬，
村寨犬吠暮烟浓。

水涸枯青草，
崖断凋梧桐。
石径高低秋露重，
苍山远近有无中。

云淡残星寒，
天高孤月冷。
快马踏碎美人梦，
仙子魂断蟾蜍宫。

日日彩霞红，
夜夜玉床冰。
生来不甘嫁凡夫，
爱慕英雄闺房空。

第十九辑 沉甸甸的思恋

晚眠懒听钟，
晨妆怕铜镜。
誓言伤透少女心，
岁月老了桃花容。

傻傻抬望眼，
痴痴盼归程。
枯叶落尽三秋去，
雪花飘来又入冬。

秋念

秋到七月一,五更才闻鸡。
轻手欲开门,露重未披衣。

天河十万里,怎能不着急?
三鞠问杨柳,方知空相凝。

喜鹊已振翅,不会误佳期。
菊花开笑颜,孤人展愁眉。

情系鄂州友

菊开庭院前，桂绽御园后。
双手掬花香，两脚踏清露。

行过水岸竹，独上东山头。
祈祷随云汉，祝福寄荆楚。

既然月儿圆，就当是中秋。
情系鄂州友，遥望黄鹤楼。

望北

做了一生官,命运总向南。
头顶楚国天,心系长安园。
大江风景好,总向北边看。
心中有情结,守口不能言。

遥致人间真情贺

闻讯杨柳皆空巢,方知喜鹊未归窝。
良人伤心会银汉,滴滴清泪从天落。
我为织牛吟诗赋,蟋蟀一夜为谁歌?
莫非昆虫也有知,遥致人间真情贺。

第二十辑 爱之吟

满地黄花遍地香

萋萋芳草向阳光

谁说人生苦日久

英雄美人正晨妆

爱之吟

风高大山默，月明小溪吟。
莽林无鸟语，古堡有归人。

恩肖发慈悲，街头捡弃儿。
全家落埋怨，仆人心不开。

豪门恶少辛得利，变着法儿害同类。
强夺父爱发淫威，欺凌弱小抡铁锤。

希斯克利夫，铮铮男子汉。
面对强敌不眨眼，打掉牙齿和血咽。

妙龄美女名凯西，长得堪称万人迷。
闭月羞花寻常事，沉鱼落雁天颜稀。

王公贵胄她不爱，街头弃儿挂胸怀。
昔日草丛小玩伴，今朝心中好人才。

身高八尺三，脸长前额宽。
双脚踩石烂，独臂擎大山。

爱之吟

剑眉染浓黛,虎目放光彩。
智勇双全骑士,相貌堂堂长得帅。

男子极武威,女儿多娇媚。
瓜秧瓜蒂不分离,郎才女貌是绝配。

贫富分高低,贵贱量远近。
门第不同不通婚,穷人难进富家门。

同心怕刀切,荣辱难取舍。
心中有疑虑,美人多纠结。

宁肯站着死,不愿跪下生。
伊人如有嫌,何不各东西。

士可杀,不可辱,蔑视招来冲天怒。
诗书宝剑在我手,富贵想要就能有。

扬鞭催战马,挥戈走天下。
赳赳丈夫有气节,英雄男儿闯天下。

第二十辑 爱之吟

拥金山，抱银斗，不见伊人心中忧。
东边看，西边瞅，江天万里空悠悠。

月下人彷徨，日久情更伤。
希望怕绝望，故人嫁新郎。

不愁穿，不愁吃，心有缺憾无人知。
温柔乡里不觉暖，面对苍山常发痴。

快刀可削铁，岁月难断缘。
空气当凝止，爱人在眼前。

窗外皎月圆，室内人心甜。
紧紧相拥不分手，无拘无束吐衷言。

乐极哭似笑，悲来笑也哭。
既是世间真情爱，何惧招致他人妒。

错错错，错错错，哪个男人无妒火？
林顿挥拳消旧恨，凯西心中起汹波。

407

爱之吟

高山红梅畏风摧,冷室雪莲怕日晒。
纵是痴情深似海,香消玉殒人不在。

利斧劈,钢刀剜,哭天抢地泪已干。
今生不能朝夕伴,来世昼夜在身边。

既然天无情,何望人有义?
报仇不惜生与死,雪恨自然用其极。

人贵不欺人,人贱人不欺。
行善从来千般诱,犯险只需一人逼。

千亩良田万间屋,弃儿成了庄园主。
自古祸福轮流转,昔日绅士化泥土。

将心比心知人心,公平公正有公论。
莫道男儿气量小,豪气纵横满乾坤。

满地黄花遍地香,萋萋芳草向阳光。
谁说人生苦日久?英雄美人正晨妆!

爱之吟

中美景诗

孙建权 著

陕西新华出版
太白文艺出版社·西安

第二十一辑 三春撷影

天下不能一味红

五颜六色春意浓

阳光之下放异彩

不枉今生走一程

孟春撷影

一

冬雪消尽溪水凉，春雨初润草芽黄。
东风丝丝裹暗香，蓓蕾满枝花欲放。

二

花开黄似金，迎春第一朵。
不被名园困，倩影满山坡。

三

初春柳生烟，旧巢归新燕。
冰残溪水冷，日暮山村寒。

四

大河上下浮冰寒，新柳高低两岸烟。
八百渔船入沧海，一轮朝日出山间。

爱之吟

五

小河残冰破,白鹅逐冷波。
两岸黄鹂唱,夕阳云中落。

六

一夜鹅毛瑞雪停,水凉石寒草未生。
春风摇曳柳半醒,禾苗圆梦万里青。

七

北洼积寒雪未消,南坡日暖梅花俏。
细柳枝头唱黄鸟,春涧流水和玉箫。

八

古槐枝头喜鹊噪,一轮红日上柳梢。
十里沃野春耕忙,炊烟孤直村村高。

九

红云片片托金盘，万道霞光染山峦。
千谷万壑腾云海，青峰点点如行船。

十

小船千只下平湖，山村草屋炊烟孤。
满院鸡鸭呱呱叫，树树喜鹊唱日出。

十一

孟春日暮霞满天，鸡鸣犬吠一村烟。
枯桐无花枝枝寒，杨柳刚露黄尖尖。

十二

日出东山万道光，壮士佩剑向远方。
一路白帆破巨浪，两岸桃花树树香。

爱之吟

十三

危崖劲松翠云端，石径九曲上寒山。
脚下仙鹤拂云海，头顶雄鹰傲蓝天。

十四

风冷云暗日色寒，远邻近村萦紫烟。
农女扶犁耕西垅，情歌一曲满山甜。

十五

夜问梅花何时开，花蕾无语让我猜。
春晨浓香扑面来，惊喜总在意料外。

十六

枝在冰里封，蓓蕾雪中生。
丹心怀春梦，终将满天红。

十七

山村小河初破冰，丝丝暖流天边生。
仰望朝日心不冷，徒步天下一张弓。

十八

故做美梦常自怜，朝朝寂寞肝胆寒。
幸福岂在家里等？一匹快马向中原。

十九

日出东方朝霞红，山郭水村入画屏。
白云深处千鸟唱，杨柳枝头炊烟浓。

二十

大雁高歌逐白云，小河无语送残冰。
春姑热舞卷尘浪，桃花含苞欲吐红。

爱之吟

二十一

正月风和早阳天,美女浣纱灞河边。
莫怨枝头蓓蕾小,朵朵桃花水里甜。

二十二

谁说正月景不佳,没有蓓蕾岂有花?
劝君莫做庸人叹,二月春风看奇葩。

二十三

禾苗青青菜花黄,农夫扶犁耕田忙。
新归旧燕声声唱,老树新桃十里香。

二十四

红桃朵朵苞欲放,细柳枝枝嫩芽黄。
一夜不觉春梦醒,和光馨香满玉床。

二十五

七色花草绕溪水，二尺石径九曲回。
日下林海千鸟唱，云上山头美人归。

二十六

片片青砖白灰墙，美人住得新楼房。
一枝红杏染笑颜，满院修竹翠华堂。

二十七

大河脚下流，苍山门前横。
天高一只鹰，梅开万里红。

二十八

日暖融坚冰，风和送寒冬。
树树桃花红，枝枝杨柳青。
小溪流碧水，大山百鸟鸣。
美景入爱眼，双双不思归。

爱之吟

二十九

昨夜风冷草生寒,今朝云低暗山峦。
柳絮纷飞不似雨,胜却甘露润心田。

三十

大雪初晴天地白,管弦悠悠万山回。
自古北国风景异,吼着秦腔赏红梅。

三十一

迎春花开遍地黄,红桃敛香蓓蕾繁。
不与众芳争迟早,自信三春我为王。

三十二

灞柳泛黄旭日红,终南山上冰雪融。
白云一朵游长安,春风细雨润唐宫。

寒夜寻诗

正月刚开春,池塘二尺凌。
红花不著枝,绿叶难入林。
诗意心中生,好景无处寻。
踱步三百里,孤月照愁人。

旧燕新归

鸡鸣鱼肚白,鹰翔红霞飞。
霭薄柳林芳,日照桃花丽。
山峦千里秀,黄河九曲回。
美人心中喜,旧燕新春归。

赏花需待时

枯树冷枝人发呆，云头皎月好奇怪。
花到开时自然开，机不投缘空期待。
冰封千里傲骨在，天地交融怀奇胎。
东风一夜紫气来，红梅朵朵香天外。

春寒

开口无诗吟，开岁不像春。
无花天地冷，日暗寒人心。
风高尘飞远，欲雨乌云沉。
林深鸣孤鸟，飞雪夜归人。

咏梅

一

天寒春未来，蜡梅朵朵开。
枝枝温如玉，树树暖胸怀。
百花皆回避，捧出冷香来。
雪中仰笑脸，心动泪行行。

二

蜡梅庭前开，清香满楼台。
风吹腰杆直，冰封容不改。
雪中展笑颜，三冬不惧寒。
自古不媚俗，千年风骨在。

庭院双娇

庭院蜡梅开,缕缕清香来。
枝枝露笑脸,朵朵展娇态。
心生千般宠,素手不忍摘。
红颜陪美人,明月寒窗外。

望梅自愧

人生在世多烦恼,正逢壮年面容憔。
手摸行囊铜钱少,心嫉他人金山高。

大雪纷飞狂风啸,万木凋零梅花俏。
冰刀面前昂头颅,霜剑横来不折腰。

不与众芳争春宠,甘居深山藏天骄。
大寒枝头蜡梅笑,羞煞丈夫心太小。

仲春撷影

一

两簇翠竹三枝梅,一树细柳窗前垂。
新燕衔泥堂下舞,镜中喜色上蛾眉。

二

庭前红杏一树蕾,先开两朵逗蛾眉。
心宽从来不怨妒,人花相映双双美。

三

翠竹丛中桃花红,黄鹂声声唱梧桐。
彩霞悠悠轻舟远,风摇细柳湖水平。

四

东山青青翠柳林,西岭桃花飘红云。
浪打渔舟箫声远,鸟恋白帆向清晨。

爱之吟

五

大江滔滔青山翠，朝阳点缀景更美。
桃花姿容杏花貌，满船佳丽竞春晖。

六

莫道梨花脸似冰，蕊中藏着万种情。
只要真爱出心底，倩影夜夜入梦中。

七

日照梨花白如玉，风摇垂柳惊池鱼。
北归燕子翩翩舞，小楼少女歌一曲。

八

半山桃花半山云，小溪流水出幽林。
翠柳深处黄鹂唱，古松枝头鹤听琴。

九

远山苍翠暮云白,夕阳西下有余晖。
彩霞片片逐流水,羊群卷尘牧童归。

十

桃花逐流水,农夫正扶犁。
柳林归倦鸟,日暮人不回。

十一

夜雨敲打冷风吹,落红遍地冢成堆。
怜花美人刚垂泪,千枝万朵映春晖。

十二

苍山渐远日收晖,百鸟恋巢向回飞。
山村阡陌炊烟浓,农夫黄牛带犊归。

爱之吟

十三

翠竹簇簇唱黄鹂，古琴声声弹流水。
青松奇伟伴红梅，山岚缥缈映日晖。

十四

小楼门前碧水清，日映桃花满池红。
白猫屋顶春睡懒，黑狗树下听鸟鸣。

十五

秦岭山上云接天，秦岭山下桃花艳。
一群白鹤箫声远，半山草庐人似仙。

十六

五色翅膀杏黄身，宝石眼睛镶纯金。
世人皆夸歌喉美，终生只爱唱三春。

十七

翠柳轻摇黄鹂鸣,竹影婆娑细无声。
一树红杏日下闲,满院蝴蝶闹春风。

十八

长箫绕大山,夜莺情歌甜。
春风摇垂柳,明月落清泉。

十九

一夜春风来,二月桃花开。
娇容冠天下,不负伊人栽。

二十

箐竹房后栽,溪水门前过。
垂柳喜鹊唱,梧桐黄鹂歌。
日暮杏林远,天高彩云薄。
农家炊烟起,牧笛过山岳。

爱之吟

二十一

春雨过后池塘清，对对白鹅引颈鸣。
轻风垂柳拂绿水，朝阳桃花树树红。
素手起落扬彩练，玉臂上下捣衣忙。
梧桐枝头听鸟唱，明镜水中看丽容。

二十二

仲春二月天，路过梨树湾。
天上繁星朗，水中孤月圆。
浓香凝冰川，风轻织素绢。
积雪三千里，衣单人不寒。

二十三

苍鹰竞蓝天，鸿鹄逐白云。
春风绿原野，飞瀑弹古琴。
雨后山色新，眼前花如银。
孤舟钓碧水，百鸟唱芳林。

二十四

清香漫蓝天，红云染山峦。
枝茂蝴蝶乱，花繁蜜蜂恋。
云淡日光暖，风和春色艳。
下马问渔夫，人道桃花源。

二十五

一汪碧泉一树桃，一位少女低头瞧。
人面桃花同入水，实在难辨谁更俏。
红颜媲美不相让，忍俊不禁明月笑。
阅尽春色难称好，今日一眼看双娇。

二十六

李林一片片，日照光闪闪。
朵朵花如雪，枝枝冰生寒。
远望流云海，近看堆玉山。
若非春风暖，只疑腊月天。

爱之吟

二十七

水有源头树有根,翻山越岭奔早春。
东邻西舍楼入云,街头巷尾景色新。
明珠有价情无价,真爱一缕抵万金。
冬巢之上添春泥,新燕不忘旧人恩。

二十八

二月踏春旭日亮,快马一鞭上古道。
远望千山飘彩云,近看朵朵梅花俏。
古柳枝枝唱黄鹂,青松树树鸣百鸟。
碧水流石门前过,翠竹红楼美人娇。

二十九

青绿紫黄红白蓝,走入秦皇后花园。
五颜六色看不厌,芳香四溢心中甜。

松翠秦岭栖千鸟,柳垂灞水竞万船。
飞瀑如练从天降,峻峰凌空白云乱。

紫烟缭绕意境远，山光水色景不凡。
长箫声声古琴伴，云中小楼人似仙。

三十

草怕白霜花怕秋，红杏蹙眉有近忧。
我劝仙子切莫愁，萧瑟总在绽放后。

天道轮回无穷已，兴衰交替寻常事。
不负韶华心无愧，胸怀大梦君自知。

貌压群芳一枝秀，韵冠三春拔头筹。
只要奋发心不死，东风一夜又红透。

三十一

春雨一夜停，桃杏十里红。
朵朵花带露，枝枝馨香浓。

片片飘彩云，树树摇春风。
山山蝴蝶舞，岭岭蜜蜂鸣。

爱之吟

村村闻赞语，寨寨有笑容。
游客不思归，诗人正用情。

三十二

阳春三月百花开，争奇斗艳待人来。
幽泉为邻松作伴，红桃粉杏深山栽。

太阳追捧月亮拜，诗词歌赋不绝耳。
本想隐居图清净，谁知膝下人如海。

山是风骨云是怀，桃杏芳名扬塞外。
只要心怀真善美，远在天涯爱自来。

三十三

仲春日光艳，禾苗绿古原。
水清鱼翔浅，鹰击一天蓝。
嫩草初破土，鲜花满山川。
彩蝶追少女，新房归旧燕。

暮春撷影

一　奇花吟

（一）
秦岭山下草色青，红叶之上三片冰。
莫道玉颜不起眼，多情蝴蝶正争风。

（二）
浑身上下都是刺，碧叶层层花儿紫。
奇装异彩有个性，远在山野蝴蝶迷。

（三）
叶似碧玉花似瓷，绿荫缝隙映朝日。
莫道远方无知己，遥在天涯有人知。

（四）
百花丛中一枝秀，淡泊名利居山沟。
君若好奇欲赏颜，丛中蜂蝶知来路。

（五）
白里透红淡中雅，风情万种傲百花。
今生不在名园住，君若爱我到天涯。

（六）
晴天娇嫩阴天老，白天脸大晚上小。
劝君镇静莫惊艳，春姑怀里撒撒娇。

（七）
生来只怕落俗套，黑蕊蓝瓣别样娇。
如若都穿红衣袍，不觉春天太单调。
五颜六色风景好，万紫千红春更俏。
别瞪双眼别惊叫，包容万象是大道。

（八）
花海一粟小星星，阳光之下好晶莹。
如若粗心看不见，香韵独到捧手心。
丝丝清香沁肺腑，朵朵花瓣笑不停。
谁说草木无情感。山花夜夜入我梦。

（九）
君问姓名我无名，天涯处处露芳容。
心似烈火脸似冰，碧叶绿秆一身青。

蝴蝶蜜蜂常宠幸，轻风明月知我情。
不愿光华著青史，谨尽薄力添春红。

（十）
不效牡丹不仿杏，怀抱墨玉瓣儿青。
玉叶丛中出草莽，名花谱上查无名。

不为冷面献热脸，知己注目露笑颜。
该我表演用真情，该谢幕时脚步停。

一生崇尚知趣人，自己角色自己明。
不妒众芳不跟风，不求盛名求不同。

天下不能一味红，五颜六色春意浓。
阳光之下放异彩，不枉今生走一程。

二 古刹箫声

刀削斧劈奇岭峻，劲松千尺鹤凌云。
古刹小河石径远，只闻箫声不见人。

三　春野

农夫耕黄昏，百鸟归莽林。
山高接蓝天，水深入暮云。

四　春山

细雨过后风景新，一坡山花黄似金。
松涛逐云看鹤舞，溪水流石听古琴。
远望翠峰笔墨重，近观天潭色难分。
霞光万道照芳林，满目灵气秀三春。

五　春林

彩霞朝晖映芳林，碧峰翠岭蒸白云。
蜡梅风骨红杏韵，半山李子半山银。
百鸟枝头歌喉润，蜂蝶乱处花香薰。
小桥流水石径远，古松丛中吟诗人。

六　心愿

梅花含苞暗香闻，松柏森森绕紫云。
方丈唱诗寒冬暖，古刹庭院人挤人。
高香烛烛表虔诚，三叩九拜动佛心。
个人凶吉我不问，只盼人间万年春。

七　桃花吟

（一）

暮春三月狂风吹，摇落残红满天飞。
片片落红随流水，无怨无悔含笑归。
泱泱天地黑与白，万物枯荣有轮回。
多情少年莫垂泪，来年桃花更菲菲。

（二）

珠光宝气映朝晖，季春桃花韵最美。
诗词歌赋千山回，蜂拥蝶抱夜不归。
矜持枝头听流水，盈盈笑脸含清泪。
月逢十五心生悲，花到盈时怕风摧。

爱之吟

八　无名花吟

君问花名花无名，朱颜敢媲桃花容。
好同小草睡田垄，不与众芳争山峰。
扎根黄土接地气，枝向蓝天馨香浓。
一生不贪帝王宠，二月春风满地红。

九　敬春

昨日杨柳枝头光，今朝点点嫩芽黄。
桃李竞放出意料，紫燕归来冷不防。
半天风吹半天雨，一寸泥土一寸墒。
侧耳沙沙听禾长，抬头肃然敬春阳。

十　幽山天籁

秦岭山头旭日高，千谷万壑涌云涛。
古松树树落白鹤，新枝朵朵桃花娇。
溪水百回出莽林，瀑布万丈来九霄。
石拱桥上美人俏，素手抚琴伴玉箫。

十一　咏竹

不涂胭脂不抹红，常年四季一身青。
风吹雨打不低头，正气凛然傲寒冬。
春来枝头唱黄鹂，秋月诗琴聚高朋。
宁折不屈对天地，身端影正留清名。

十二　玫瑰吟

红色玫瑰衬绿叶，青帝生来性子烈。
崇尚爱情好高洁，坚贞不屈重气节。
花花公子弄风月，请你带上后悔药。
倘若随意冒犯我，叫你双手血滴滴。

十三　咏蒲公英

美哉悠哉蒲公英，田间地头展丽容。
不学牡丹恋名园，崇尚自由随东风。
千年帝王一抔土，万物难免死与生。
追求信仰各有异，落花流水命相同。

爱之吟

十四　野草花吟

不贪名利无牵挂，随风潇洒走天涯。
过客心中不入眼，知己眼里景最佳。
五颜六色任意选，大地处处是我家。
阳光雨露满天下，青帝赐名野草花。

十五　咏牡丹

轻风细雨三月天，百花竞放满山川。
不与众芳争春艳，含馨敛红叶片片。
既然心中有自信，何必在意后与先。
一朝怒放迷爱眼，国色天香冠人间。

十六　诗中意

眼前有景韵不合，心中无诗苦琢磨。
檐下紫燕入芳林，柳上黄鹂朝天歌。
蝴蝶起舞恋花朵，山川涌浪奔大河。
翠竹摇影夕阳照，桑榆含烟一群鹅。

十七　花中情

红叶碧秆花如墨，日晖轻拂显高贵。
是非取舍白胜黑，喜欢面前黑胜白。
多情少年心已醉，月上柳梢人不归。
如若此事莫亲为，劝君别判错与对。
无欲王侯如粪土，有情糠糟是玫瑰。

十八　天地万物一家亲

李子花开树树冰，月季吐蕊满山红。
雪梨捷足占南岭，芍药似海秀东峰。
玉槐紫桐不相让，桃杏争先脚不停。
青山绿水天地共，一花独霸天不容。
春日温暖秋月明，鹰飞虎跃各显能。
天地万物一家亲，和谐相处乐融融。

第二十二辑 三夏撷影

夏来春不在

我开百花败

青帝封花魁

桂冠头上戴

荷韵

一

花似人颜人似花，人花两映景最佳。
留恋蜂蝶不忍去，风流少年独犯傻。

二

七天七夜未合眼，千呼万唤恐花眠。
红颜承晖无言语，热泪映月滚荷钱。

三

六月十五荷花娇，呼朋唤友醉通宵。
一夜月光游渭水，满船朝晖过灞桥。

四

鱼闹碧水水愈清，风卷残云云不同。
两只蝴蝶双翼动，并蒂莲开笑颜红。

五

约友赏荷心欲狂,八骏扬尘向前方。
遥遥荷塘十八里,不见花红先闻香。

六

夕阳西下寒薄雾,岸柳枝头蝉声孤。
一池秋水荷花谢,满目残红碧叶枯。

七

乌鸦噪树夕阳落,一片残红逐碧波。
今岁风寒秋来早,明年日暖再赏荷。

八

红颜穿戴碧绿裙,缕缕清香断人魂。
荷花含笑她不顾,全把嫉妒付瑶琴。

九

荷塘人花媲娇艳，人花错落难分辨。
红映绿来绿映红，左看右看看不厌。

十

一轮朝阳出青山，满池荷花映红颜。
晨霭薄雾柳岸烟，丝竹萦耳歌满船。

十一

凤凰衣裳荷花颜，古琴清雅情歌甜。
红日落水彩云醉，百鸟回头马不前。

十二

碧水恋香门前过，明月爱美檐上落。
巧挥长袖约云舞，高歌一曲百鸟和。

十三

朝日艳艳映红莲，清香四溢惹人怜。
月上柳梢不忍去，独自横舟共花眠。

十四

五分清醒五分醉，五更鸡鸣人未归。
一船朝晖人消瘦，满池荷花碧叶肥。

十五

朝迎贵宾香满池，晚留高士笑态痴。
都说草木无情意，芙蕖有爱人不知。

十六

故作憨态充花痴，几滴眼泪落荷池。
别欺芙蓉无言语，孰轻孰重心自知。

十七

一轮朝阳彩霞红，满池紫水晓风清。
荷花承曦人心暖，碧叶滚珠映日明。

十八

一汪碧水千舟荡，满目红荷半池香。
几处鸳鸯交颈眠，无数蝴蝶乱荷塘。

三夏撷影

一　篙笃赞白帆

篙笃生江岸，点头赞白帆。
雨横桅杆直，浪高航不偏。
逆流勇向前，风狂过险滩。
不惧征程远，相伴到天边。

二　咏桐树

轻风细雨嫩芽生，串串紫铃挂金钟。
红霞飞时喜鹊叫，明月当头听凤鸣。
三夏骄阳红似火，枝繁叶茂搭凉棚。
梧桐树下一桌酒，四世同堂笑声浓。

三　花痴

桃花风韵荷花颜，光照露滋我心田。
莫道矜持无言语，馨香暗送应觉甜。
男儿有泪不轻弹，君是宋玉践前缘。
地做床铺天为被，愿与知己月下眠。

四　祈雨

玉米低头桑梓渴，龙王庙里把头磕。
高香炷炷紫烟浓，狂风呼啸乌云落。
天摇筛罗筛细雨，地张笑口润万物。
孩童窗前啃白馍，翠柳枝头黄鹂歌。

五　咏红杏

二月花满枝，才子要作诗。
四月结青果，酸牙不能吃。
要知个中味，五月杏黄时。
一掰两个瓣，香甜美滋滋。

六　咏月季

根植黄土不挑园，家家户户院中栽。
清香缕缕沁肺腑，笑容灿烂舒胸怀。
风摇雨润露百态，五颜六色展风采。
懒与浮华争春风，偏爱田间地头开。

七　山村小池塘

晌午日正骄，草蔫地发烧。
山村小池塘，顽童正耍闹。
激水声声叫，逐浪满地笑。
列队岸边跳，不惧一丈高。

八　暮色小河

夕阳余晖照，小河乐陶陶。
紫燕穿石桥，岸柳喜鹊叫。
蜻蜓头上飞，顽童水中闹。
个个屁股光，浣纱姑娘笑。

九　咏古槐

远望雄姿蛟龙腾，近看翡翠碧叶丰。
云做礼帽头上戴，风摇长臂扫天宫。
电打雷击剑眉扬，蔑视酷暑傲寒冬。
喜鹊为伴三千载，面对沧桑露笑容。

十　咏桑树

夕阳余晖照英姿，斜影摇曳入唐诗。
浓荫树下少年时，蝉鸣梦里惹乡思。
嫩枝绿皮出新纸，碧叶养蚕吐银丝。
木质坚韧比龙辇，生命繁茂农家食。
最美一年桑葚熟，大街小巷笑脸紫。

十一　咏柳

嫩芽如黄金，最早报三春。
二月绿河岸，五月碧乾坤。
送别赠旧友，清明祭故亲。
枝枝含柔情，叶叶怀爱心。
头戴龙凤冠，身着翡翠裙。
娇姿入诗画，风流贯古今。

十二　花痴

名曰小凤仙，亮丽在山间。
莺啼春风暖，星朗皎月圆。

君从花前过,声声情歌甜。
字字入肺腑,句句动心弦。
就为这一眼,感动数十天。
日日露笑脸,夜夜等君还。

十三　咏凤仙花

不爱名苑爱农家,一年三季缀红花。
色彩适宜亮丽眼,清香淡雅人人夸。

栽在盆中是风景,放在床头当氧吧。
枝叶繁茂绿庭院,花朵成泥红指甲。

终生伴随美人笑,轻歌曼舞真潇洒。
唯尽薄力为人类,不负青春好年华。

十四　雷公吟

玉帝赐名雷公,百姓敬我为神。
擅长呼风唤雨,秉性亲民爱民。

出巡携电踏云，当值披金挂银。
夏天脾气暴躁，春秋心平气顺。

开口虎啸龙吟，闭嘴威震山林。
高声天地眩晕，怒吼撕胆裂魂。

双手摇撼乾坤，诸神敬我三分。
终生替天行道，专劈世间恶人。

十五　及时雨

五月骄阳似火，路上浮土尺厚。
庄稼缺水歉收，农民兄弟发愁。

龙王雷公发怒，顷刻天摇地抖。
暴雨倾盆瓢泼，狂风呼啸大吼。

地上行人奔走，头上棒打鞭抽。
四野天低云暗，遍地黄浆横流。

爱之吟

天上飞鸟归林，地下洞穴水透。
豺狼虎豹胆寒，牛羊猪狗心揪。

一日风停雨休，滴滴珍贵如油。
舞女埋怨误场，百姓烧香磕头。

太阳东升依旧，江山风光更秀。
田野花香鸟鸣，阡陌童叟无忧。

十六　老榆情

季春嫩叶生，仲夏绿变青。
骄阳一把伞，黄昏满院风。

一年好风景，榆钱落头顶。
古树结顽童，枝枝粉脸红。

雨后天初晴，知了声声鸣。
爷爷讲故事，儿孙露笑容。

大圣闹天宫，木兰替父征。
李广射石虎，孔明退曹兵。

气势拉满弓，骨架蛟龙腾。
风雨五千年，昂首向天空。

十七　碧叶吟

春来荒漠翻碧浪，秋至山林比金黄。
绵延招展十万里，天下风景我最棒。

终其一生爱阳光，青春短暂四季长。
孕育硕果承雨露，拥簇众芳花下藏。

自古文人笔尖润，怜香惜玉好词尽。
红花没有绿叶衬，水无源头树无根。

君子不为名和利，默默付出永无悔。
生为人间献美丽，零落成泥沃土肥。

金贵银贵品更贵，无私无欲心无愧。
不负韶华走一回，风摧霜打含笑归。

十八　咏黄牛

朝披红霞晚披烟，日日耕耘在田间。
风吹雨打骄阳晒，汗流浃背大气喘。

低头俯首天连天，辛苦劳作年复年。
石头槽中铺满草，木水桶里两把盐。

一顿可挤三斤奶，祖祖辈辈为人甜。
主家金秋露笑脸，黄牛满足奋蹄欢。

可怜住的破牛圈，一身黄衣从没换。
年轻力壮拼命干，老来终成盘中餐。

无私无悔无怨言，默默奉献数十年。
尖刀相向太残忍，鞭打怒斥当汗颜。

天地良心应发现，别再空赋黄牛赞。
我对菩萨有期盼，快放黄牛归南山。

十九　牡丹红

驱车千里行，争先赏丽容。
蝶舞广园秀，蜂鸣花香浓。
韭菜天天割，茬茬味不同。
十年看不厌，洛阳牡丹红。

二十　偶遇

雨后天晴人寂寞，呼朋唤友上山坡。
隐隐约约有人笑，东梁西岸山角角。

荷叶碧裙粉红袄，柳眉弯弯睫毛翘。
倩影窈窕比花娇，个头不下六尺高。

莺喉甜润一支歌，满山遍野凤凰落。
裙带飘逸翩翩舞，腰肢轻摇步步莲。

盘坐松下抚古琴，白鹤天鹅绕知音。
慷慨激昂吟诗文，字字珠玑创意新。

爱之吟

莲步踏波桥头过，满塘红鱼争食色。
如若风流皇帝在，美人岂能藏山窝。

想追佳丽难迈脚，欲唤姑娘嘴哆嗦。
神女忽然回眸笑，可惜落眼并非我。

二十一　咏牡丹

十月调色彩，五月向阳开。
貌美天下甲，吉名扬海外。

碧叶翡翠雕，娇瓣红云裁。
桃杏不争艳，芙蓉把羞害。

夏来春不在，我开百花败。
青帝封花魁，桂冠头上戴。

君若有真爱，默默入心怀。
就算山水远，夜夜入梦来。

第二十三辑

金秋撷影

秋风孤月冷

霜白繁星寒

倚栏美人娇

庭前落叶残

秋夜

当黑夜渐渐降临
夕阳如金
它把最后一丝温暖
洒向乾坤

尽管不那么均匀
屋后那朵残莲在呻吟
但归巢的百鸟深信
明天一定会有一个更加精彩的清晨

所有的星星都很困顿
懒得看一眼人间的沉闷
蚊子嗡嗡钻进一堆臭粪
那个无趣的黄昏

黄昏的湖边
是一群天仙
轻歌曼舞,神采翩翩
两岸垂柳身柔似醉

爱之吟

一丛丛翠竹
吟诵着渐露破败的初秋
初秋的夜晚
枫林澎湃着火红的溪流

那一只寒蝉
疯了、疯了、疯了似的高唱
撕心裂肺,豪迈悲壮
丝毫不理会,那即将到来的长眠

一轮明月总在傻笑
好像在嘲笑那一坡潦倒的荒草
荒草漠然
明春再看我风流多娇

没有毁灭
就不会有再造
再造的世界
一定是柳绿花红,云淡天高

月季吟

秋风飒飒百花枯，无须计较赢与输。
今日失意弃荒漠，明朝得志上皇都。
霸王常胜垓下败，刘邦百败终称王。
养精蓄锐待天时，春风斗艳香寰宇。

奇花异草吟

爱之吟

一

娇花开在小山沟，不畏寒冬不畏秋。
青枝嫩如初春柳，红颜如桃还含羞。
春风轻拂频折腰，冰霜击打不低头。
百花凋零千里枯，寒冬腊月我独步。

二

牡丹身子荷花头，奇香馥郁满山沟。
春风秋月瓣中红，寒冬降临陪青竹。
条条大路通罗马，宁守清贫不高就。
甘为大山织锦绣。不在豪门做家奴，

三

叶似碧扇晃悠悠，花红四季像绣球。
任凭霜打日头晒，笑脸依旧永无忧。
天下富贵路千条，山野冷对春与秋。
不屑名门被人养，田间地头度春秋。

金秋撷影

一

渔夫摇橹破浪行，双肩平实落鱼鹰。
风狂雨骤爱弄险，日出日落舱不空。

二

古树上下盘古藤，紫玉串串花香浓。
槐树枝头看蝶舞，藤花架下听蜂鸣。

三

苹果树上苹果红，苹果树下立孩童。
一阵棒打下红雨，满地哄抢笑声浓。

四

彩霞飘飘旭日升，村村寨寨忙春耕。
黄牛农夫入云海，不见踪迹只闻声。

爱之吟

五

日落西山百鸟回,枯柳枝头月生辉。
谁人怜惜农夫累?一脸黄泥牵牛归。

六

风携暗香糅金菊,月映桂花花如玉。
新房窗外雀不啼,一夜未眠听人语。

七

风吹白云片片轻,日暖山花满山红。
深潭如镜映倩影,月娥曼舞在水中。

八

乌鸦老槐噪西风,秋蝉高枝枯桐鸣。
满院黄菊开口笑,一池残荷花凋零。

九

朝阳初升鸿雁远,苍山凄冷溪水寒。
禾苗一地蒙白霜,柿子树上红叶残。

十

秋叶簌簌渐入冬,冷月隐去天终明。
身孤衣单青丝乱,朱楼呜咽一夜风。

十一

一江彩云红波碎,万山古木绿翡翠。
头顶归鸟满天飞,酒敬夕阳一同醉。

十二

一片白帆披朝晖,金秋十月景最美。
捕鱼网里虾蟹满,鸬鹚船头翩翩飞。

爱之吟

十三

初秋燥热蝙蝠飞,路窄坡陡暗月辉。
远山几处饿狼叫,驼背老翁负柴归。

十四

金风送爽皓月光,银菊含笑满院香。
本是把酒吟诗夜,缘何泪眼空对窗。

十五

翡翠床前花一树,人花相伴两不孤。
人怀心事对花语,花迷美人香满屋。

十六

雾里看山山色浅,缃绿交织迷人眼。
深谷千里流云海,奇峰万丈人似仙。

十七

奇花异草满山岳，杏林深处百鸟歌。
长箫身傍两只凤，古琴韵中一条河。

十八

一树枯桐鸣百鸟，两间草庐卧山腰。
极目千里看大河，俯首万木夕阳照。

十九

八月十五皎月明，金桂香飘长安城。
相隔千里无所赠，秋菊一朵梦中红。

二十

一夜狂风冷，庭前落花乱。
乌云低四野，骤雨打心寒。

爱之吟

二十一

秋雨夜更冷，十日不见晴。
闺房四壁空，罗衾不耐风。

二十二

星斗闪烁月当空，桂花朵朵笑秋风。
徐徐入鼻清香暖，手要摘时指尖冰。

二十三

两行人字南归雁，一抹彩云在天边。
绝世美人抬望眼，一对鹞子滑翔闲。

二十四

小楼美人香衾冷，长箫时有哭泣声。
喜鹊归巢穿斜雨，细柳摇曳满院风。

二十五

红烛流泪四壁空，推窗一轮皎月冷。
要说秋夜人不孤，满院蛐蛐唱不停。

二十六

苍鹰停飞夕阳处，古琴激越云徘徊。
君问此声出何处？天籁当从天上来。

二十七

雾漫秋林夕阳落，驱车释怀上山岳。
举目远眺看大河，九曲素练一轮月。

二十八

晚秋夕阳不胜愁，独登骊山九曲路。
老母殿里钟声远，满山柿子已红透。

二十九

淫雨初晴朝阳新,风清气和爽游人。
树树桂花树树金,满山秋林满山红。

三十

天上彩云逐雄鹰,塞下喜鹊唱梧桐。
往来行人气色暖,长安城外朝阳红。

三十一

烟寒溪水晚来风,山村塞外夕阳红。
千年古槐落白鸟,一树乌鸦噪梧桐。

三十二

百鸟归巢夕阳红,秋林萧瑟一夜愁。
野村美人有留意,马上丈夫旅未休。

三十三

烟寒山峦野树凄，大河冷冷残阳西。
天边姗姗走归雁，桂花草庐一支笛。

三十四

垂柳叶落残荷稀，眼中心事手中笔。
万里江天苍烟迷，枯桐枝头远山低。

三十五

南归之雁归雁山，一路放歌一路欢。
金箭穿胸失伴侣，细雨和泪洒荒原。

三十六

秋风孤月冷，霜白繁星寒。
倚栏美人娇，庭前落叶残。

爱之吟

三十七

破帆急雨摧，漏船恶浪追。
赤臂摇橹人，狂歌不思归。

三十八

夕阳疲惫沉远波，百鸟力竭归山岳。
淡墨两岸染秋林，丝竹管弦一船歌。

三十九

明月如钩寒星朗，小楼玉管惆夜长。
荷池悲秋一枝芳，岸柳叶落满地霜。

四十

翠竹浓密日光疏，一壶老酒解千愁。
古琴弹天膝上横，坐石三尺黄花秋。

四十一

小桥寻芳徒生忧，黄花心思猜不透。
宁将残英付流水，蜂留蝶恋不轻就。

四十二

金花银花满乾坤，不与百花争三春。
趋炎附势非君子，践约秋风不负心。

四十三

秋风飒飒残叶卷，月冷星寒霜满天。
长笛何须叹春远，断荷身后菊花艳。

四十四

翡翠衣裳少女容，一生刚强不欠情。
二月花朵沐春风，金秋硕果枝枝红。

爱之吟

四十五

蓬勃向上不畏艰，根根长矛把石穿。
昂首佩得碧玉剑，宁折不屈向苍天。

四十六

疏苗除草春夏辛，秋风花开白如银。
阳光映照千里雪，冬来温暖天下人。

四十七

二月破土三月苗，金秋十月开口笑。
不为浮华节节高，一粒万籽将春报。

四十八

秋来登高枝，心正不设防。
螳螂噬肝胆，至死方停唱。

四十九

日落西山黄似金，远在天边戏彩云。
万道霞光沐长安，红透骊山染秋林。

五十

院前槐树院后枣，中院庭前种花草。
东北坳坳石榴红，西南角角翠竹高。
一双儿女绕膝转，思念远人一支箫。
箫声不绝绕屋前，秋思绵绵与谁言。

五十一

长箫鸣高山，古琴弹流水。
喜鹊穿白云，仙鹤飞成对。
红花绣千堆，绿林层层翠。
莫道仙山美，人间一同醉。

爱之吟

五十二

深山芳林萋，幽泉不见底。
瀑布三千丈，溪水湍流急。
朱鹮栖古树，白鹤群飞低。
草庐美人娇，石径百花齐。

五十三

村郭阴雨后，池塘涨秋水。
呱呱青蛙叫，枝枝细柳垂。
朵朵新莲开，声声捣衣脆。
满塘姑娘笑，一池夕阳辉。

五十四

北风呼啸铁骨铮，勃勃枝丫向长空。
不与百卉争春雨，敢向烈日嫩叶生。
六月花开小如蚁，秋后果实满树红。
只待农人采摘后，任凭黄叶各西东。

五十五

狂风摇楼阁,残红满地落。
忍听娇花泣,掩面无奈何。
平素爱至深,今朝护力薄。
伤心凭栏处,含泪一首歌。

五十六

乱花丛中听新曲,羌笛圆转绕山溪。
银风轻拂云和雾,黄金重压满枝橘。
芳林处处笑声甜,娇娃个个面如玉。
碧水横流鹰翅扬,渔夫更喜满江鱼。

五十七

日出东方飘彩云,菊花着霜添古韵。
浓香馥郁心脾润,游人闻香四处寻。
一谷银子一谷金,大山风乘大山魂。
蜜蜂落魄蝴蝶醉,金秋十月胜三春。

五十八

两山吞落日，一水生暮寒。
风吹秋花谢，乌啼古木残。
荒原归倦马，江尽远白帆。
断崖听犬吠，野村望炊烟。

五十九

夕阳落山沟，归雁不回头。
余晖染残云，强风吹青竹。

枯叶头上飞，溪水脚下流。
乌鸦噪秃柳，麻雀唱晚秋。

鸡鸣山村近，烟浓晚餐熟。
顽童门前耍，人归黄尘路。

晚秋豪情

金桂萧索飞鸿乱，鲲鹏振翅上九天。
古原荒草生暮寒，莽林枯枝凝紫烟。
明月似镜升东海，残阳如血下西山。
莫叹秋风扫落叶，二月春来百花艳。

孤夜行

天上繁星灿，水中孤月弯。
草浅飞萤乱，林深啼古猿。
狼嚎双腿颤，虎啸心生寒。
山高路途远，快马加一鞭。

咏水仙

碧叶赛玉兰，神韵媲黄萱。
心中藏金蕊，从不饰素颜。

枝枝傲铁骨，朵朵笑靥甜。
一束开墙角，香飘满庭院。

芳馨驱忧烦，寒冬迎春暖。
相视两不厌，永结万世缘。

明月幽泉

明月落幽泉，清水浮玉盘。
繁星缀素米，银碟承花瓣。
红鸟聚夜食，池鱼各分散。
细柳垂绿绦，小草结碧环。

第二十四辑 寒冬撷影

松柏不改容

雪中有春色

苍山归千鸟

大河竞百舸

寒冬撷影

一 冬林

霜重落百花,风轻枯芳林。
日落归倦鸟,水寒生暮云。

二 雪后归仙图

日寒冰凝满枝丫,风冷雪狂卷天涯。
蓑衣银发牵瘦马,枯桐秃柳噪乌鸦。

三 山村意趣

天低云暗风雪大,杨柳枯枝开琼花。
山村四周雀声哑,娃娃团雪笑哈哈。

四 腊月寒山图

云重强压柳枝弯,风轻搅得雪花乱。
飞瀑倒挂千尺冰,大山高攀万丈寒。

五　瑞雪

一夜风紧冷心怀，门外似有雪花飞。
平明放眼推窗看，铺银堆玉千里白。

六　访猎户

荒山野岭夕阳照，童颜老翁八尺高。
刀声啸啸不见人，杀气腾腾空中飘。
莽林幽谷惊飞鸟，乱石枯草百兽叫。
面对虎狼一柄刀，暮云深处朝天笑。

七　咏梅

白雪皑皑四野空，老林无叶也是景。
举目百鸟枝头唱，放眼千里紫气生。
忽闻一股花香浓，怦怦心动来诗兴。
低头弯腰碧泉处，一树寒梅独自红。

八　咏竹

风停雪初歇，琼花结绿叶。
星寒寄银汉，月朗空四野。
天涯草木枯，芳园百红谢。
心中仰青竹，做人须有节。

九　初雪

昨夜落红打寒窗，丝丝冷风透心凉。
若无旁鹜梦难醒，似有寻思下玉床。
一盆月季花初谢，两枝寒梅敛幽香。
拨开珠帘无君影，天低云暗雪茫茫。

十　腊八祈福

风吹柳摇雪满天，家家户户袅炊烟。
慈母灶前燃薪火，顽童案边盼年饭。
父跪神龛高香直，佛赐万福笑眉弯。
都说瑞雪兆丰年，腊八粥里春意暖。

十一　年宿昆仑

驱车千里上昆仑，大雪一夜封乾坤。
风高天低乌云暗，银山玉海摄心魂。
枯枝声声唱寒鸟，琼花朵朵开深林。
仙人座下祈好运，九天峰上待新春。

十二　风雪归人

大雪弥漫天地昏，狂风肆虐满山银。
侧耳呼啸声声紧，举目七步不见人。
黄牛车前路难分，瘦马身后无脚痕。
昨日云重一夜寒，今朝雪厚三尺深。

十三　腊月咏梅枝

腊月梅花城府深，有枝无花更传神。
百节枝头落白鸟，万仞峰上伴彩云。
不惧冰霜赤头颅，向着阳光白云伸。
龙腾虎跃精气在，铁骨钢爪傲乾坤。

十四　腊月踏雪

天寒人寂寞，徒步寻快乐。
狂风身旁过，鹅毛头上落。
松柏不改容，雪中有春色。
苍山归千鸟，大河竞百舸。

十五　雪后景观

风轻日光艳，云淡苍天蓝。
水碧不见鱼，山高送目远。
峰拥千堆玉，地铺万里绵。
黄狗拉雪橇，稚童闹古原。

十六　腊月苍山图

溪水冰下流，瘦柳岸边秃。
古槐落千鸟，羌笛出寒屋。
莽林紫气重，悬崖蒿草枯。
风劲乱长发，山危飞瀑布。

十七　雪中美人图

鹅毛雪停日初晴，仙鹤之乡看劲松。
翡发翠额戴银冠，虎势龙威飞鲲鹏。
千重冰山战鼓急，巨石桥畔有雄声。
北风呼啸青丝乱，素手抚琴棉袍红。

十八　江山之娇

山是利箭地是弓，蓄势待发向长空。
大浪逐波长河吼，松柏摇曳万里风。
彩霞飞舞东方红，朝阳喷薄玉宇清。
枯草苍凉隐百鸟，扶摇直上看鲲鹏。

十九　苍山神剑

彩霞飞舞红日高，树树麻雀枝头噪。
一只苍鹰逐白云，万里晴空飞大雕。
鹤发十丈人不老，宝剑三尺随风舞。
龙姿虎步腾空起，一声怒吼千山摇。

二十　咏冬日

腊月十五美韶华，明月如镜照万家。
阡陌处处飘素带，清光玉辉满天涯。
大河轻轻翻银浪，莽林树树开琼花。
万里江山风景美，冬日更比秋岁佳。

二十一　江山多娇

腊月日光冷，莽林紫气浓。
黄尘卷狂风，雪压梅花红。
鹰击九天云，马踏千里冰。
大河巨浪涌，天涯春雷动。

二十二　腊月春风

北风飒飒日黄昏，手脚发凉头发晕。
奈何桥畔鬼索命，人间路上遇爱神。
热水一杯心中暖，良药苦口还我魂。
莫道千里冰霜冷，天涯处处有好人。

爱之吟

二十三　松柏赞

春温夏热秋日凉，度过寒冬才称强。
春草夏树一度绿，秋风沉沉落叶黄。

别说有枯才有荣，松柏森森敢称雄。
风吹霜打色不变，冰封雪压露笑容。

娇花嫩柳太矫情，禀赋不足软骨病。
面对弱草冷眉横，遇见翠竹把腰躬。

世人皆有所好物，独有我辈偏爱松。
宁折不屈昂头颅，化为尘泥映日红。

二十四　雪夜温情

天地云气重，风扬鹅毛轻。
儿童衣袍绿，美人披肩红。

小河已结冰，岸柳结琼花。
山路陡且弯，农户踏歌行。

扛锄披斜阳，日暮脚不停。
窑洞一盏灯，柴门有人迎。

阖家笑声浓，热闹到天明。
纵然天地冷，人间有温情。

二十五　冬夜思索

黑夜期待黎明，寒冬孕育新春。
奋斗改变命运，灾难塑造强人。

花谢不用怜惜，叶落何必掉泪。
二月嫩芽重生，春来再看红梅。

一时失魂落魄，沮丧难来好运。
成功贵在坚持，千金难买自信。

雨后彩虹绚丽，脚下峰转路回。
只要初心不改，定会重新扬眉。

爱之吟

吻别

北风呼啸枯枝摇，寒星点点月如钩。
天涯寻梦君欲走，未语先咽泪难收。
但愿此去酬壮志，不舍不得放君手。
腊月灞桥无柳送，一个热吻忘了忧。

年关喜归人

红日照山寨，喜鹊唱古槐。
草庐青竹翠，柴门梅欲开。
慈母炖鸡鸭，海外游子回。
声声爆竹响，年味扑鼻来。

忙年关

进入腊月天，忙里又忙外。
东市裁新衣，西市备年菜。

父母送温暖，儿女多关怀。
姐妹要安排，兄弟应善待。

亲戚三五十，朋友一二百。
生在红尘里，礼多人不怪。

忙完千般事，才上梳妆台。
午夜钟声响，方知新春来。

爱之吟

腊月山色

大山着银装，梅花吐清香。
莽林栖百鸟，夕阳收红光。
小溪织素练，碧泉水一汪。
炊烟远山村，玉笛暖四方。

久别重聚

冬暮千山寒，春早人间暖。
大河扬白帆，小径有人还。
贤妻抬望眼，幼童齐声唤。
月落灯未熄，日出笑脸甜。

走向天涯

正月别山川,风冷古道寒。
草枯花未开,云重锁莽原。
不忍回头望,双脚勇向前。
受尽离别苦,只求人团圆。

重逢

林深不遮穿云眼,岭高难阻思乡汉。
两腿蹚过千条河,双脚踏破万重山。

日思夜想年复年,魂牵梦绕天连天。
十里长亭青丝乱,四臂难分古桥边。

欲言又止口生咸,哽咽声声心泛酸。
坚冰难凝午阳暖,热泪融尽腊月寒。

天涯游子归

游子归来过大年,一匹快马入潼关。
鲸蛟搏浪下黄河,苍鹰摇松上九天。
沉香斧快危峰直,凡夫脚慢石径弯。
敢问家乡何处是?西岳华山白云端。

雪中看春

东海旭日升,北国万里晴。
山凝千丈寒,水结三尺冰。
耳旁狂风冷,心中春意生。
崖边松不老,枝头梅欲红。

雪后好心情

雪后天方晴,雾散日光明。
出门不觉冷,脚下坚冰融。
东岭青松翠,西川蜡梅红。
举目苍山远,放眼大江横。

水浮冰山轻

飒飒北风冷,隐隐春意生。
昔日冰封河,今朝河破冰。
浪打冰凌碎,水浮冰山轻。
红日照千里,大河永向东。

新年祝福歌

苍天知善心，菩萨佑好人。
在家衣食丰，出门事顺遂。

侧耳闻喜鹊，举目见祥云。
百岁人不老，一年四季春。

另有可心人，朝夕不离分。
世上无仇敌，天下尽知音。

义重兄弟亲，德厚荫子孙。
忠贞感天地，洪福齐昆仑。

除夕思娘亲

当归时节儿未归,老母深夜难入睡。
钢刀镌刻皱纹深,孤灯冷照发更白。
爆竹盈耳平添烦,细雨打窗心欲碎。
多年未见至亲面,最悲最痛慈母泪。

雾霾

在家窗不开,出门口罩戴。
云重天欲雨,风轻满城霾。
迷雾脚下生,黄尘头上来。
蜗足向前走,不敢大步迈。
闻声不见人,楼没三尺外。

梅花吟

冷风嗖嗖寒入骨，苍天流泪我不哭。
成功来自万般苦，世上没有永逸福。
白雪漫漫挺傲枝，冰刀霜剑敢说不。
百花归隐独自香，春来再听梅花赋。

黄花吟

绿叶黄花挺惹眼，长在树下不高攀。
只开花朵不结果，陪风伴雨二百天。

油炸热蒸上国宴，水煮凉拌下玉盘。
刀切牙磨听赞语，粉身碎骨看笑颜。

青春短暂心无怨，乐此不疲年复年。
君若问我为哪般？无私奉献给人间。

咏雪

天似罗子雪似面,风推树摇落山岳。
一年最是风光好,银山玉海到北国。

一望天涯阴云灰,雪飘万里枝枝白。
如若不是北风冷,只当二月梨花开。

风吹鹅毛天降银,飘飘洒洒满乾坤。
禾苗不怕白衾重,积蓄力量茂新春。

庭前一夜狂风刮,玉瓣天女素手撒。
莫道三九腊月寒,绿树枝枝开琼花。

第二十五辑

天涯撷影

屋后嫩竹翠

门前细柳青

溪水绕芳林

瀑布落长空

天涯撷影

一

铁汉钢镬垦山峰，层层梯田辣味浓。
小妹上房晒秋喜，骄阳瘦椒满面红。

二

电闪雷鸣云遮天，风低浪高瓢泼雨。
惊涛重重人不惧，夕阳一船大头鱼。

三

绿树紫云百鸟回，红波逐浪夕阳垂。
千岛湖中鲢鱼美，夫妻收网满舟归。

四

翡翠环水紫雾绕，琥珀逐浪旭日高。
都说江南风光好，西子湖畔美人娇。

爱之吟

五

三五彩云伴鸟飞，几处绿洲秀成堆。
一轮落日戏波光，千舟满载鲢鱼归。

六

日照梯田如明镜，新栽禾旁双腿泥。
收获永不从天降，秋后稻米苦中生。

七

狂风吹人白发乱，恶浪打船船欲翻。
老翁绝非虎狼胆，一家三口等晚餐。

八

青藏高原雪封山，登高俯瞰绿成川。
牦牛泼墨墨连片，羊群如云云接天。

九

秦岭天坑芳草萋，云腾雾绕难见底。
飞燕探秘无归影，人语声声千古奇。

十

鸬鹚四周高低飞，夫妻撒网两船围。
收获不嫌颠簸累，鲢鳙满舱带笑归。

十一

火神光顾吐鲁番，热浪滚滚地生烟。
风干葡萄名天下，淌汗夫妻带笑眠。

十二

天山千里冷冰川，飞鸟一去难生还。
一年四季不长草，大寒深处开雪莲。

十三

火焰山上火焰腾,火焰山下泉水冰。
春风嫩苗逐碧浪,秋阳藜麦万里红。

十四

桂树枝头花千朵,麻雀嚷嚷喜鹊歌。
红日铺彩香衾暖,美人惬意闺阁卧。

十五

滔滔大江映春晖,巍巍高山松林翠。
碧树万顷群鸟唱,彩云几朵朱鹮飞。

十六

风吹绿竹团团翠,鸟鸣浮云朵朵白。
霞光一坡梨花素,秦岭溪中鳜鱼肥。

十七

一山蝴蝶一山蜂，一山梨花一山冰。
阵阵浓香心中暖，方知二月不是冬。

十八

晨曦缕缕照高台，满院碧水荷花开。
小楼古琴醉梁燕，大堂轻歌引蝶来。

十九

小院小花晓风吹，小鸡小狗小猫白。
小儿嘴角三粒米，小雀姐妹前后追。

二十

禾苗青青菜花黄，村夫村姑耕田忙。
春天五谷拌汗种，秋收笑脸万家香。

爱之吟

二十一

浇水施肥除害虫，骄阳蒸烤满脸红。
人人都赞西瓜甜，滴滴汗水在瓢中。

二十二

池塘冻了三尺冰，抱上火炉还嫌冷。
为了保墒深挖地，农夫头上热气腾。

二十三

枯枝枝头啸北风，残雪打脸脸生疼。
为了家人三冬暖，衣单斧冷向山中。

二十四

七夜寒风八夜雪，身单衣薄人哆嗦。
想起妻儿桃花面，心中暖暖不停脚。

二十五

一轮皎月空山岳,枯桐秃柳窝喜鹊。
北风拨弦穿堂过,翠竹抖落一身雪。

二十六

黄河尽头红日高,枝枝垂柳喜鹊叫。
一叶扁舟入丽眼,两声莺啼美人笑。

二十七

骄阳似火地生烟,草木低头庄稼蔫。
农夫拓荒埋头干,汗水入口满嘴咸。

二十八

满山桃杏飘红粉,一路梨花缠玉带。
鱼鹰戏逐水中帆,喜鹊高唱千年槐。

爱之吟

二十九

二月山花白如银，十月芳林黄似金。
姹紫嫣红迷双眼，春花秋月醉路人。

三十

半山桃树桃花鲜，一江碧水过千帆。
百鸟竞舞看不厌，情歌一曲醉蓝天。

三十一

日出东山红满天，霞落黄河波光滟。
疾飞鹞子滑翔远，扶犁春耕人不闲。

三十二

深绿裤子小红袄，秧歌步子身态娇。
昨夜梦中有人唤，今晨赴约乐陶陶。

三十三

朝阳拂面粉脸红，左手萝卜右手葱。
八月十五饺子宴，儿女门口笑相迎。

三十四

细柳枝头黄鹂飞，碧水池中金鱼肥。
归期已过人未归，小楼栏杆美人泪。

三十五

人如柳絮心如萍，重重挑战都得迎。
不为虚荣贪富贵，只因贫贱不认命。

三十六

水长长不过船篙，河宽宽不过大桥。
天大大不过人心，山高高不过双脚。

爱之吟

三十七

花香果香梦最香，铁强钢强志最强。
天大地大心最大，山长水长情更长。

三十八

天接水兮水接天，天水一色望无边。
要上天庭驾狂龙，征服大海扬白帆。

三十九

乞丐堆里无是非，先有三餐再有礼。
君子温饱心良善，小人有钱不做贼。

四十

真心真意爱一生，相扶相携走一程。
金子银子难带走，奈何桥上情最重。

四十一

失眠畏天黑,相思怕夜长。
天天渭河里,撒网捕夕阳。

四十二

红桃粉杏香长安,蜂歌蝶舞乱樊川。
男儿矫健似骄阳,姑娘娟秀美如仙。

四十三

骄阳当空初入夏,深潭碧水满池鸭。
群群白鸽绕头过,五颜六色一山花。

四十四

一身铁骨硬邦邦,满脸皱纹写沧桑。
若非农夫一双手,哪有天下五谷香。

爱之吟

四十五

跪拜上苍磕破头，焚香祭酒非作秀。
四季辛劳尽人事，风调雨顺靠天佑。

四十六

少立壮志有作为，付出努力自不亏。
大好时光不浪费，老来成败均无悔。

四十七

子时偏西寅时东，月移花影默无声。
两团新竹蟋蟀争，一壶老酒朝霞红。

四十八

早出扶犁披星斗，晚归牵牛迎月辉。
辛勤劳作年复年，为了生计不知累。

四十九

猪崽遍地羊满圈，顿顿碗里有鸡蛋。
一头黄牛三亩田，勤俭持家有余年。

五十

满脸皱纹肤色黑，臂肌发达身材魁。
一生历尽人间苦，只流汗水不流泪。

五十一

双脚踩过万重山，两手搏过千条河。
历尽人间乐与苦，一路打拼一路歌。

五十二

白帆帆头狂风啸，惊涛拍浪浪浪高。
雨打竹笠剑眉扬，人立船头竖吹箫。

爱之吟

五十三

雷声隆隆雨接天,一叶扁舟浪里颠。
人生岂能不历险,生计总与命相关。

五十四

恶浪拍打暴雨摧,十只渔船九只回。
人们都说鲈鱼美,谁知风里浪里来。

五十五

鲸蛟觊觎恶浪催,风卷残舟似叶飞。
莫道鱼馔值千金,生命面前不言贵。

五十六

桅杆旌旗长风啸,祖孙三代水里漂。
今日双桨在我手,任凭雨急浪尖高。

五十七

浪头永无白帆高,路遥永远怕双脚。
一轮红日当头照,万里碧海破凶涛。

五十八

一个浪头一脸水,渔夫抱子沐朝晖。
日暮满船鱼虾肥,一家三口带笑归。

五十九

青釭宝剑挂高阁,手抚古琴自己乐。
十年门前无蝶过,朝夕撒米邀山雀。

六十

灞水清清柳色新,十里菜花黄似金。
昔日浣纱捣衣人,今朝结伴赏三春。

爱之吟

六十一

烈日炙烤冰霜摧,腰背如弓脸色灰。
世间万物皆有情,五谷丰登酬汗水。

六十二

东山青松西山柏,南坡桃花北坡梨。
长箫短笛醉千鸟,低庐高卧闲云白。

六十三

三春渐老花将枯,日暮小楼美人孤。
人花相顾心生怨,朱颜镜前抛泪珠。

六十四

兰香香透黄金屋,有爱作伴人不孤。
手抚古琴邀明月,夫唱妇随歌一曲。

六十五

天降大雪地结冰，银涛云浪卷狂风。
剑雨招招穿心过，霹雳一声向长空。

六十六

五月桃杏六月麦，当归之人却未归。
银镜照见美人泪，朱颜鬓里青丝白。

六十七

春风一夜白絮飞，灞上冰融燕子回。
去岁折柳送君去，今朝簪花待君归。

六十八

莫道天上有将星，闻鸡起舞练五更。
日积月累功夫到，平步青云上天庭。

爱之吟

六十九

言不由衷别说爱,情到深处分不开。
用心栽好梧桐树,瑶池鸾凤自然来。

七十

阳春三月百花香,转眼之间草蒙霜。
活了半生才明白,最珍最贵是时光。

七十一

靠天靠地一场空,靠爹靠娘难长久。
一生幸福凭双手,努力打拼永无忧。

七十二

灞柳枝头明月圆,春风拂舟乐管弦。
金樽美酒邀诗圣,百花香里醉长安。

七十三

满面春风心花放，一身铁骨剑眉扬。
英气逼人难抵挡，花落怀中不设防。

七十四

郎是绿叶妾是花，红花绿叶景色佳。
同沐春晖枝头笑，共担风雨守篱笆。

七十五

千人挑来万人选，千挑万拣花了眼。
牡丹太肥菊花瘦，秋风日暮人孤单。

七十六

三春吐蕊芳草溢，百花争艳我不妒。
一人何须万人宠，自信必有知音觅。

爱之吟

七十七

和风细雨酣梦中,天边一股旋风来。
枝叶零落满庭院,百媚一笑待来生。

七十八

狂风骤雨落寒星,一潭秋水满池红。
美人窗前空垂泪,朝晖又沐长安城。

七十九

百万雄兵武器精,时时操练不放松。
我不欺人也防欺,有备无患保太平。

八十

鼻涕结冰气成霜,持枪跨马保边疆。
若非壮士戍大漠,岂有百姓睡梦香。

八十一

天低云黑抖鹅毛，狂风鬼嚎哑号角。
但闻口令不见人，身后雪泥痕迹遥。

八十二

朝晖拂面在远方，月光荡舟下渭河。
金鹰银燕穿云海，天涯往来一首歌。

八十三

中华民族心有梦，国泰民安世风清。
一朝登临泰山顶，不凌弱小求大同。

八十四

薄皮大衣黄军帽，哨兵戍边半山腰。
冰雕雪塑剑眉扬，手握钢枪头颅高。

爱之吟

八十五

白鸽满地二月雪,幽竹碧透红楼阁。
半山花丛谁人唱,一脸春色暮云薄。

八十六

一池碧水半池荷,一棵古槐喜鹊窝。
晨曦初露雄鸡唱,炊烟缭绕听山歌。

八十七

红花绿叶笑满园,鹦鹉跟着狗学叫。
五只花猫生妒意,一怒冲上槐树梢。

八十八

三只小狗两只猫,满院追着孩童跑。
树上八哥饶舌叫,庭前老翁拍手笑。

八十九

小狗汪汪穿花衣，双腿直立学作揖。
闲逛大街说人话，千人鼓掌万人奇。

九十

狼嗜小羊落陷阱，人爱横财忘了羞。
长江大海都蹚过，一个贪字把命丢。

九十一

相思桥畔送君行，白雪飘飘心不冰。
北风瘦马别君去，二月梅开此处迎。

九十二

岭南花开岭北冰，距离难隔两心同。
郎君雄心妾自懂，夜夜相聚在梦中。

九十三

风清月明心中空,百无聊赖数星星。
多情银汉若有意,五更鸡鸣落梦中。

九十四

不历冰霜不知冷,不经温存不觉宠。
千朵万朵红梅秀,张张笑脸酬春风。

九十五

天冷地冷人更冷,雪寒冰寒心更寒。
盼君等君不见君,空把心思付琴弦。

九十六

欲坠夕阳暮云薄,松林深处有人歌。
莫道樵夫百岁老,健步负荆上山坡。

九十七

桃李盛开半山霞,菜花平铺万里金。
天边夕阳归群鸟,碧玉峰上吹箫人。

九十八

风摇翠竹雨打桐,满院流水卷落红。
小楼窗前胭脂泪,手拨琵琶诉别情。

九十九

明月当空秋风冷,流光一束人心惊。
都说豪杰是星宿,今夜落得哪条龙?

一〇〇

二月阳光三月风,百花丛中展丽容。
蜂蝶求爱不遮掩,羞得桃花粉脸红。

爱之吟

一〇一

一枝独秀百花丛,千年万载立山中。
如若有人带我走,今生今世为君红。

一〇二

心如烈火面似冰,阅尽春色不动容。
美人爱上护花郎,不重姿色只重情。

一〇三

百花陶醉染红晕,千鸟竞舞伴琴音。
不知仙乐何处来?苍山古刹云中人。

一〇四

五月骄阳荷花红,尾尾金鱼乱池中。
十个玉指弹碧水,一位美人惹诗情。

一〇五

东方日出东方红,满院春风满院绿。
美人临水观游鱼,满天彩霞落池中。

一〇六

梨花如玉桃花红,晨霭薄雾馨香浓。
马向塞外惜孤影,情在酒中伴君行。

一〇七

鹅毛大雪满院飞,白衣白帽有人回。
若非朱唇开口笑,对面不知伊人归。

一〇八

风吹青竹寒阳坠,酒染红颜喜上眉。
一生独爱雪后美,琼楼窗外千里白。

爱之吟

一○九

秦岭山头狂风啸,秦岭山下浪滔滔。
苍鹰展翅凌层云,英雄弯弓向九霄。

一一○

莫道莽林有豺狼,铁脚不畏山路长。
北风呼啸月光冷,宝刀出鞘露锋芒。

一一一

日落秋林晚风狂,声声虎啸在耳旁。
寻梦不惧山水远,敢拼才是好儿郎。

一一二

追梦不怕行路难,一朝越过万重山。
狂风呼号天地冷,快马加鞭星光寒。

一一三

秋尽冬来冷生生,缺月光寒满天星。
万籁俱寂马蹄乱,旌旗漫卷一路风。

一一四

柳梢新日丽,雪后青竹翠。
红桃媲芳颜,花照人娇媚。

一一五

树树李子一片银,迎春花开遍地金。
五彩鲈鱼戏碧水,满山清香醉游人。

一一六

泡桐开满归乡路,炊烟弥漫山村柳。
喜鹊枝头喳喳叫,少男牵手少女羞。

爱之吟

一一七

太阳初照小山沟,桃李吐蕊香悠悠。
满天紫燕穿白云,一池碧水映岸柳。

一一八

二月春风满山香,庄里橙花染春风。
儿童踏歌戏碧水,少年吟诗梦苍龙。

一一九

不争姿色不斗奇,不筑篱笆不设谜。
衷情无须春风解,真爱自然有人识。

一二〇

黄绿紫蓝穿花衣,十里飘香世间稀。
今生不求万人宠,冷暖只需一人知。

一二一

怦然心动剑眉飞，喜色破开少年悲。
红颜未到暗香至，十里遥知伊人归。

一二二

李花如银菊如金，桂花不亚桃花新。
夏雨冬雪风景异，春日秋月人皆宜。

一二三

百花园内百花痴，争奇斗艳费心机。
爱在心中有自信，月下邂逅必有期。

一二四

天低阴云重，山高箫声轻。
鸟归雨未至，寺幽一谷钟。

爱之吟

一二五

峡谷滔滔大江涌,白帆桅头旭日升。
西峰青松千里翠,东山桃花一坡红。

一二六

绿色衣裙红颜娇,二胡拉得秦腔调。
鸟落肩头金鱼跳,朝阳一池荷花笑。

一二七

香瓜蔓长缠篱笆,蜂蝶忙于采黄花。
小儿不知蜂有刺,捏在手中撩尾巴。

一二八

佳期已过君未回,夜夜梦中唤夫归。
镜中美人憔悴脸,窗外红透一枝梅。

一二九

花枝招展五音甜，浓妆艳抹姣容颜。
夜夜轻吟《长恨歌》，莫非真是杨玉环。

一三〇

雕梁画栋华清宫，姹紫嫣红柳色青。
大唐御泉腾气浪，经年不息歌舞声。

一三一

白衣白帽白玉颜，走入梨园看不见。
冰川雪海不觉冷，人花相映暖心田。

一三二

天无一丝云，梅开满山银。
自信不是冰，春风暖游人。

爱之吟

一三三

身似弱柳脸似蜡,可怜红颜落娇花。
过命鸳鸯失佳偶,倾国芳容遭秋杀。

一三四

情思百转夏夜长,手抚古琴小楼旁。
两岸垂柳醉花香,一池寒星落荷塘。

一三五

古槐枝头栖倦鸟,夕阳燃尽一竿高。
极目长河三千里,望夫桥上吹长箫。

一三六

金轮沉沉落山腰,黑暗吞日君莫笑。
韬光养晦敛锋芒,喷薄而出在明朝。

一三七

一路泥泞阴雨蹚，驷马难载心中伤。
千愁之人思日久，抬头云缝一道光。

一三八

位列五岳第一山，至尊至重绝天下。
世世代代香火旺，钟灵毓秀佑中华。

一三九

一日三餐牛肉鲜，出入游玩专人管。
昔日怒吼千山震，今朝温顺同羊眠。

一四〇

潼关桥头惜黄昏，君出三秦向三晋。
泪滴渭水入黄河，人别千里心不分。

爱之吟

一四一

千年险关万年渡，十里黄河惊古今。
不见恶涛打愁人，一桥贯通连秦晋。

一四二

脚下白雪头上冰，忽然一夜朵朵红。
毕竟尝遍人间冷，含香带笑酬春风。

一四三

茎似钢针花似冰，独占山峰芳香清。
阳光雨露频致意，一脸傲气向春风。

一四四

桃花凋零荷花枯，金风银菊满山谷。
争宠斗芬非我愿，月冷霜寒露风骨。

一四五

春风枝头花千朵,夏阳高照有收获。
不学牡丹好虚荣,甘作桃李育硕果。

一四六

灞桥折柳送君行,君行千里莫忘情。
柳叶虽枯心意在,来年二月盼重逢。

一四七

百般呵护万般宠,声声呼唤君不应。
一股清香随风去,满脸冷漠不领情。

一四八

奇花一朵开山沟,貌如西子名无忧。
游人身侧驻足久,不是知音脚莫收。

爱之吟

一四九

百花烂漫草色青,溪水潺潺破残冰。
晴空万里飞群鸟,树树梅花映山红。

一五〇

风吹岩头冷生生,霜打傲枝向长空。
不畏严寒三尺雪,一夜春风遍地红。

一五一

一夜骤雨停,倚窗看落红。
残瓣随流水,断枝香已凝。
滴滴热泪滚,怦怦心不平。
嫁到高门户,老了桃花容。

一五二

冷风飒飒秋雨凄,古琴激昂埙韵低。
天上苍鹰滑翔慢,壶口黄河流水急。

西岳华山青松劲，东海鲸蛟沉水底。
少年得意朝天诵，老来慰怀一支笔。

一五三

昔日百里一只凤，今朝玉颜失桃红。
华佗技穷无药治，扁鹊智尽难成行。
东风不信北风冷，宝钗岂知黛玉疼？
银镜蒙尘香衾冰，谁说相思不是病？

一五四

更深风寒残月高，双燕亲昵闹通宵。
孤枕冷衾夜难熬，那堪秀爱恼人鸟。
千声呵斥燕不听，一怒执帚倾爱巢。
窗外鹦鹉声声笑，帘内美人脸发烧。

一五五

东山冰雪融，西坡桃花红。
屋后嫩竹翠，门前细柳青。

溪水绕芳林，瀑布落长空。
少女云中唱，农人忙春耕。

一五六

红日当头照，白云芳林生。
山峦万舟行，雪浪千里涌。
三步不见人，十里牧笛声。
晨霭迷秦岭，仙境落西京。

一五七

红日出东山，滟滟紫金海。
千桅眼前过，万帆天边来。
风紧鹰翔快，潮涌浪排排。
人在甲板前，心飞万里外。

一五八

月在天上皎，人在院中聊。
孤娥扭细腰，把酒夫妻笑。

生在凡世间，乐业不攀高。
耕织幸福多，知足烦恼少。

一五九

夫妻年复年，耕作在田间。
播种洒汗水，丰收笑眉弯。
人勤有余庆，心善苍天怜。
天堂我不慕，永结尘世缘。

一六〇

老翁掐嫩芽，务瓜在田间。
草庵孙儿醒，哭闹喊破天。
拍背百般哄，好话止哭难。
红瓤一牙瓜，眉飞笑脸甜。

一六一

不靠大海不靠山，十里平原坦荡川。
两棵古槐绿庭院，三团嫩竹翠门前。

爱之吟

河边长得千年柳,田垄开出百花艳。
四季喝的天潭水,家乡姑娘个个甜。

一六二

烈日炎炎热气蒸,朱唇冷冷心结冰。
小楼朵朵荷花红,庭院凄凄闺房空。
忽闻当当敲门声,飞奔开门看究竟。
条条归路无归影,日落西山柳摇风。

一六三

小有成就莫狂欢,历尽磨难别生怨。
黄河九十九道弯,人生道路不平坦。
大江过后翻大山,寒冬逝去是春天。
酸甜苦辣都经过,成败人生皆圆满。

一六四

日出古槐百鸟噪,忽然秃鹰落九霄。
方才还开联谊会,此时保命各自逃。

苍鹰俯冲疾如风，麻雀求救空呼号。
身后不见同伴影，秋风翻卷一地毛。

一六五

半睡半醒正懵懂，耳旁似有敲门声。
美人赤脚忘冬寒，朱门开处满目空。
巷深雪急无人影，天寒地冷泪结冰。
孤枕凉衾难入梦，小楼呜咽一夜风。

一六六

大江向东流，波光荡悠悠。
两岸鱼米香，九曲风景秀。
心怀黎庶生，肩负百舸游。
千年穿山过，荡尽万古愁。

一六七

将家安在树尖尖，风景优美眼界宽。
覆巢之下无完卵，精雕细琢非等闲。

枝枝建材皆精选，辛勤劳作年复年。
有备无患灾祸少，功夫下在风雨前。

一六八

万年古邑千年都，高楼林立铺接铺。
商贾融通天下财，百姓住进王侯屋。
车水马龙路如织，秦风唐韵风景胜。
周文汉武猎秦岭，重回长安不识途。

一六九

二月开花三月谢，五月枝头结金果。
秋风落叶我不惧，果实累累没白活。
冰霜摧残恶雨打，春风一夜红山河。
笑对世间千般苦，孕育甜蜜不停歇。

一七〇

碧水潋滟落朝日，鲢鱼鳜鱼满秋池。
唤友呼朋正嬉戏，一网成了盘中食。

金樽美酒展笑颜，无情只当鱼不知。
清蒸油炸不闭眼，万般诅咒恨已极。

一七一

樱桃小嘴笑眉弯，双眸潋滟似深潭。
我欲上前看究竟，长袖飘飘上云天。
何处来的英雄胆，寻寻觅觅心不甘。
日落西山孤雁悲，笑脸横在沮丧前。

一七二

我家有雄鸡，身着黄花衣。
振翅二尺高，红顶冠子奇。
勤奋五更起，一鸣天下知。
终生未戴表，天天不误时。

一七三

自古华山一条道，石阶千层层层高。
半山俯首看白云，峰顶伸手凌九霄。

爱之吟

日出还在山下聊,日落正闻仙女笑。
海阔千里畏舵手,山高万仞怕双脚。

一七四

东一朵,西一朵,美人手中持一朵。
月亮夜夜花前过,星星静静听花歌。
花儿歌,月儿乐,人间最美女儿国。

一夜风雨花儿落,梨花带露只一朵。
月亮夜夜花前过,星星静静听花歌。
东一朵,西一朵,手中花谢人寂寞。

一七五

伫立抬望眼,闲对太白山。
秋风枯野草,花开又一年。

谷深伏猛虎,山高擎蓝天。
莽林落群鸟,鲲鹏入云端。

暮色远长安，西岐近炊烟。
缅怀姜太公，垂钓渭水边。

一七六

日丽百花艳，清香飘宇寰。
揣摩东风意，春君爱红颜。

一七七

访友宿西岳，时有黄鹂歌。
卧听莽林啸，推窗满山月。

一七八

月移松影斜，风摇一束花。
门前抚青丝，小桥归瘦马。

一七九

石径九曲入云烟，溪水百回出山峦。
是谁带来春姑意，一株红梅笑碧潭。

爱之吟

一八〇

昨夜小草绿古原，今晨桃杏满山峦。
莫道草木无情意，万物不负春光艳。

一八一

石径狭窄好拥挤，山花奇丽皆不识。
既然非为名利活，芳菲何必要人知。

一八二

昨日一夜吼北风，山河哆嗦天下冷。
寒气袭人百芳惧，雪中蜡梅一枝红。

一八三

日落西山暮云薄，枯枝残黄冷阡陌。
谁说天下少知己，一盅热酒朝天歌。

一八四

树树岸柳摇春风,九曲溪水落桃红。
十丈绿竹西坡翠,山花烂漫小桥东。

一八五

雁归暮云薄,霜冷百花落。
长风啸荒漠,白帆逐大河。
寒蝉唱枯柳,深林乌鸦歌。
山高红尘远,水深钓新月。

一八六

金风黄稻黍,土裂甜薯熟。
溪水绕奇石,紫藤缠古树。
草庐三尺剑,卧榻五车书。
踮脚抬望眼,扁舟在江湖。

爱之吟

一八七

千里大江横,万仞苍山空。
云轻逐归雁,风急卷落英。
古槐唱寒鸦,麻雀噪枯桐。
新月一张弓,日暮残阳红。

一八八

黄菊满庭院,枯柳唱晚蝉。
炊烟上青天,夕阳下山峦。
百鸟归旧林,溪水过千川。
牧童笛声远,小桥有人还。

一八九

麻雀唱佛塔,乌鸦噪枯桐。
瘦马过断桥,紫云遮千家。
残冰冷溪水,野草荒天涯。
柳摇春风远,十里不见花。

一九〇

劲松宿白鹤，细柳黄鹂歌。
夜夜睡青山，日日看大河。
堂前不寂寞，心中有合约。
手握三尺剑，沧海有一搏。

一九一

春风二月天，终南白云乱。
鸟鸣杨柳青，蝶恋山花艳。
石径通古寺，溪水入庭院。
堂前日光暖，酒醉人高眠。

一九二

近水柳逐鱼，远山云没桑。
清露噙绿草，紫藤上白墙。
修竹石后翠，萱草庭前黄。
彩蝶刚出门，红杏已入窗。

爱之吟

一九三

雨霁远山近,雾散见绿林。
日出百卉芳,水落入白云。
东山隐虎豹,西垄栖良禽。
风吹马蹄轻,鸟伴人踏青。

一九四

落红恋晚春,小溪绕莽林。
麋鹿出荒草,鹧鸪入暮云。
谷深夜露重,山高夕阳沉。
不见瘦马归,牧童四处寻。

一九五

朝阳黄似金,山花白如银。
彩云逐碧水,嫩绿新芳林。
鹧鸪歌喉美,蝴蝶恋衣裙。
晨霭润肺腑,草香醉行人。

一九六

深秋三更鸡,疏林生寒气。
孤月揽水照,繁星冷太极。
大山分朝野,荒村远京畿。
迢迢天涯路,年年误佳期。

一九七

思亲欲断肠,暮烟遮远房。
狂风掀巨浪,云淡月彷徨。
才听杜鹃泣,又闻儿呼娘。
隔海望宝岛,何时见施琅。

一九八

庭前屋后桃花艳,草庐四周绕碧泉。
祖祖辈辈耕田垅,五代同堂笑声甜。
岁月易老人不老,年过九旬焕童颜。
虽是深山一草民,实乃蓬莱活神仙。

爱之吟

一九九

春日应约赴兄台,石径樵夫一捆柴。
山高百鸟逐云远,飞涧千尺入目来。
平心静气观沧海,俯身侧耳听花开。
两壶薄酒三盘菜,新诗狂赋乐开怀。

二〇〇

蜡烛清瘦四壁白,夜宿山寺人未归。
木鱼声声伴佛谒,洪钟袅袅万谷回。
鹤过青峰诉奇遇,燕栖朱檐庆双飞。
玉箫吹明满山月,古琴抚红一枝梅。

二〇一

东风春日穿纱窗,大梦沉沉醒花香。
七尺茅庐两盅酒,万里江天看鹰扬。
提笔弄墨愧班超,拉弓搭箭思李广。
诸葛不甘田头老,胸怀天下出草堂。

二〇二

春风一夜百花开，呼朋唤友上天台。
举目杨柳翠吴越，低头千帆下江淮。
滔滔汉水连荆楚，巍巍秦岭接燕代。
九曲黄河归大海，十万稻黍入诗来。

二〇三

奇葩朵朵切莫喜，红艳绝非为人开。
美瓣欢送蜜蜂去，香蕊招引蝴蝶来。
无意免费传花粉，有心为己繁后代。
大千世界真奇妙，就连草木也有才。

二〇四

千载历史恍若梦，卧榻一觉贯古今。
唐宫不歇霓裳舞，汉城岂会缺白银。
代代鼓乐皆依旧，不换曲谱只换人。
年年御苑百卉盛，如今新开为人民。

爱之吟

二〇五

伫立悬崖望眼穿,二月不见春燕还。
烟笼高山失千树,雾锁大江阻白帆。
庆幸朝阳如常升,残星冷月难延年。
笑看亵原大风起,一扫阴霾换新天。

二〇六

一山花香一山云,长箫瘦马过莽林。
溪水百回似低吟,石径九曲疏行人。
蝴蝶乱飞遮望眼,群鸟枝头唱春晨。
未谋其面先闻声,古刹之外听瑶琴。

二〇七

山青水碧紫云横,日出东海天将明。
晴空万里翱雄鹰,旷野无边桃花红。
白鸟千只绕劲松,飞燕结群穿梧桐。
声声鸡啼山村远,一抹柳林春色浓。

二〇八

绿柳唱画眉，红杏噪乌鸦。
近林着晨雾，远山披薄纱。

蝴蝶戏红颜，春姑撩黑发。
紫燕逐少年，蜜蜂追娇娃。

天晒千堆棉，树开万朵花。
东风送轻舟，破浪到天涯。

二〇九

树遮云，云遮山，大雨滂沱袭秦川。
东西大街车马断，阡陌无人草叶宽。

洪水千尺漫秦岭，大浪滔天摧崤关。
万顷良田皆水域，大沟小壑成深渊。

游客日久生离愁，情人失恋恨苍天。
艄公更喜连阴雨，健儿正好扬白帆。

春野奇观

阴气重重天欲雨,黑幕层层裹春阳。
铺天菜花金灿灿,乌云缝里一束光。

白云深处访高僧

溪水九曲出莽林,石径百回有人踪。
千峰万壑白云乱,不见古刹只闻钟。

漂客

宝剑三尺走四方,美酒一壶卧大荒。
情付长箫山水远,梦追蝴蝶归故乡。

倦鸟归林

天空片片残云倦,夕阳百鸟归山林。
红颜朱楼骋目远,游子快马入潼关。

大河山色

大河挂白帆，深林紫烟寒。
风紧红云乱，日暮夕阳残。
香浓红梅近，声淡长箫远。
山高藏百鸟，谷深鸣古猿。

长江晚渡

翠竹十里摇江风，夕阳一轮映山红。
白发鸬鹚啼声冷，碧浪孤舟人入梦。

踏青奇遇

西岳华山长安东,百花竞放灞柳青。
狂蜂十里追快马,蝴蝶吻得杏脸红。

山村寒夜

枯枝啸北风,破窑一盏灯。
新雪生寒夜,古刹敲三更。

骊山别墅吟

渭水之滨骊山下，三层小楼满院花。
朵朵红莲出绿水，串串葡萄上高架。
门前竖停宝马车，中堂横挂名人画。
昔日帝王休闲地，今朝寻常百姓家。

过骊山闻歌咏之

梨园蹊径绣成堆，华清宫内松柏翠。
温泉涓涓千年暖，唐皇贵妃去不归。
霓裳歌舞游人醉，余音袅袅万里回。
渭水呜咽暮云寒，骊山晚照夕阳辉。

寻找

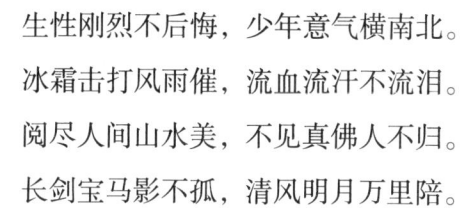

生性刚烈不后悔,少年意气横南北。
冰霜击打风雨催,流血流汗不流泪。
阅尽人间山水美,不见真佛人不归。
长剑宝马影不孤,清风明月万里陪。

春夜听泉

头枕芳草耳听泉,溪水潺潺拨琴弦。
残阳依依下西山,皎月冉冉出古原。
莺歌翠柳星满天,露润桃花夜生寒。
心归自然梦未醒,日出东方春光艳。

重游灵隐寺

十月下江南，徒步灵隐寺。
古刹红墙旧，花繁人不识。
夜听钱塘潮，晨观沧海日。
何时落桂子，月圆惹相思。

挥剑赋新诗

喜鹊高唱闹瑶池，桃李无语靓花枝。
雄鹰欲飞振双翅，大鹏展臂与天齐。
船扬征帆逐渭水，云乱太白显雄姿。
杨凌送别有好酒，英雄挥剑赋新诗。

作别

一

水阔苍山远,风微江月明。
花香来两岸,云去一天晴。
凝目情谊重,放歌龙舟轻。
挥别三盅酒,再会石头城。

二

古槐树树未着绿,小草点点初见黄。
云低只显太白高,舟轻不觉渭水长。
杨凌作别莫伤悲,长安重逢有琼浆。
桃花丛中听鸟鸣,万里碧空看鹰翔。

春晨别杨凌

苍山染黛色,渭水入朝烟。
绿柳小鸟唱,红蕊泪不干。
挚友别杨凌,兄弟聚长安。
先饮相思酒,再温抵足眠。

常忆芙蓉花

朝晖初起征船发,暮烟金戈会铁马。
英雄眼里有天下,壮士心中时忘家。
莫道男儿无牵挂,梦里常忆芙蓉花。
愁思藏胸不言语,看我挥刀战黄沙。

出潼关

新禾绿广原，古树绕村烟。
紫燕舞长安，桃花香秦川。
朝晖染渭水，云断太白山。
西岐情未了，快马出潼关。

无名花

昨夜蓓蕾满枝丫，今朝庭院放光华。
朱门闻香知春来，绿牖卷帘风景佳。
莫道芳名非红杏，玉瓣金蕊是奇葩。
长安御园桃千树，常忆杨凌无名花。

咏西岐

独产伏魔剑，五谷丰秦川。
舟逐渭河水，云绕太白山。
莫道西岐小，曾开大周天。
侧耳听雷动，注目看紫烟。

凭栏一顾

闻香来窗前，玉瓣满枝干。
邂逅一双眸，事先无预感。
绿草衬红颜，红颜色更鲜。
凭栏只一顾，相思五十年。

春晨

太白雪未消,杨凌花如雕。
群鸟绕芳甸,渭水流弯刀。
老叟舞金剑,少女吹银箫。
地阔山村远,日红柳梢头。

骤雨

树摇黄尘起,雷击风更急。
云重飞鸟尽,沙扬眼前迷。
头上一瓢雨,脚下十里泥。
荷锄白头翁,落魄在天际。

雨骤花摧

苍穹云如墨，原野千丈灰。
龙王要发怒，雷公也助威。
狂风山间起，暴雨天上飞。
万径行人少，但悲百花摧。

小桥作别

春来草色新，冬去花如银。
聚时满天雨，别无一朵云。
扬鞭过渭水，纵马入黄尘。
手握新折柳，又忆忧愁人。

西岳远眺

鸡啼声声透朝烟,鲲鹏一举上青天。
野林如星布广原,飞鸽点点来日边。
侧耳静听神仙语,举目喜看万里帆。
江河善下水流远,人处高峰眼界宽。

御园奇遇

御园有奇葩,与众大不同。
含苞四十天,拒不绽芳容。
春风刚耳语,羞得粉脸红。
都说花无知,何以解风情。

闲游明圣宫

细柳摇春风，闲游明圣宫。
苍山新绿嫩，深潭碧水清。
蝶去花似锦，人来鸟不惊。
雨后天放晴，日高紫气生。

冬游太白山

云散一天晴，水结三尺冰。
房矮心事重，山高空气清。
断崖悬枯草，白雪压青松。
吟诗无兴致，古刹听晨钟。

悠悠大梦醒

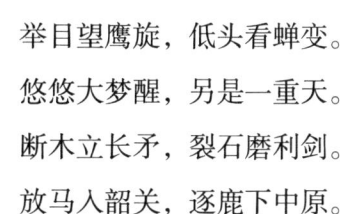

举目望鹰旋，低头看蝉变。
悠悠大梦醒，另是一重天。
断木立长矛，裂石磨利剑。
放马入韶关，逐鹿下中原。

山远人不孤

晨曦破夜幕，朝霞迎日出。
春光暖朱门，鲜花盈高屋。
美人唱华堂，名士吟新赋。
水深好行船，山远人不孤。

秋夜惊魂

林疏苍山高，水深映晚照。
牛归遇雏鸟，怜惜怀中抱。

家中幼子骄，强将鸟脚套。
啪啪拍双翅，声声凄厉叫。

十五月儿皎，大山静悄悄。
忽闻天风起，落叶卷海潮。

墙外听鸟啼，房里四壁摇。
拉开窗栓看，着实吓一跳。

声似野猿啸，翅把星光罩。
心怯不敢数，足足十万雕。

长喙似铁钩，利爪如钢刀。
纵横响飞箭，振翅掀狂涛。

恐惧又心焦，亲手放小雕。
隔墙听团聚，目送归爱巢。

第二十五辑 天涯掠影

方闻鸡犬叫，瞬间声全消。
平明院中看，堆堆白骨高。

都说猛禽凶，虎豹也心惊。
不光人有爱，万物皆重情。

大到天上龙，小至蝶与蜂。
万物莫相害，和谐共谋生。

奇葩

燕低鹰翅高，旷野十里蒿。
朝阳刚破晓，渭水卷红涛。

手中两枝梅，腰下一把刀。
头戴霸王冠，身着秦王袍。

不惧世人笑，却怕蚊虫咬。
自掴一巴掌，骑驴过小桥。

深秋归人

枯草冷山峰，小溪结薄冰。
苍穹日渐远，大地寒气生。
耕牛缀行久，老来腰成弓。
褡裢身上横，衣单怕秋风。

人间美

天女抛紫带，彩霞似花开。
太阳未露头，春姑先彩排。

红梅吐幽香，黄鹂声声唱。
画眉恋细柳，喜鹊栖白杨。

芳林换新衣，小草均含露。
阡陌跑骏马，沃田耕黄牛。

门前一湖水，宛若琥珀堆。
青山映倒影，朝阳满天辉。

日日天河会，情人成双对。
拿起如椽笔，难书人间美。

怀古

一

杜鹃泣血日,将军叹息时。
人在太白山,心系天下事。
明月冷渭水,荒草生露滋。
云烟吞四海,秋风残荷池。

二

腰系轩辕剑,手挥霸王戟。
武略天下事,文赋英雄诗。
征铎惊枯草,快马踏秋泥。
一声震天吼,须臾斩顽敌。

秋归

乌鸦绕贫屋,山寺敲暮鼓。
冷月照荒草,寒风摧秋木。
高崖挂瀑布,溪水流深谷。
老叟赋新诗,孤人入旧户。

太白望

奇峰入九霄,云飘半山腰。
旷野归春鸟,渭水涌秋涛。
黄牛耕田垄,快马驰古道。
风尘绝长安,夕阳断小桥。

鸟王吟

从小不读书，偏爱学鸟语。
朝和黄鹂唱，暮伴天鹅舞。

日陪田鹨耍，夜同白鹇居。
朝天歌一曲，身边百鸟聚。

天生通鸟性，无须神灵许。
人称百鸟王，其名实不虚。

天下有奇迹，莫被惯性误。
万事皆可能，固步不可取。

晴天放歌

云向太白飘,舟下渭水行。
草披秦汉青,花开大唐红。
耳悦周鸟唱,面沐中华风。
雨从杨凌止,天在长安晴。

少年行

山高水长路途远,心中有梦不恋家。
一束渔火看雨急,满山树摇知风大。
衣单不禁野草牵,皮薄那堪荆棘挂。
前后百里无村寨,孑然一身在天涯。

秋收

百姓秋收时，杨柳正落叶。
翁妪齐上阵，再累人不歇。
红苕晾在地，谷黍装满车。
衣单不觉冷，风寒心中热。

独爱家乡景

枝枝红梅溪水边，树树青松在山巅。
仙鹤志壮踏白云，危峰气盛擎蓝天。
万丈深谷涌云海，千里大河挂长帆。
独爱家乡风景美，鸡鸣犬吠一村烟。

美哉我之家

白杨凝云柳生烟，禾苗万顷绿秦川。
男耕女织年复年，青砖碧瓦十万间。
鸡鸣五更闻长安，快马一鞭出潼关。
要问我家归何处？华山脚下渭水边。

国之重器
——观阅兵有感

钢打长城铁铸关，捍卫和平熄烽烟。
战舰扬帆破碧浪，银鹰展翅上蓝天。
华夏精兵三百万，忠心赤胆护河山。
如若虎狼敢侵犯，叫他有来永无还。

随想组诗

爱之吟

一

山头孤月远，庭前鸣双燕。
不见心上人，但恨鸡鸣晚。

二

浅水映天蓝，远池莲子干。
感念花期短，徒增秋后烦。

三

天高黄尘卷，谷幽万顷烟。
江波千帆竞，塞上一人还。

四

粉脸碧玉裙，仙子服色新。
春去不自弃，雨打更销魂。
谁说花无情，芙蓉知我心。
纵有千般苦，含笑不拒人。

五

天地黑白交，难免走夜道。
莽林狂风吼，坟头饿鬼嚎。

手握伏龙刀，岂能怕小妖。
正邪不两立，喋血奈何桥。

身正阳气生，品端吉星照。
人魔战正酣，一声雄鸡叫。

留下千般恼，阎王夜遁逃。
收起冲锋号，丢甲弃战袍。

英雄不惧酒，放浪在今宵。
乘兴追穷寇，快马过山腰。

第二十六辑

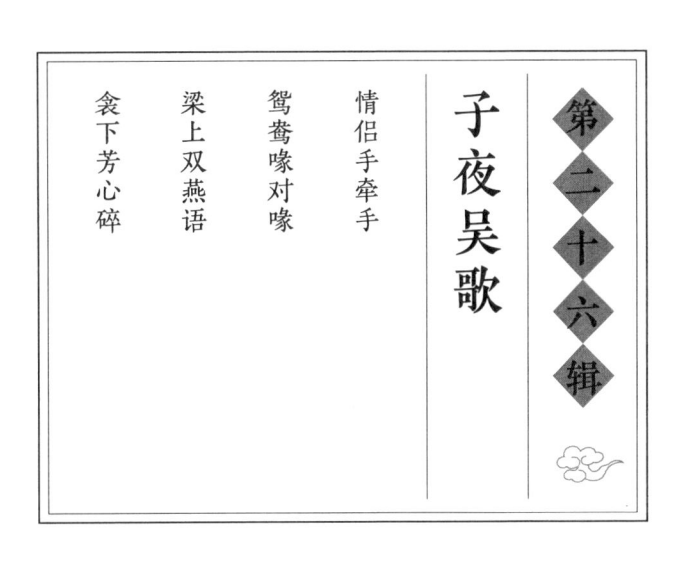

子夜吴歌

情侣手牵手

鸳鸯喙对喙

梁上双燕语

衾下芳心碎

子夜吴歌　一

春

公公身体弱，儿女要上学。
打工贴家用，务农收入薄。
花下数星星，岁月慢慢磨。

夏

家贫没上学，干的力气活。
早睡身体好，健康快乐多。
不必牵挂我，月下为君歌。

秋

今日七月七，推窗看银河。
织女会牛郎，松柏浊泪落。
青春伴寂寞，日子不好过。

冬

别时有先约，除夕一块过。
夜半生薪火，省得夫君饿。
人在门外等，心已下山坡。

子夜吴歌　二

春

吻别西山东，伊人要寻梦。
相守万事轻，别离知情重。
床宽香衾冷，睁眼待天明。

夏

一日骄阳红，晚来生热风。
心烦苍蝇扰，欲静恶蚊叮。
孤身怕噩梦，夜夜不熄灯。

秋

今夜皎月明，独上望君庭。
家家人团圆，莫负万重情。
天涯无归影，一夜泪眼红。

爱之吟

冬

飒飒北风冷,清泪结成冰。
白雪寒四野,红颜无人疼。
痴心要崩溃,身后有人拥。

子夜吴歌 三

春

从小做瓦工,手艺十分精。
不甘平庸死,追梦到城中。
伊人守孤影,花落花又红。

夏

风轻田野静,处处闻夏虫。
热汗脸上流,心中冷冰冰。
三年无音信,谁知美人痛。

秋

星稀月如镜,寒蝉叫不停。
人寂双燕语,心孤思旧情。
子夜翻照片,五更听鸡鸣。

爱之吟

冬

狂风啸寒冬，条条路结冰。
衾冷难入眠，有人进门庭。
豪车在堂外，接君到城中。

子夜吴歌 四

春

生来力气小,不堪务农累。
桥头别娇妻,天涯追富贵。
日日心不悦,夜夜人流泪。

夏

水逐荷花丽,风摇岸柳垂。
情侣手牵手,鸳鸯喙对喙。
梁上双燕语,衾下芳心碎。

秋

身单孤影陪,菊瘦人憔悴。
水饺已发霉,月饼白浪费。
花好蝴蝶恋,月圆人未归。

爱之吟

冬

餐桌落尘灰，镜中头发白。
春花年年谢，岁岁人不回。
糟糠是发妻，富贵被人弃。

子夜吴歌　五

春

改革四十年，打工成潮流。
男人走四方，女人守田头。
有苦就有乐，有离必有愁。

夏

儿女要照顾，老人要侍候。
富士要蔬果，谷子草要除。
白日忙不休，晚来生烦忧。

秋

城中过中秋，乡村正秋收。
弓身驾耧车，弯腰摘红豆。
两头不见天，相思黄昏后。

爱之吟

冬

雪中喂鸡鸭，嫁到农人家。
风里放黄牛，一年忙到头。
除夕有人归，等在东山口。

子夜吴歌　六

春

春节刚过完，殷勤备衣衫。
徒步蹚大河，骑马过千山。
背影入莽林，人远泪不干。

夏

君在天边边，妾在山尖尖。
为了日子好，相隔万重关。
昼在人前笑，夜来心中酸。

秋

风清菊花艳，星冷月光寒。
家家有笑颜，户户人团圆。
纵有千千结，试问对谁言？

爱之吟

冬

风寒云满天,大雪已封山。
万径绝飞鸟,路滑马不前。
富人心中欢,谁知穷人难?

子夜吴歌　七

春

公公身有病，婆婆眼失明。
打工贴家用，十六人远行。
心中虽不忍，无奈日子穷。

夏

夏收农活重，浑身骨头疼。
天天顶烈日，夜夜眼熬红。
翘首盼人归，夜半呼君名。

秋

徐徐金风清，满山枫叶红。
天怜风雨顺，人勤好收成。
思君望星空，共赏皎月明。

爱之吟

冬

人忙时匆匆，转眼到年终。
昨夜有好梦，伊人登归程。
风寒不觉冷，等君到天明。

第二十七辑 风花雪月

蜜蜂恋金蕊

蝴蝶绕香瓣

日沐情人眼

夜同皎月眠

风之谣

风在春天最温柔，小草盼，百花求。
一夜江山铺锦绣，万物复苏龙抬头。

风在夏季脾气暴，早上吹，晚上啸。
乌云满天大雨到，霹雳声声天地摇。

风在秋天气候爽，菊花黄，五谷香。
笑脸一张又一张，层林尽染好风光。

风在冬天也不差，窗前吼，门前刮。
鹅毛片片落天涯，枯枝树树开银花。

风在人间四季飘，下碧海，上九霄。
世间万物离不了，再待风把春送到。

归去来

一

月下横秦岭，举目万仞峰。
忽然不见山，须臾晨雾浓。
铁骑下长安，壮士别龙城。
剑舞红日出，高歌一天晴。

二

冬去不承想，春来未提防。
桃李正吐香，杨柳刚泛黄。
白鸽迁新家，紫燕回旧房。
举目花成海，低头征尘扬。

三

风微朝云低，雾浓深谷迷。
山静无人语，林疏有鸟啼。
御园花正好，游子归心急。
一声朝天吼，快马过河堤。

四

久阴天方晴,壮士赴龙城。
渭水破残冰,太白融雪峰。
一路杨柳青,四野桃花红。
驾马入古道,天下任我行。

五

曾被冰雪盖,春来出意外。
虽好阳关水,更喜家乡菜。
情切觉路遥,心急马不快。
穿云过山岗,柴门有人待。

六

去年同发愁,月下双泪流。
红花喜新春,绿叶怕秋后。
爱恨当有据,荣辱岂无由。
故人要离去,小草露出头。

爱之吟

七

一夜不见星,平明天方晴。
舟逐大河水,人恋十里亭。
苍山虽无意,白云却有情。
守望到故里,洒泪送一程。

八

古河流新水,苍山著芳菲。
树摇满目绿,花开千里白。
红日出碧海,苍鹰九天旋。
谷深马蹄脆,峰高游子回。

九

兄弟感情笃,老酒三两壶。
盏中盛满爱,旅途人不孤。
凄楚难再睹,含泪出高屋。
挥手别渭水,昂头入秦都。

十

来时夏正浓,闷热怕蚊虫。
辗转难入梦,夜长天不明。

去时花满城,草木皆有情。
紫燕唱晴空,旷野展画屏。

霞飞朝阳红,青山一重重。
最怜灞河水,不忍别古城。

风花雪月

爱之吟

一

半边彩霞入眼帘,万顷琼花满目收。
大河九曲出东海,青山起伏上斗牛。
清照再世还伤感,太白重生当无愁。
此情此景似春晨,人说昨夜刚立秋。

二

一地薇薇菜,两树牵牛花。
三个葫芦娃,六只光脚丫。
要花要菜谁记得?闲陪蝴蝶不回家。

三

疴病卧床久,凭栏望荆楚。
白马踏清露,红装聚船头。
水向天边走,山在云中秀。
何当伴黄牛,朝夕耕春秋。

四

飞燕掠云鬓,喜鹊闹春晨。
沃野聚黄金,大岭堆白银。
不游天上海,但爱山逐云。
谁在河边唱?回眸见佳人。

五

绿枝摇风景,红杏落树根。
好运从天降,打中有缘人。
鲜花年年嫩,壮汉无二春。
今朝当珍重,甜甜一颗心。

六

愧无济世才,空有报国心。
烧香祈好运,偏偏不信神。
狂风吹柳絮,浮萍不由身。
人间流浪汉,碧空一抹云。

爱之吟

七

花随东流水，日西树影斜。
小桥归瘦马，暮烟远人家。
鞍前横短笛，脑后乱白发。
紫藤秋千下，朱颜看奇葩。

八

三碟青菜三盅酒，两枝红梅两束竹。
滔滔江水千帆竞，十万大山一眼收。
西去长安应有路，东归佛海可回头。
长笛短箫百凤聚，满天歌舞无人愁。

九

钟远山回音，庙高不见人。
一树乌鸦噪，两行雁逐云。
风来归舟快，雨过江花新。
眼前秋景好，何须惦三春。

第二十七辑 风花雪月

十

近村披晨霭，远霞舞东方。
高山染青黛，大河泛红光。
绿树碧原野，春花溢清香。
古琴伴挚友，牧笛邀凤凰。

十一

荒村无碧瓦，枯树开琼花。
庭院斗霜鸡，冰河跑素马。
原野铺白绢，大河披银甲。
谁家红装女，玉肌舞黑发。

十二

风高月逐云，偶遇虎狼人。
怒吼丧敌胆，金剑穿魔心。
大义深东海，恩情重昆仑。
敬仰献豪杰，没齿不忘君。

爱之吟

十三

草枯山崖峭，天蓝白日高。
积雪阻行人，严寒飞鸟少。
大河亮霜剑，朔风挥冰刀。
春姑脚步迟，垄上蜡梅娇。

十四

旭日升碧海，春晖满昆仑。
头顶九重天，脚下万里云。
飞瀑擂战鼓，小溪奏古琴。
山姑歌喉美，花繁不见人。

十五

荒村隐隐七百户，近野古柏三两株。
南望渭水低声泣，北观秦岭寒山孤。
牵手本觉寻常事，离别才知相思苦。
西岐炊烟随夜幕，秦东桑梓有也无。

十六

催动轻舟游四海,驾驭快马闯九州。
天地纵横心胸广,书破万卷有良谋。
既然皇叔不称孤,纵有诸葛也多余。
莫道苍山乾坤小,老夫端坐茅草屋。

十七

命薄莫怨天,失意多自误。
奢享福中福,难咽苦中苦。
壮志吞四海,腹中少良谋。
富贵梦未醒,大睡小茅屋。

十八

蓝天朵朵白云飘,青草玉肌一群闹。
芙蓉少女生妒意,乱追蝴蝶试比娇。
绿叶衬得百花红,碧水落下显山高。
人间风景无限好,金马银须过小桥。

十九

柔风沐面花香沁，细雨过后气象新。
桃李千顷堆白银，菜花万亩铺黄金。
古琴铮铮弹碧水，玉箫悠悠吹彩云。
只只雄鹰凌空舞，树树喜鹊闹春晨。

二十

中秋本是团圆日，月满却成思乡时。
谁家儿童不识趣，笑声刺耳尚不知。
庭院黄菊应无仇，孤人面前秀双枝。
莫怨鸿雁当头过，一夜愁肠难为诗。

二十一

晨风轻拂寒星隐，万鸟齐唱日出红。
群山堆玉霭中看，大河流彩入双眸。
童颜诗赋吟岁月，白发宝剑映露珠。
俯览旷野开柴门，全收美景站高屋。

二十二

青山对峙一川孤,滔滔大江从此出。
日照一天千秋水,风摇两岸万年木。
白帆互竞穿云霭,蛟龙高跃迷双眸。
满月冉冉起船头,一夜清辉到皇都。

二十三

金风撩长发,苦雨打秋花。
残蕊恋枝丫,零瓣飘天涯。
孤雁声声悲,游子也想家。
塞外愁云重,陇上望蜀巴。

二十四

残荷浮秋水,狂风打贫屋。
破船沉大海,黄叶满山枯。
草高藏饿狼,山深行猛虎。
鸦噪日将暮,游子一身孤。

二十五

飒飒北风寒，大雪封南山。
八方不见人，四面没炊烟。
东望险关危，西顾无后援。
忽然虎拦路，生死皆由天。

二十六

云高长空蓝，气清黄菊艳。
蜜蜂恋金蕊，蝴蝶绕香瓣。
日沐情人眼，夜同皎月眠。
不与桃花竞，何必争春天。

二十七

暮春三月天，不见桃花颜。
情人远望眼，狂蝶有别恋。
莫笑今日残，复红在明年。
已与青帝约，陪我共灿烂。

二十八

将军弃长鞭，骏马卸金鞍。
胸怀五车书，封藏三尺剑。
不与王侯共，愿同星月眠。
深山搭草庐，江湖挂白帆。

二十九

桂林山水秀，踏上赏春路。
岸边走大象，水中耍小猴。
大江明似镜，巨船结彩楼。
山水连成画，人在画中游。

三十

人人皆喜天晴日，可惜误了春雨时。
碧海翻浪树感泪，红蕊凝香玉露溢。
大山小河雾中看，阡陌地头芳草萋。
水神变脸阴云重，天女纺线细如丝。

爱之吟

三十一

天上日逐云，地上人追人。
才俊叫宝玉，佳人不姓林。
杨柳换新装，百鸟闹春晨。
似花不是花，原来是爱神。

三十二

近景不经看，抬眼望云端。
城头旌旗卷，约莫是阳关。
水月胡琴远，不闻杨柳怨。
桃李不相妒，才能共春天。

三十三

如若有亏欠，请君看薄面。
我本平凡人，难保失远见。
美女不愁嫁，鳏夫怕失恋。
一切为君谋，扬帆下江南。

三十四

风送花香至,心意我自知。
捎回一掬吻,她笑我情痴。
阳春二月天,正是心动时。
进入百花园,人花两不识。

三十五

好花千万朵,仙人赐一枝。
走进百花园,步停双目直。
牡丹朵朵红,取舍两不知。
待到百花谢,后悔早已迟。

三十六

夜雨如织下不停,窗前树树柳摇风。
心中潮湿难寄梦,合眼烦躁念佛经。
几欲整装赴盛会,道路泥泞马不行。
家家雄鸡忘五更,孤身辗转天不明。

爱之吟

三十七

隐隐约约一山孤，举目不见万顷木。
晨霭千里没寒寨，楼梯八级看高屋。
白云之下听鹦鹉，桅杆十丈知大湖。
一个喷嚏雾霾散，三声大笑红日出。

三十八

洗漱整装出高屋，提剑走马别绮户。
千顷芳林百花谢，愁人不忍睹残木。
鹡鸰惜声灞水寒，冷风萧索万山孤。
低头沉思看枯草，抬眼方知日色暮。

三十九

从来不作名利赋，山高水长皆有因。
阳春横犁骑骏马，寒冬射雕看白云。
开天辟地两只手，殷勤报国一颗心。
莫道今生人不知，后世总有惜才人。

四十

才闻三晋鸡，又踏赵魏泥。
鸟飞秦汉天，云度荆楚地。
心让山水牵，眼被暮烟迷。
欲穷天下景，人困瘦马疲。

四十一

春草着新绿，远山染黛眉。
红杏聚成堆，蓝天云徘徊。
柳近听渭水，路遥愁人离。
村疏炊烟淡，日暮倦鸟归。

四十二

日到岁末要过节，路上纵横驷马车。
东西阡陌尘土扬，南北大街灯不灭。
亲友之间当有谢，孝子贤孙拜老爷。
风俗已过五千年，拜年路上人不歇。

爱之吟

四十三

万木成碧海，一马绝黄尘。
蜂蝶恋奇卉，飞鸟爱白云。
平明出荆楚，晌午到三晋。
人在月上歇，路入暮云尽。

四十四

大雁排一字，白菊摇孤枝。
绿叶已泛黄，知了应不知。
远山冷落日，近水残荷池。
金桂惹旧事，梦里赋新诗。

四十五

秃鹰天上悠，落日归黄牛。
野村噪乌鸦，残花逐水流。
枯叶荒古林，晚风冷深秋。
孤人正愁苦，夜虫唱不休。

四十六

春姑到山寨，满院桃杏开。
鸟唱甜肺腑，花香润胸怀。
白鹇挂低枝，仙鹤旋天外。
美人正梳妆，鹁鹉入窗来。

四十七

白云天上飘，皎月水中明。
枯树近山村，荒烟远古城。
寒霜冷石径，风高侠客行。
夜深四野静，一路马蹄声。

四十八

寒梅开琼花，鹊巢有鸟鸣。
门前积雪厚，草庐火正红。
儿童笑声朗，妇孺乡音浓。
一笛破晓天，不尽农家情。

爱之吟

四十九

少女吹白雪，绿装横短笛。
云雀空中止，苍鹰心生疑。
正是腊月天，哪来春风习。
低头仔细看，桃花杨柳眉。

五十

山着素装显高雅，水结寒冰明如镜。
儿童笑玩雪中花，太阳慢送一天晴。
少女不怕北风冷，笑语串串双脸红。
群鸟振翅上碧空，炊烟袅袅恋古城。

五十一

偶有神会心中暖，快马奋蹄登阳关。
大山嵯峨披晨雾，小河蜿蜒入长川。
终日疲懒屋檐下，难得昂首抬望眼。
雀燕只只落矮林，鲲鹏一冲上九天。

第二十七辑 风花雪月

五十二

杏黄枝上杏黄鸟,桃花树下桃花鱼。
莺啭歌喉春色暮,细鳞逐波一池香。
日落小河生紫水,风摇细柳飘白絮。
修竹三尺有人顾,美人梳妆在高屋。

五十三

东风春雨前,残雪冰融后。
马恋旷野草,人踏河边露。
新叶绿芳林,蜡梅刚红透。
天高心气爽,画眉唱不休。

五十四

三更大雪停,日出碧空晴。
十里白地毯,一群雄鸡红。
扭头对伴侣,不住咕咕声。
地上无粒米,还敢再调情?

爱之吟

五十五

细雨蒙蒙春色暮,庭院芍药三两株。
蕊含清泪一腔苦,瓣随风零影也孤。
早归紫燕着旧装,丽人初起换新服。
午后既无敲门声,斜倚窗前懒出户。

五十六

娇花嫩草怕酷暑,春色常被东风误。
红杏无情离故枝,青藤有意缠古树。
雕栏画栋大门朱,四壁空旷冷绮户。
孤身足下阴影长,远村山头夕阳暮。

五十七

二月随桃舞,雪中景如故。
风吹不低头,霜打挺傲骨。
脊直绿四野,身横架高屋。
心仪青松美,敢笑春花浮。

五十八

节气已立冬，叶落岂怨风？
御园百花谢，大山看青松。
春至不邀宠，寒来也从容。
深根扎悬崖，雄姿傲长空。

五十九

御园百卉红，独有芫花紫。
一眼兴致起，三步遂成诗。
踏浪不跟潮，报春树新枝。
不顾群芳妒，正是标异时。

六十

谁说天不公？人人有短长。
一朝当宰相，十年读寒窗。
小富人不懒，大成要自强。
风雨打茅屋，丈夫应思量。
自己不努力，贫贱岂怨娘。

爱之吟

六十一

嗜好当无心，从小爱纯真。
素装骑骏马，烈酒寻芳林。

荷花韵味好，只是已染尘。
风扬败诗性，残月增情恨。

圣意本难猜，凡心不通神。
雾霾从天降，岂怨护花人？

六十二

红日出东方，天地沐春光。
禾苗碧四野，杨柳绿八荒。

东陌菜花黄，西陇桃李香。
小河轻轻唱，大山着新装。

少年读书琅，村姑情歌长。
宁为凡夫子，不做唐明皇。

六十三

水从天边来，山自云中生。
渔村荷花竞，长堤树影重。

碧空飞苍鹰，草上骏马行。
龙舟载佳人，细柳摇香风。

隐隐有人唱，袅袅吴越声。
无酒游人醉，不尽江南情。

六十四

大河风景奇，当从高处看。
放眼四十里，举目细如线。

一浪破青山，万木绿两岸。
心宽纳红尘，厚重壮雄关。

惊涛归大海，清源出一泉。
君要天上游，黄河扬白帆。

爱之吟

六十五

任凭风雨打,心在白云间。
冰雪封不住,昂首向蓝天。

春来着新装,四季换容颜。
不屑狂蝶远,常有百鸟喧。

人间若无绿,红花色也淡。
倘无刀斧劈,风景壮千年。

六十六

都说六六顺,凶吉在人心。
夜里星月光如银,晴空万里树有荫。

眼前虽无路,壮士不凄楚。
抡开膀子朝前走,虎狼发怵鬼神抖。

厄运便似狼,你弱它就强。
既然进退都一样,杀条血路又何妨!

六十七

家乡不近海，一生爱白云。
云是浪中帆，畅游天上海。

苍穹淡云薄，碧海星光烁。
人神共银河，海天同皎月。

红日天边升，冉冉水里行。
极目望大海，午时影正中。

云是天仙衣，又似海神缎。
飘逸天地间，带我入梦幻。

六十八

天寒黄叶枯，风高残花谢。
日西暮云低，星显月入云。

秃树冷深谷，乱草荒四野。
山叠石径远，人困饿马歇。

爱之吟

火旺饭正热,佳肴味初香。
小儿眼睛亮,少女声音怯。

家常拉不完,有酒情更切。
窗外日已高,怕与老翁别。

六十九

碧叶生毒刺,银瓣露天姿。
有酒人不醉,无笔也成诗。

香蕊欠言语,韵味我全知。
莫道相逢早,但恨邂逅迟。

星月空流转,天公不给时。
夜幕遮丽影,咬牙恨落日。

殿试拔头筹,溺爱成呆痴。
十年垄上眠,人笑装不知。

七十

卫国有强兵，治世用精英。
欣逢好时代，百姓享太平。

莫妒他人富，低头把田耕。
冷暖伴妻儿，无官一身轻，

取舍当有度，天下本姓公。
知足守本分，不跟奢靡风。

朝看长江碧，暮赏山花红。
一望三千里，绝胜大明宫。

七十一

好景窗外看，红颜镜中观。
黛描愁眉展，粉饰泪痕干。

胭脂日日新，唇色天天换。
纵是好年华，难抵星月转。

爱之吟

杏谢蝴蝶远，春暮桃色残。
朝朝食无味，夜夜和衣眠。

大江有归帆，小路无人还。
月下倩影单，心上悔离别。

七十二

云低显山高，崖危才称奇。
百花缀春意，绿树显灵气。

横看量远近，纵观比高低。
遍地都是山，嵯峨不一齐。

枝头落珍禽，草中卧猛虎。
深谷流清泉，悬崖飞瀑布。

浅水漂白鸭，碧潭跃红鱼。
情妹朝夕唱，牧羊人不孤。

七十三

薄田三五亩，瓦房十数间。
九邻傍渭水，南望入潼关。

东归中原路，西近晋国烟。
掩窗隔柳林，开门见大山。

浓浓秦东情，秋高华州天。
风景月下看，姑娘也不凡。

衣盈菊花香，貌比赵飞燕。
一支农家乐，吹得皎月圆。

七十四

本是一片天，实同南北燕。
星移银河转，一别数十年。

满脸书生气，一见笑靥甜。
双目溢神采，百看不觉厌。

爱之吟

天命不遂心，诸事难如愿。
待到惜别时，岂能不留恋。

心中放不下，只为那一言。
黄菊灞水边，风清明月寒。

七十五

仲春朝阳东，放马南山行。
高枝百鸟唱，断崖嫩草生。

深谷宿旧冰，峻峰新花红。
隆隆飞瀑吼，涓涓清泉声。

抬头猛虎跃，放目蛟龙腾。
嵯峨三千里，谁人敢称雄。

日西人不累，归途有余兴。
徜徉在碧海，陶醉白云中。

七十六

老树开新花，家中添小娃。
百般加爱护，出门作尾巴。

冬夏穿红袄，四季不蓄发。
跟父捉蝴蝶，随母采山花。

光脚牵黄牛，赤身骑青马。
朝陪白猫玩，晚伴黑狗耍。

小子三岁半，日落不回家。
人生才初启，童年采晚霞。

七十七

东方刚破晓，霞飞春阳照。
骈骊歇古堡，人过石拱桥。

白鹇河边舞，山林唱鹧鸪。
玉兰风中颤，桃李树上摇。

爱之吟

杏花开口笑，黄莺空中绕。
步步逼游人，好似要比娇。

玉手攀花枝，双脚踏嫩草。
脸上开红杏，玉笛声声高。

七十八

鹚鹉水上漂，白鹳浅滩闲。
低空旋鱼鹰，远山鸣海燕。

云汉星河灿，深潭一玉盘。
少年扶栏杆，歌女声满船。

泱泱无边际，岸柳尽入烟。
紫霞刚露头，红日已出山。

悠悠天地间，处处神笔染。
敢问少年郎，是人还是仙？

第二十七辑 风花雪月

七十九

西垄糜子熟,麻雀满穗头。
田鹨要争食,双方大决斗。

你啄我的翼,我鸽你的头。
风卷羽毛飞,地上鲜血流。

本来是远亲,不必结冤仇。
都是为了口,何苦出重手。

厮杀不息怒,昼夜吵不休。
一枭从天降,万鸟皆无踪。

八十

宁穿粗布衣,不着金战袍。
莫道才不足,各人有志向。

将帅有苦衷,车马不同道。
月下三盅酒,胜过八抬轿。

爱之吟

不对上官笑,不惹下士恼。
要说有差别,只是银子少。

钱多人自傲,钱少人不骄。
百年皆成土,不怕冤魂闹。

八十一

(一)
两只丹凤眼,一握水蛇腰。
心似菩萨好,人比桃花娇。

长得呱呱叫,自然眼界高。
皇上颁圣旨,媒婆门前闹。

(二)
文武千千万,个个难过关。
不慕黄金屋,偏爱阿哥善。

黑白两不厌,户低刚对眼。
花前践前缘,月老牵红线。

（三）
淑女爱至纯，儿郎情至真。
枯木遇甘霖，红杏正逢春。

江海观日出，五岳赏奇云。
携手踏朝露，依偎度黄昏。

（四）
碌碌入红尘，你我皆凡人。
有米三餐饱，无舍遭雨淋。

肚里有学问，囊中无金银。
世世穿布衣，代代是贫民。

（五）
长亭灞水滨，凝视更伤心。
含泪执君手，泣血别佳人。

织牛难共眠，相思寄瑶琴。
福祸听天命，聚散不由人。

（六）

日复日，年复年，两鬓斑白人未还。
奈何桥上难合眼，忘川途中思初恋。

黑眼珠，红脸蛋，歌声甜，笑靥浅。
九泉之下人团圆，来世执手笑花前。

八十二

天铺纸，云研墨，风神挥笔是画魁。
描红霞飞风景美，描黑泼雨响大雷。

描狂龙，描猛虎，描鸡描狗更有趣。
描黑熊，描白猫，描得咚咚猴敲鼓。

描走兽，描飞鸟，描小麦，描大枣。
描得蜜蜂嗡嗡叫，描得蝴蝶花间闹。

描帅哥，描美女，描得情人做伴侣。
描宵小，描忤逆，描得孝子跪老母。

描星星，描月亮，描得太阳闪金光。
描得人间山水长，描得大地百花香。

描天兵，描天将，描得天下归百姓。
描金斗，描大洋，描得人人住楼房。

红黄紫蓝墨飘香，历史长卷震八荒。
大千世界无妙手，自然神笔是画王。

八十三

巨石建大桥，弱草当柴烧。
鱿鱼味道好，名厨手艺高。

北斗距人远，不若太阳骄。
夜来银光照，行人不迷道。

人虽有灵性，一跃三尺高。
苍鹰列为禽，振翅上九霄。

爱之吟

马儿跑得快,鸟儿飞得高。
桃子甜口舌,大黄能入药。

诸葛灵,诸葛能,没有五虎事难成。
霸王勇,霸王精,少了范增万事空。

沙子水泥没钢筋,绝无高楼栋栋新。
秦皇汉武千古颂,没有一个是完人。

谁都有特长,做人敛锋芒。
深山少猛虎,大海蛟龙亡。

风兴雨,雨兴云,米到饿时胜金银。
天地万物皆有用,人与自然互依存。

八十四

杜鹃树上杜鹃鸟,是花是鸟分不清。
布谷叫,子规啼,天地一片杜宇声。

小麦收了要种秋，布谷布谷叫不休。
杜宇唱来子规和，杜鹃也为百姓忧。

夏初风，花香浓，杜鹃泣血映山红。
花似鸟，鸟似花，难得人间好风情。

八十五

北风不觉寒，天气日渐暖。
细柳不吱声，悄悄绿古原。

听说春姑到，骠马走一程。
桃李正含苞，高枝不见红。

近林静悄悄，远树有鸟鸣。
嫩草刚露头，禾苗梦未醒。

南山有残冰，灞河刚解冻。
紫燕低空飞，白鹭水上行。

爱之吟

八十六

二月花儿娇，难得心情好。
观景不低头，赏春直着腰。
青山眼前横，大河为我潮。
胯下黄骠马，手中一支箫。

八十七

秋风摇菊香，明月映桂影。
水近情歌浓，山远箫声轻。
天高繁星寒，林茂不见灯。
客燕伴房主，魂断长安城。

八十八

星淡苍山远，夜深水更寒。
云鬓乱秋风，纤手掀竹帘。
寰宇太空旷，只有一月天。
敢问小娘子，为谁把玉栏？

八十九

云厚日不出，炊烟浓晨雾。
香知庭前花，心辨河边树。
窗外无山影，彩霞映高屋。
举目不见人，笑语满皇都。

九十

翠竹面前满枝黄，似花似叶两不知。
莫道凡人读书少，请来青帝也难识。
千枝万枝枝枝满，八叶十叶细如织。
左猜右猜总生疑，回到书房再求知。

九十一

万里无云一天空，红花绿草满地风。
四海咫尺入画屏，九霄千仞翱雄鹰。
遗憾马上无好酒，难得眼下有诗兴。
山山水水生爱意，一支长箫吐心声。

爱之吟

九十二

心中有丘壑，四海无狼烟。
蝴蝶花间聚，鹰鹞上蓝天。
笑容溢阡陌，歌舞满山川。
一鞘两柄剑，但愿终生闲。

九十三

人说昨夜刚降霜，扬鞭猎奇岔心慌。
鸟唱蓝天空气爽，风摇残红有余香。
少年作赋尚内敛，老来吟诗更张扬。
十里莽林不见绿，夕阳落叶一色黄。

九十四

少女放歌羞黄鹂，明眸静思胜春晖。
高梳云鬓细髻垂，巧饰钗环脸生辉。
龙跃长裙盘玉腿，荷开双袖暗香回。
天颜善目人不去，回眸似是故人归。

九十五

世上只有千年树，人间并无百日花。
春风春阳曾灿烂，含笑谢幕才潇洒。
能高能低是雄杰，知进知退为大雅。
两壶老酒一匹马，横笛竖剑走天涯。

九十六

耄耋之年目光灼，高山结庐看大河。
咬文嚼字诵天地，手弹琵琶我独乐。
夜来常伴凤凰舞，平明当和黄鹂歌。
宁与神仙有默契，百年之后再赴约。

九十七

鲽鱼右脸两只眼，还把世事未看穿。
左鳃枕沙正酣睡，前边鲸蛟已入关。
自古弱小难自保，唯有强大才安全。
可怜双鳍未张开，一场盛宴作鱼丸。

爱之吟

九十八

豪杰聚会正开怀，忽见翩翩名士来。
身披鹤氅貌甚伟，经天纬地更有才。
千年诸葛大名在，偶尔演绎不奇怪。
如若不似风烛照，劝君莫羡锦城柏。

九十九

千里绿树千里烟，万里白云万里天。
九曲长河远长安，三间草庐靠大山。
金风慢送南归雁，黄尘快马过崤关。
不管红梅开几度，今夜先抱白鹤眠。

一〇〇

银盆栽银菊，金蝉唱金柳。
微风吹玉露，秋草应知秋。
愁人对愁人，无忧也有忧。
冰河沉寒星，冷月挂吴钩。

一〇一

早起开门窗,大地尽春光。
声声莺鸾唱,朵朵桃花香。
矮树落群鸟,一枭冲天上。
少年舞剑戟,稚子书声琅。

一〇二

牡丹饰门窗,垂柳刚过墙。
小虾轻戏水,香萱朵朵黄。
碧空横大雕,绿草恋牛羊。
不做凡夫子,要学张子房。

一〇三

少随杜甫不张扬,老学太白作诗狂。
三尺长须装夫子,半句诗文刮穷肠。
花前舞刀效关羽,草堂点将扮周郎。
鸟兽为伴天不管,地地道道草头王。

秋夜烦

红日下高山，明月坠深潭。
独驾轻舟去，玉碎镜不圆。
时至五更天，还在空中悬。
徒增愁人怨，更添秋夜烦。

咏嫦娥

寂寂蟾宫冷，繁星一天寒。
岁月宽衣带，时光老红颜。
既然有三餐，何必当神仙。
高居青云上，心常在人间。

风雨苍山路

远行后悔前,贪心被利诱。
鸟啼红叶秋,马踏落花路。
冷风乱黑发,淫雨打白头。
水遥被云断,山苍添新愁。

垂钓吟

不惜香饵诱,空钓怨鱼钩。
客多不上座,日落增暮愁。
邻人满笆斗,出钱一网收。
不惧路人笑,单怕家妻吼。

爱之吟

钓之感

柳林秋蝉噪,古槐红日高。
麻雀恋蒿草,雄鹰凌九霄。
骏马驰天下,老牛卧石槽。
胸无五车书,莫学渭水钓。

祈祷

一连半月雨,心潮难成梦。
佛前烧高香,祈愿天早晴。
有心贿神佛,不识主事龙。
窗外花已谢,树摇一夜风。

赏春

山与天比高，水入云而尽。
横目观花海，伫立看芳林。

树近落群鸟，路远有行人。
双脚踏嫩草，两耳闻古琴。

早知风光好，何必当闲人。
胯下一匹马，千里赏春晨。

赏晚景

近看人工景，远望自然色。
水长无帆影，山高黄牛归。

密林枝叶翠，天蓝飞鸟白。
鳝鱼逐浮萍，鹁鸪落芦苇。

彩云随风舞，晚霞胜朝晖。
三秦风光好，景美不掩扉。

野村起炊烟，日暮人不回。
双脚踏清露，携手赏月色。

寻鸟

一对鸸鹋鸟,两株杜鹃树。
出没枝丫间,踪影霎时无。
是花还是鸟,丽人千百顾。
忽入彩云端,惹人终生慕。

无名鸟吟

身穿凤凰衣,口吐鹦鹉语。
唱得黄鹂歌,跳得紫燕舞。
咫尺胆不怯,诚心与人娱。
天涯日已晚,振翅别绮户。

深秋暮归

烟浓日渐落,荒草满山坡。
孤舟冷小河,秋风枯大漠。
归人叩牛角,可惜没有歌。
倘若无鸟唱,该有多寂寞。

山居

日暮雁落林烟生,花谢草枯隐钟声。
一叶扁舟山水重,两间茅屋墙透风。
寥落游子夜梦冷,寒家待客情更浓。
又是辗转漂泊路,破窗微透一点红。

朝圣

因势攀古藤，遇阻辟蹊径。
一心朝佛祖，拾级登高峰。
三山一色青，四崖满目红。
举目望白云，侧耳听寺钟。

宿命

大秦叶已凋，吴越花正红。
同是一片天，草木有枯荣。

东南西北中，金乌照苍穹。
远近不一般，君恩有轻重。

高低有区别，日晖不相等。
若非常春藤，莫要怨北风。

黄昏归人

乌鸦噪黄昏，老叟负柴薪。
秋风凋古树，大山冷残云。
岁月枯容颜，白霜染双鬓。
渭水无回帆，寒屋有归人。

窗前眺望

山头池塘喜秋水，垄下黄菊怕入冬。
旷野沉沉鸟不鸣，河堤两岸树摇风。
杨凌不住百日雨，长安任性阴与晴。
伫立窗前看云重，遥望法门听寺钟。

酒壮诗兴

夜夜依恋桑梓情,朝朝漂泊脚不停。
曾经胸怀齐天志,如今回首双手空。
一支竹笛说遗憾,三盅薄酒壮诗兴。
苍山万里望青云,大漠萧萧满天风。

日暮秋愁

庭院花正红,墙外已深秋。
枯草飞残蝶,疏林落叶厚。

耕牛无言语,归鸟放歌喉。
日西竹影瘦,云乱大山幽。

身单不胜酒,敛衽下朱楼。
天寒生露晚,人孤添暮愁。

知音会昆仑

树摇坠星辰，风吹流泪云。
悠悠赤子心，同是伤情人。
既然知音去，从此不抚琴。
渭水可作证，百年会昆仑。

雨后

新晴大山近，雨后长河远。
野村柳林翠，旷原桃花鲜。
比翼鸟不单，情人双手挽。
漫步风雨后，万里艳阳天。

梦中呓语

牖中窥天天不晴，满目潇潇风雨声。
侧耳不忍听花谢，低头拂水看鱼惊。
有心作诗诗不成，无意作画画难工。
情迷不胜周公酒，伊人原来在梦中。

夜寒

霜降至入冬，旷野草木青。
一池秋花谢，满天风雨声。
不见飞鸟影，路上无人踪。
夜长不成梦，枕边寒气生。

爱之吟

送别

烟云送君去，风雨扑面来。
马踏黄泥远，人没寒山外。
旷原百花谢，千里草木衰。
野林遮望眼，孤人上高台。

冬夜行

林幽无鸟鸣，崖危路不平。
小河三尺冰，大山孤人行。
虎啸天地惊，寒涌阴云重。
低头夜如漆，举目篝火明。

雨途问天

天涯阴云重，积水路难行。
乌栖梧桐叶，人滞十里亭。
风高掀衣冷，腹空饥肠鸣。
敢问龙王爷，何日能天晴？

秋去冬来

汹波逐寒水，莽林连山峰。
冷风摇青竹，淫雨打梧桐。
孤人伴孤灯，乌云一重重。
秋随落叶去，冬入长安城。

饥寒思饱暖

寒风凋秦岭,大雪冷山峰。
苦从心中结,冰在唇边凝。
野村闻犬吠,旷原无鸡鸣。
敢借吴越风,今夜暖古城。

约邻奇遇

沽酒约芳邻,闻声不见人。
不顾蝴蝶追,野花入柴门。
脸着玫瑰色,衣裁天边云。
揣度有深意,隔帘听古琴。

晚秋放歌

暮烟远高山，夕阳照大河。
黄叶凋莽林，野蒿枯荒漠。
鸭在池中游，雁从垄头落。
贫屋无归鸟，天涯有人歌。

别处新游

今日花开处，去年别君时。
梅开昔岁红，苍茫人不知。
小溪流寒水，乌鸦别落日。
垄上苦情人，新草应不识。
眼含滴滴泪，不为孤客洒。

爱之吟

人鸟缘

红喙碧泉眼,黄裙黑衣衫。
不为五谷食,害虫作美餐。
方才枝头叫,转眼上九天。
人在花前等,永结白头缘。

踏雪赏梅

东岭劲松西岭柏,巨石嶙岣青竹翠。
鹅毛飘舞一山云,柳絮交织万里白。
长箫穿空人思归,溪水破冰九曲回。
香风阵阵有年味,铁枝钢骨傲红梅。

牛半仙

少年内敛老任侠,骑着瘦驴走江湖。
一生贫贱日子苦,懒抬眼皮看高屋。

世人猎奇尚可谅,拿人当神却谬误。
既然演戏能糊口,何必要读五车书。

敲着锣,打着鼓,唱着歌,跳着舞。
三尺胡子莲花冠,道袍一身复了古。

打竹板,拉二胡,听不懂,慢慢悟。
能掐会算有人信,攫金聚银靠智谋。

君子爱财当有道,坑蒙拐骗法不饶。
道具剥尽现原形,"神仙"先生坐了牢。

大河长,青山高,桃花杏花开得娇。
瘦驴从此获自由,春风秋月好逍遥。

作别

爱之吟

清风摇晨露,白云盖山丘。
兄弟惜别折枝柳,宝刀快马有追求。
大道十字口,漫漫天涯路。

铁肩披星斗,剑眉锁离愁。
壮士情深三杯酒,英雄有泪不轻流。
双手握吴钩,大江不回头。

金戈平荆楚,快马踏三秋。
喋血沙场为公理,仗剑岂为封王侯。
二月重逢日,自有花香透。

第二十八辑 山河颂

溪流绕奇石

巨瀑从天飞

清晨炊烟直

夕阳农人归

秦岭吟

秦岭嵯峨出秦川,千里卷翠山连山。
放眼逶迤舞长龙,举目矗立擎蓝天。

万仞峰头白云乱,百丈谷底飘紫烟。
梧桐牵手绕碧泉,巨石开口飞玉涧。

林海茫茫绿无边,草木繁盛百鸟恋。
桑榆枝头鸣杜鹃,松柏深处戏朱鹮。

绿竹摇曳熊猫欢,天鹅展翅空中闲。
牛羊肥硕牧笛脆,沃土丰饶情歌甜。

灞水两岸柳生烟,曲江池畔荷花艳。
三尺小童尊周礼,百岁老翁吟诗篇。

红桃粉杏拥长安,莺歌燕舞闹秦川。
男儿俊美秀强健,姑娘秀丽貌如仙。

爱之吟

问鼎中原过黄河，放马晋楚出潼关。
翻越巴蜀通云贵，汉江连吴竞千帆。

丝绸之路达疆藏，挥鞭青陇走陈仓。
陕北古道接二蒙，三秦厚土连八方。

纵横四海驰铁龙，俯览寰宇驾银鹰。
大地原点在咸阳，条条大路通北京。

华夏龙脉大秦岭，红日高照祥瑞生。
霸气十足分南北，冲天腾飞中国龙。

南方才子北方将，三秦沃土埋皇上。
千年古都十三朝，泱泱中华新气象。

英姿勃发周武王，横扫暴纣灭殷商。
崇德尚善八百载，礼贤下士美名扬。

第二十八辑 山河颂

千古一帝秦始皇，鲸吞六国平八荒。
华夏民族归一统，大秦伟业耀四方。

雄才大略汉武帝，中华民族永铭记。
血战匈奴鬼神泣，开疆拓土数第一。

一代人杰唐太宗，贞观之治大唐兴。
举贤任能纳忠谏，文武双全真英雄。

花枝招展报三春，大树参天不忘根。
华夏儿女千千万，始祖华胥是娘亲。

黄河滔滔波浪汹，古木森森秦岭青。
猛禽横飞恶兽嚎，蓝田猿人大梦醒。

心智半开目光冷，露宿荒野饮食生。
骨瘦如柴多疾病，体格孱弱难禁风。

爱之吟

自古母子血脉通，儿女殒命娘心疼。
近亲繁衍危害大，优化基因出关中。

离别三秦向陇西，华胥雷公情依依。
龙凤胎生天下奇，圣名女娲与伏羲。

女娲伏羲生少帝，帝生炎黄洪福极。
生生不息五千年，中华儿女十四亿。

三皇五帝仁德厚，文明光照夏商周。
秦汉三国东西晋，南朝北朝战未休。

隋朝沉沦大唐兴，五代十国不安宁。
宋辽夏金元明清，封建王朝寿命终。

风风雨雨五千年，分分合合经磨难。
中华儿女意志坚，笑看兴衰与艰险。

第二十八辑 山河颂

黑夜尽头旭日升，寒冬过后草木荣。
百姓蒙难豪杰起，国难当头出英雄。

英雄人物万万千，太平日子拿命换。
谁敢把我中华犯，我以热血灭狼烟。

忠魂归处硕果甜，血汗河边百花艳。
国泰民安人心暖，中华崛起美梦圆。

华夏文明闪金光，炎黄子孙头颅昂。
即便迈步从头越，亦能展翅高处翔。

烽火台上烽火断，古都长安变新颜。
若非日子过得甜，何以个个笑脸甜？

华胥殿前香火旺，中华儿女代代强。
人才辈出国运昌，幸福日子万年长。

秦岭奇观

秦岭风景奇，延绵三千里。
嵯峨一万峰，纵横分南北。

南国鱼米香，北国牛羊肥。
汉中朱鹮美，蓝田宝玉翠。

牦牛世间稀，熊猫更珍贵。
洋县金丝猴，大美成国粹。

古木秀莽林，百花缀成堆。
碧泉映天蓝，深谷照云白。

汉江走南麓，渭水啸岭北。
树树结甜果，沟沟醉山歌。

溪流绕奇石，巨瀑从天飞。
清晨炊烟直，夕阳农人归。

第二十八辑 山河颂

曲曲峰迤逦，萋萋草生辉。
山山雄势伟，万年长安卫。

用尽千支笔，不尽秦岭美。
华夏顶梁柱，中华大龙脉。

蒙古游

阳春三月天，驱车游边关。
百货陈商店，牛羊满草原。

昔日古战场，今朝万马闲。
低头吃嫩草，摇尾驱蚊烦。

鹰在天上飞，人在地上旋。
潮尔伴歌舞，篝火烤牛腩。

蒙古包儿圆，云白天色蓝。
美酒手上端，哈达挂胸前。

风和日光艳，处处山花乱。
小伙牧笛远，姑娘情歌甜。

草原月夜

我与草原有诗约,夜半出帐寻感觉。
昨日千里绿翡翠,今夜一片玉映月。
长安城里无此景,激情高涨心愉悦。
忽闻几声咩咩叫,方知不是六月雪。

无边无际大草原

草原尽头是天边,极目远望绿接蓝。
快马加鞭向前赶,应约急赴蟠桃宴。
走了一天又一天,跑了一年又一年。
草原仍然在脚下,眼前永远绿接蓝。

草原琴韵

天上白云像羊群,地上羊群似白云。
白云朵朵逐雄鹰,群羊个个追牧人。
蓝天无云无诗韵,草原无羊无灵魂。
白云羊群两相映,天涯漫弹马头琴。

夜宿蒙古包

北风肆虐声声啸,千里草原雪花飘。
蒙古包里炉火旺,小伙帅气美人娇。
玉指激扬马头琴,长臂翻飞传家刀。
主人热情频敬酒,轻歌曼舞度寒宵。

别友人

三日酒醉蒙古包,今夕作别上古道。
奶茶两碗暖心寒,哈达一条祝福高。
主人弯腰满脸笑,夕阳晖里把手招。
分离不忍回头望,骏马奔驰过大桥。

咏渭河

甘肃陇西有渭源,横跨天水润秦川。
历经陈仓过长安,光顾咸阳去渭南。
欲随黄河入大海,西出潼关向中原。

远望飘逸如彩练,近看汹涌无阻拦。
滋养儿孙育先祖,点点滴滴皆甘甜。
奔腾不息三千里,浩浩荡荡十万年。

游重庆

明月落长江，繁星聚山城。
船载歌舞声，人拥桃花容。
处处鲜鱼香，锅锅辣油红。
依依频回首，难别重庆情。

咏潼关

扼守天险卫长安，虎视鹰眸望中原。
鸡鸣犬吠达秦晋，金戈铁马飞越难。
云绕华山雄天下，浪涌黄河出潼关。
斑驳城楼有演义，名闻古今几千年。

咏秦岭

人人都说秦岭峭，一山更比一山高。
松柏树树翠芳林，小溪条条翻碧涛。
千谷万壑白云幽，奇峦危峰桃花娇。
最爱金丝美猴王，倒挂古柏学吹哨。

夜长安

条条大街肩踵磨，黑夜人比白昼多。
长安城中无叫卖，家家商铺顾客乐。
百步门前跳狂舞，十里城头讴情歌。
高楼如林繁星灿，灞水万船逐新月。

人间美景入画屏

爱之吟

桃花不嫉杏花容,惹来树树蜂蝶鸣。
杨柳脚下小草青,牡丹身旁野花红。

长江黄河归大海,五岳之外有珠峰。
水深千仞游鲸蛟,天高九重飞鲲鹏。

芳林万里唱百鸟,池塘一汪戏虾蟹。
轻风徐徐绿原野,阳光万道映苍穹。

无忧红颜翩翩舞,多情少年弹古筝。
村村寨寨炊烟浓,大城小城溢笑容。

冬去春来归紫燕,雨过天晴挂彩虹。
江山多娇养双眼,人间美景入画屏。

望苍穹

大河奔腾旭日红，西岳华山望苍穹。
白云朵朵追紫燕，长风万里逐雄鹰。
放电射波望银汉，宇宙飞船游太空。
人造卫星织天网，玉兔欢腾闹月宫。

山村春景图

山村袅袅炊烟浓，春风轻摇杨柳青。
树树蜂蝶恋桃杏，枝枝喜鹊唱梧桐。
一池碧水落白云，四周黄土绿草生。
陋院墙角有残冰，少女身上短裙红。

樊川美景

桃花娇美杏花香,樊川十里沐春光。
昔日御园天子乐,今朝百姓笑声朗。
终南山下禾苗青,灞水之滨菜花黄。
树树桑叶结蚕茧,枝枝梧桐落凤凰。

眺望

千年古道万年关,箭楼斑驳入蓝天。
彩云飘飘苍鹰远,碧浪翻涌过白帆。
桃杏千里红江岸,劲松树树翠大山。
更喜脚下万亩田,阡陌纵横绿无边。

天下游

桂林山水天下秀，今生不去悔千秋。
要知天堂风景美，看了杭州看苏州。

一叶扁舟一壶酒，天下美景眼底收。
海阔天空心情好，周游四海忘了愁。

朝晖照渔人

雨后气象新，朝阳灿如金。
碧波涌红云，霞光耀乾坤。
斑斓九万里，海天两难分。
风轻逐银燕，浪高打渔人。

登高望远

经年胸中闷，策马上昆仑。
五更闻星语，清晨逐彩霞。

鹰翔碧九天，蜂鸣花如银。
彩练拥日出，春风绿芳林。

少年舞宝剑，红颜抚古琴。
一望三千里，烦恼无处寻。

危楼通天宫

白云窗前绕，风轻危楼摇。
朱门通星道，碧瓦凌九霄。
不畏天宫寒，生来心性高。
常赴玉皇宴，笑看仙女娇。

秦岭撷影

一

碧草环幽泉，山空飘柳绵。
黄蝶杏林舞，青松落朱鹮。

二

天高春日暖，谷深山花艳。
三千金丝猴，追闹密林间。

三

风吹柳絮飞，日映桂花白。
满山大熊猫，一棵修竹翠。

四

风似快刀霜似箭，柳绿花红看不见。
千里莽林枝头冷，一树红梅雪中艳。

爱之吟

五

蝶舞山花红,鹰翔白云闲。
窗合红尘远,兰开人高眠。

六

室陋兰花香,庐破宝剑悬。
镜中描笑颜,山外有人还。

七

鹰翔千里烟,马踏万道关。
眼阔山水远,心高苍天蓝。

八

暮春一夜风,千里映山红。
遥知不是火,泣血杜鹃啼。

九

朱楼筱竹稠,庭院梧桐疏。
屋后白云绕,门前溪水流。

十

玉箫驾云出边塞,紫燕回归千里外。
素手推窗一轮月,清风开门花香来。

十一

终南日冷三尺冰,枯蒿莽林万山空。
长安城中孟春寒,灞水桥头柳色青。

十二

粉衫碧裙三丈外,芙蓉人面向阳开。
天颜丽影挥不去,荷花带露入梦来。

十三

春风春阳香满天,翩翩起舞花草间。
蜜蜂辛勤酿甜蜜,蝴蝶奔忙为哪般?

十四

鹰展双翼下云海,鹤摇长翅上九天。
庭前紫燕随风去,白鸽一群日边来。

十五

宿鸟静山峦,草庐夜听泉。
长箫醉明月,兰花润心田。

十六

金风阵阵吹,原野黄小麦。
荷尖落蜻蜓,柳梢唱子规。

十七

牡丹玫瑰饰名苑，小草野花秀山川。
溪水千回润大地，青峰万仞擎蓝天。
多情太白醉长安，无欲陶潜耕田园。
一生最爱渭水鱼，日夜垂钓终南山。

十八

日出彩云间，鸟唱终南山。
春风摇翠柳，梧桐披紫烟。
白鹅下碧水，苍鹰上九天。
羊食东坡草，人耕十里塄。

十九

秦岭早春寒，积雪满山峦。
风搅枯叶乱，树摇鸟难眠。
狼嚎破人胆，猿啼魂魄散。
星冷孤月弯，人钓龙虎潭。

二十

三日细雨停,天高日未红。
阡陌涌云雾,大地似蒸笼。
五步不见人,但闻吆喝声。
响鞭催黄牛,农人忙躬耕。

二十一

春风春阳二月天,粉桃玉梨开满山。
蜂鸣蝶舞桃花艳,黄莺子规唱杜鹃。
溪水流石映笑脸,玉箫引凤归双燕。
紫藤三丈绕红杏,垂柳一枝搅碧泉。

二十二

风轻山花乱,日丽九天蓝。
禾苗青旷野,芳林绿古原。
溪水绕岸柳,碧草环幽泉。
蝴蝶踏花舞,黄鹂情歌甜。

二十三

春风和煦日光暖,千峰万岭百花艳。
红鱼摇尾溪水浅,白云赋闲九天蓝。
飞燕放歌穿翠柳,子规泣血啼杜鹃。
青丝走马游秦岭,皓首垂钓终南山。

二十四

银线穿柳皎月明,溪水绕石伴琴声。
三尺碧泉长流水,青山万仞满谷风。
白云悠悠银汉灿,莽林萧瑟孤灯暗。
相思驾鹤八万里,夜夜难入广寒宫。

二十五

日出朝霞红,月落残星隐。
轻风摇细柳,喜鹊唱梧桐。
山河破寒冰,大地梦方醒。
紫燕啄新泥,农人忙春耕。

爱之吟

二十六

碧草环青池,彩霞拥朝日。
鲫鱼游浅水,黄鹂唱高枝。
少女弹古琴,老翁赋新诗。
十里桃花红,一树梧桐紫。

二十七

苍鹰上九天,新燕出屋檐。
水深藏鲸蛟,峰高眼界宽。
谷幽涌云海,平川千里烟。
牧童唱莽林,紫气锁大山。

二十八

风轻云淡天色蓝,百花竞芳香满园。
梨花如银斗海棠,黄花媲美君子兰。
牡丹玫瑰开两边,桃杏皆觉自己艳。
凤凰起舞亮新衣,美人回眸露红颜。
姹紫嫣红迷人眼,孰高孰低难分辨。

二十九

噩梦醒来心生烦,九曲石径上华山。
紫气环绕月宫冷,横剑屹立西峰巅。
五岳足下纵山川,大河之上过千帆。
旷野无际翻云海,一轮红日出天边。
俯视乾坤十万里,身居高处天地宽。

三十

翠柳枝头皎月明,碧泉镜里落寒星。
劲松九仞唱黄鹂,老槐百折挂紫藤。
一堆篝火人不冷,十万大山听古筝。
青竹环绕花为伴,危崖时闻歌舞声。

三十一

山似长矛峰似箭,九曲黄河舞彩练。
一轮红日当头照,万里晴空白云闲。
鲸蛟摇尾下碧海,鸿鹄振翅上九天。
桃杏树树阡陌芳,无际麦浪绿古原。

三十二

日朗杜鹃新,风清百花润。
天鹅游碧水,喜鹊唱莽林。
长河逐千帆,大山绕白云。
少年吟新诗,红颜抚古琴。

三十三

云淡天上星,鸟栖秦岭松。
涧飞万丈寒,水滴三尺冰。
猿啼孤月冷,虎啸满山风。
五更人未眠,草庐一盏灯。

三十四

雄鸟吟唱雌鸟和,风摇垂柳黄鹂歌。
两只耳朵听不懂,三尺孩童声声学。
一群白鸽聚碧瓦,千只紫燕橡头落。
喜鹊伴奏百凤舞,庭院成了鸟儿国。

华山松

华山三万仞，顶天一柱立。
脚下飘云白，头上古松翠。

曲曲腰肢累，岌岌重欲坠。
根深接地气，叶茂碧玉堆。

月高悬空睡，日明抖神威。
淡看虎狼笑，不拒苍鹰归。

五月花粒粒，寒冬松子脆。
任凭风雨打，何惧冰霜白。

昂首显无畏，扬眉见高贵。
喧嚣红尘远，逍遥八千岁。

长江壮景

红日照青苔,春风描绿黛。
石径踱瘦马,樵夫一捆柴。
白鸟横沧海,苍鹰竞云外。
千山神斧开,大江天上来。

古刹吟

终南山上仙云白,南佛寺内松柏翠。
千年古刹万年鹤,百姓折腰天子拜。
黎首虔心盼太平,佛祖慈悲民为贵。
太宗祈福为天下,国泰民安功名垂。

大雄宝殿英姿伟,层层石阶九迂回。
碧草青青溪水甜,红杏枝头皓月醉。
文人骚客泼浓墨,才子佳人折头挂。
车马盈门香火盛,天子道上日生辉。

咏壶口

九曲黄河母亲河，哺乳养育儿女多。
万里跋涉归大海，奔腾不息翻山岳。
华夏文明五千年，铿锵天地奋进歌。
引颈壶口朝天吼，铮铮民魂不可夺。

古刹落晖

千山起伏渺云烟，一峰矗立向蓝天。
江风无语逐舟远，归鸟放歌入林间。
十丈飞瀑白虎跃，九曲石径苍龙盘。
仙童琵琶直身后，狂僧古琴横膝前。

黄河吟

滔滔黄河水,默默起一泉。
行稳过甘陕,携威下中原。
虽非破石剑,一路开山峦。
齐鲁归大海,笑傲万万年。

最爱太白云

少女唱新春,朝日映芳林。
白鸟翩翩舞,清泉抚古琴。
草铺一地金,花堆满山银。
平生无嗜好,最爱太白云。

春游长安

闲来无事好写生,朝骑骏马踏春风。
终南嵯峨山花红,灞水潋滟岸柳青。

东飞西翔两只鹰,万里无云一天空。
笑声弥漫大兴城,和气萦绕未央宫。

十个少女舞玲珑,千双眼睛空多情。
御园牵手放风筝,桥头折柳送亲朋。

千年桑榆莺声声,古刹敲得平安钟。
青帝泼墨一幅画,老夫挥毫尽诗兴。

古城春景

春姑有创意，青帝画艺精。
鹅黄描杨柳，桃李深浅红。

远看草色淡，近观溪水清。
金鱼鳍翼薄，银蝶双翅轻。

宝石雕玉枕，明眸筑好梦。
凝神泰山重，开口兰香浓。

燕去祥云在，风来紫气生。
彩云拥日出，白纱锁古城。

盛世吟

桃花娇，杏花美，山河万里沐朝晖。
只只雄鹰凌白云，群群紫燕草上飞。

东坡李，西坡梨，樱花树树格外粉。
木棉成片雪成堆，菜籽花开更金贵。

多情鸳鸯成双对，鹁鸪一群落芦苇。
靓美凤凰展尾羽，放歌鸽鹂鼓黄喙。

撒种少女倩影丽，男儿田间正扶犁。
朝朝辛苦不觉累，岁岁丰收有作为。

城市高楼似林立，农村土地片片肥。
山也美，水也美，山美水美人更美。

民安民泰民知礼，国富国强国有威。
古代太平人不知，今逢盛世我亲历。

风调雨顺借神力，创造奇迹靠人为。
三炷高香佛前拜，祈祷祖国万万岁！

江南行

潇潇山水重,灰布把天蒙。
秋暮东吴夜,不见石头城。

一路茂竹青,两岸枫叶红。
放舟三千里,烟雨天不晴。

袅袅丽人唱,款款满江情。
花草看不见,隐隐望鱼鹰。

有心入画卷,唯恐艺不精。
殷殷赤子心,不虚江南行。

西岳吟

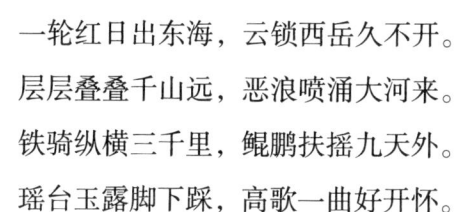

一轮红日出东海，云锁西岳久不开。
层层叠叠千山远，恶浪喷涌大河来。
铁骑纵横三千里，鲲鹏扶摇九天外。
瑶台玉露脚下踩，高歌一曲好开怀。

大江放舟

宝剑挎在腰，昂首吹长箫。
轻舟穿白云，踏浪破汹涛。
江岸虎狼啸，苍天横大雕。
极目众山小，心逐波浪高。

忆江南

大江两岸芳草萋,古刹钟声响绝壁。
秋来枫叶红似火,修竹成林翠欲滴。
霞飞云横落日迟,烟雾弥漫归鸟稀。
青山起伏无穷已,白帆破浪到天际。

雨后赋

十日阴雨天方晴,白云朵朵飘碧空。
轻风摇柳抚青草,太白凝黛渭水明。
极目东望三千里,隐隐约约见古城。
天涯新绿空气爽,难得老夫好心情。

江南吟

白云朵朵舞太极，大江汹涌来天际。
明月折腰下碧水，青山昂首银汉齐。

古刹座座有历史，奇花异卉无四季。
大街小巷人挤人，商贾遍地创奇迹。

白帆往来横沧海，鱼虾鲸蛟跃天堤。
古木参天捍越土，稻香万里壮吴泥。

美女帅哥有才气，吴侬软语如演戏。
鸟兽鱼虫皆入画，遗憾才浅无神笔。

西岳眺望

旭日灿灿散晨霭，伫立巅峰望故园。
滔滔黄河入东海，滚滚白云填深壑。

白帆往来连齐楚，骏马扬尘上五岳。
稻谷禾苗绿大漠，碧树红花染荒坡。

鸡鸣犬吠闻三晋，琴瑟管弦听朝歌。
驰道万里达幽燕，鹰腾凤舞看吴越。

十三帝都名寰宇，紫气横溢上银河。
中华龙脉三千里，西岳放目天地阔。

望云

吴月落渭水,楚烟连星辰。
醉卧大唐草,笑观天上云。

春在碧空舞,冬宿垄上林。
稍有不如意,泪随秋雨落。

开怀白似锦,愁苦如烟熏。
恼怒吞日月,理鬓断人魂。

虽生红尘中,仍恋天宫门。
一颗任性心,舒卷不由人。

中国梦

盘古挥斧开天地，女娲炼石济苍生。
五谷神农天下种，江山一统轩辕功。

秦皇汉武善用兵，唐宗宋祖堪称雄。
一代天骄平四海，千古风流看今朝。

泱泱中华国运盛，万里神州藏蛟龙。
江山代有人才出，雄踞东方气如虹。

孔孟诸贤倡仁义，慎独忠恕正人行。
兵家强兵保和平，华夏文明耀苍穹。

全球华人情义重，血脉相连本同宗。
先贤遗愿要继承，携手共圆中国梦。

文化繁荣世风清，民富国强万代兴。
民族团结谋共赢，世界大同享太平。

爱之吟

下 感怀诗

孙建权 著

陕西新华出版
太白文艺出版社·西安

第二十九辑

感悟

懂取舍知进退

有礼节讲诚信

保留一份清纯

堂堂正正做人

感悟十三篇

一 人生篇

人生一世，草木一秋，
有衰有盛，有枯有荣。
花无百日红，
业无一世兴。
有亏有盈，有赔有赚，
有败有胜，有输有赢。

胜不骄，赢不狂，
败不气馁剑眉扬。
人生道路不平坦，
坎坎坷坷很正常。
有志气，有担当，
推倒重来再开张。

人生不易，要有底气，
有力出力，有智用智。
高官厚禄咱不慕，
荣华富贵有时日。

爱之吟

朝在朝堂发号令,
暮入监牢与世辞。

你摇你的羽毛扇,
我穿我的土布衣。
你唱你的大风歌,
我听我的秦腔戏。
多积德,多行善,
粗茶淡饭我情愿。

万里封侯非我愿,
耕读传家我心甘。
日月朗朗乾坤大,
山水依依天地宽。
父母陪,妻儿伴,
美酒一杯活神仙。

不靠地,不靠天,
挽起袖子自己干。
心不重,心不贪,
年年有余饱三餐。

第二十九辑 感悟

自食其力心中暖,
无须广厦千万间。

不信鬼,不信邪,
千难万难腰不折。
只要精神不滑坡,
办法总比困难多。
不低头,不退却,
一路打拼一路歌。

懂取舍知退进,
有礼节讲诚信。
保留一份清纯,
堂堂正正做人。
宁可舍金舍银,
不能出卖灵魂。

有情有义有人帮,
自私自利常受伤。
知恩图报日月长,
赠人玫瑰手留香。

爱之吟

朋友千万不嫌多,
与人为善运道昌。

二　朋友篇

朋友是地,朋友是天,
朋友多了天地宽。
朋友是金,朋友是银,
没有朋友步难行。
朋友是仙,朋友是神,
广交朋友交好运。

朋友是米,朋友是面,
朋友多了好吃饭。
朋友是柴,朋友是炭,
朋友来了三春暖。
朋友是水,朋友是山。
海枯石烂心不变。

朋友是兄,朋友是弟,
真诚友谊感天地。

第二十九辑 感悟

朋友是臂,朋友是膀,
一方有难八方帮。
朋友是肝,朋友是胆,
肝胆相照宏图展。

在家靠父母,
出门靠朋友。
朋友是足路好走,
朋友是手摘星斗。
朋友是酒解千愁,
朋友是歌乐悠悠。

朋友是伞遮风雨,
朋友是桥过山沟。
朋友是灯亮心房,
朋友是药把命救。
朋友之情要珍重,
朋友之恩记千秋。

人生道路很遥远,
没有朋友太孤单。

731

爱之吟

人多可壮英雄胆，
双手难撑万重天。
形单影只难成事，
抱团取暖不畏寒。

十全十美世难寻，
有长有短方为真。
取人长处补己短，
容人短处心界宽。
朋友不以地位选，
志同道合好百年。

朋友有难咱要帮，
将心换心日月长。
有来无往非君子，
互帮互扶情不伤。
千金散尽友谊在，
真诚相伴乐开怀。

三　家国篇

不自弃，不自满，
饱读诗书志向远。
英雄不以成败论，
无所事事太遗憾。
和平年代做平民，
国难当头雄才展。

祖籍陕西韩城县[①]，
黄河岸边有家园。
土地肥沃稻谷香，
炊烟袅袅入画卷。
民风淳朴人良善，
繁衍生息几千年。

当今世界风云乱，
武器先进人心贪。
列强亡我心不死，

---
① 今渭南韩城市。

爱之吟

中华儿女并肩战。
止戈为武爱和平,
豺狼有来没有还。

若有一日山河陷,
敢抛头颅赴国难。
不为获封万户侯,
祖祖辈辈有遗言。
谁敢把我中华犯,
三尺宝剑把命断。

四　为人篇

要穿衣,要吃饭,
甩开膀子拼命干。
不拜神,不求仙,
幸福要靠血汗换。
人勤不缺米和面,
自食其力笑开颜。

第二十九辑 感悟

世间正道千千万，
盛世经商把钱赚。
不坑不骗良心安，
宅心仁厚兴家园。
积德行善有余庆，
大爱人生乐百年。

讲文明，讲礼貌，
众人面前开口笑。
礼多人不怪，
和善人人爱。
不使阴，不使坏，
光明磊落心自在。

爱亲朋，和邻里，
切莫贪心管好嘴。
人前人后不议人，
大事小事都依礼。
一生不取分外利，
问心无愧终无悔。

爱之吟

五　父母篇

母亲是地爹是天，
天大地大孝为先。
父母是咱心头肉，
咱在父母心尖尖。
好言好语好吃穿，
父母快乐儿心安。

金可贵，银可贵，
父母恩情比金贵。
兜里倘有一分钱，
毫不犹豫给儿花。
碗里只剩一口饭，
宁可饿死要救娃。

人活百年一刹那，
忤逆不孝遭天杀。
小鸟尚送反哺食，
儿女尽孝还等啥。

父母离去哭声哑，
金银成堆给谁花。

不用大鱼不用虾，
一块水果一牙瓜。
谁说忠孝难两全，
多多陪伴娘心欢。
你为爹娘尽了孝，
胜似千金修佛塔。

六　爱情篇

高高的蓝天白白的云，
爱在发酵情在寻。
透明的水晶金子般纯，
妹妹的脸蛋桃花般粉。
知遇之恩海一样深，
情义无价山一样沉。

戏水的鸳鸯成双对，
哥哥妹妹心离得近。

爱之吟

貌若天仙心中的神，
情投意合心坎坎上的人。
轻轻相拥甜甜地吻，
春宵一刻断了英雄魂。

爹娘亲，总要分，
儿女亲，陪几春？
亲戚亲，朋友亲，朝夕相陪有几人？
夫妻亲，辈辈亲，一生一世不离分。
夫妻同心利断金，真情真爱重千钧，
世间男女千千万，不离不弃只一人。

面没有，米没有，
困难日子好凄楚。
你心烦，她心忧，
你不赶她她不走。
同甘共苦爱坚守，
相敬如宾情永久。

人有钱，心迷乱，
处处留情滥结缘。

第二十九辑 感悟

糟糠夫妻情义断，
朝三暮四心意换。
可怜天下女人心，
莫要恋着负心汉。

风萧萧，路漫漫，
真心情意再相伴。
星点点，人千万，
找个知己太困难。
今生今世选定你，
海枯石烂心不变。

八月十五月儿圆，
阖家团聚好温暖。
位高权重很耀眼，
婚姻失败太凄惨。
身边没有可心人，
白活一世恨绵绵。

荣辱共，生死同，
相依为命情义重。

爱之吟

天天敬，岁岁宠，
真心相待好感动。
青丝携手万里行，
白发笑看夕阳红。

七　学习篇

人类进入新世纪，
未来世界犹可期。
智能汽车满地跑，
宇宙飞船上天际。
科技发展难预料，
一日万里不足奇。

不进步，不学习，
时代无情把你弃。
不明理，不省事，
诸葛再世也无计。
急起直飞向前奔，
闯出一片新天地。

书中自有黄金屋，
书中自有颜如玉。
头悬梁，锥刺股，
一天苦读百页书。
能牢记，能坚持，
十年时光成鸿儒。

不为财，不为官，
知书达理行为端。
秀才能知天下事，
通古博今眼界宽。
明是非，知进退，
幸福人生靠智慧。

八　处世篇

不贪婪，无奢念，
知足常乐人平安。
行得正，走得端，
无灾无难道路宽。

爱之吟

有房住,有衣穿,
小康日子比蜜甜。

官大不过封王侯,
治国责任比山重。
富似云烟贵似风,
机关算尽转头空。
木秀于林大风摧,
万般诱惑心莫动。

不出头,不逞能,
红尘滚滚心宁静。
白云远,炊烟高,
老婆孩子亲情浓。
山重重,水重重,
千山万水总是情。

你圆你的英雄梦,
我啃我的凡人饼。
你一生,我一生,
奈何桥上道相同。

走一程，爱一程，
无愧此生人间行。

九　创业篇

飞苍鹰，腾蛟龙，
海阔天空任我行。
今逢盛世享太平，
发展经济百业兴。
干一行，爱一行，
行行都能展才能。

祖国正圆中国梦，
民族崛起乘东风。
这也兴，那也兴，
瞅准一行手不空。
干什么，精什么，
坚持不懈铸成功。

创业人多成功少，
经商肯定有技巧。

爱之吟

天时地利要看好，
人勤人和应趁早。
童叟无欺讲诚信，
人才兴业是法宝。

选准行业用好人，
不缺金子不缺银。
一生只图三分利，
合作共赢可长久。
容人爱人心胸宽，
保你终生交好运。

十　教子篇

旭日东升夕阳照，
花开花落人要老。
万岁寿星不曾见，
皇帝哪能坐千朝。
少壮教子百般苦，
白发苍苍有依靠。

第二十九辑 感悟

儿比我行钱无用，
儿不如我白辛劳。
自顾不暇日子苦，
有心无力难尽孝。
若要百年晚景好，
培养儿女最重要。

儿是宝贝谁不爱，
溺爱反倒害了儿。
养尊处优当本分，
挥金如土破家财。
好吃懒做成习惯，
衣食只当天上来。

别说钱财来得快，
富贵不过三两代。
儿不争气全盘输，
一夜荡尽万贯财。
家族败落君莫怪，
自导自演你担待。

爱之吟

不吃苦中苦，
难做人上人。
满腹经纶才齐天，
学富五车智通神。
出类拔萃，总有出头日，
金榜题名，只在早与迟。

自古男儿当自强，
十年寒窗把苦尝。
出为将，入为相，
功勋卓著把名扬。
光宗耀祖门生辉，
青史留名喜洋洋。

不做官，也无妨，
勤勤恳恳去经商。
生意兴隆通四海，
财源滚滚达三江。
人生道路千万条，
日子过好方为上。

第二十九辑 感悟

星星虽小也发光,
一技之长最吃香。
虽无大富金成堆,
财似山泉细水长。
丰衣足食光景好,
平平安安人吉祥。

天有阴晴人有运,
数九严寒盼阳春。
不怨神仙不怨命,
韬光养晦回山林。
边读书,边劳动,
勤俭持家有余庆。

学子牙,效卧龙,
否极泰来天地明。
大风起,春雷动,
鲲鹏展翅击长空。
天生我材必有用,
江山万里在胸中。

爱之吟

玉要雕，儿要教，
父母引导最重要。
要过河，就架桥，
要登山，天天跑。
要有成就快磨刀，
少时练功基础牢。

立壮志，恰年少，
好打磨，好塑造。
朝是田舍郎，
暮为祖国立功劳。
女是凤，儿是蛟，
天下父母乐陶陶。

继香火，承遗志，
撑门楼，非儿戏。
生儿是大事，
育女非小事。
一生一世一件事，
教育子女是要事。

第二十九辑 感悟

十一 用人篇

用人不疑人，疑人不用人，
世上无完人，要容天下人。
制度管人，爱心感人，
待遇留人，事业成就人。
用贤人，用能人。
用才人，用好人。

人用错，后患多，
人用对，大吉利。
人用错，特别累，
人用对，蒙头睡。
人用错，必败落，
人用对，事半功倍享富贵。

用好人，替你操心把你帮，
用坏人，坏你好事拆你墙。
用文人，舞文弄墨把名扬，
用武人，武功高超能护航。

爱之吟

用庸人，难当大任事业亡，
用能人，纵横天下你最强。

用黄牛，老实本分耕田忙，
用骏马，一日千里打胜仗。
用狐狸，脑子灵活当智囊，
用苍鹰，天下猎物无处藏。
用狮子，横行天下气势壮，
用老虎，无人争锋敢称王。

用甘蔗，可制糖，
用木头，能盖房。
世间万物都能用，
三顾茅庐心要诚。
鼠犬纵横天地倾，
贤才一举伟业兴。

是贤才，思路好，
运筹帷幄有绝招。
团结同志顾大局，
忠于职守人品高。

第二十九辑 感悟

胸怀天下人脉广，
财源滚滚走大道。

是贤才，底气足，
脚踏实地不务虚。
有魄力，有气度，
天崩地裂不畏惧。
有主见，有担当，
危难之时有良谋。

是贤才，不怕累，
勇往直前不后退。
认准目标心不改，
祸福荣辱敢面对。
不单打，不独斗，
团队精神最可贵。

是贤才，要高飞，
报效祖国显神威。
流血流汗不流泪，
不达目标人不回。

爱之吟

舍生取义为家国，
功勋卓著心无愧。

是贤才，有智慧，
大手笔，大作为。
力挽狂澜面带笑，
改天换地日生辉。
抛名利，轻富贵，
立志造福全人类。

千期待，万期待，
千军万马你挂帅。
日寻找，夜寻找，
日日夜夜盼君来。
我劝天公重抖擞，
不拘一格降人才。

李世民，天可汗，
重整山河坐天下。
刘玄德，人能行，
兄弟齐心霸业成。

打铁还须自身硬，
自己平庸事难成。

男儿当自强，
身陷绝境不绝望。
尚有一口气，
也要亮剑争短长。
别笑我倔强，别笑我痴狂，
我血沸腾，我心激荡。

千金一诺，思贤若渴，
英雄集会，重振家国。
威加四海，气壮山河，
贤才掌舵，高奏凯歌。
人生难得几回搏，
愿与豪杰共苦乐。

十二　健康篇

金也重，银也重，
丢了性命一场空。

爱之吟

妻孤独，儿伤痛，
万贯家财有何用。
山重水重人最重，
爱惜身体珍惜命。

绿灯行，红灯停，
车来车往要看清。
遵交规，不喝酒，
高速路上慢慢行。
常保养，常检修，
安全第一记心中。

不结怨，不结仇，
不昧良知不绝情。
要谨言，要慎行，
不出风头不逞能。
不任性，不耍横，
不打架，不称雄。

不犯险，不冲动，
不违法，不玩命。

第二十九辑 感悟

遇事让三分,
祸远人安宁。
多行不义必自毙,
有理有节人人敬。

早吃好,中吃饱,
晚上少吃身体好。
荤素搭配有营养,
常吃水果面色秀。
天天泡脚常洗澡,
讲究卫生人长寿。

睡得早,起得早,
生活规律疾病少。
开口笑,没烦恼,
心情愉悦老还少。
早晚花园去跑步,
身体结实人不老。

花小钱,省大钱,
常到医院去检查。

爱之吟

小病不看看大病,
扔了银子人受疼。
多读书,多旅行,
延年益寿比药灵。

生活压力千钧重,
莫取捷径慢慢行。
单程人生无来世,
何必在乎败与成。
好身体,好心情,
长命百岁才是赢。

十三　磨难篇

磨难是柄双刃剑,
可胜强敌可自残。
世间少有顺风船,
自古英雄多磨难。

越王勾践不简单,
敢给夫差尝粪便。

第二十九辑 感悟

吴王血溅断头台，
卧薪尝胆才十年。

西楚霸王威名显，
推翻强秦经百战。
一声大喝水倒流，
乌江岸边无好汉。

四面楚歌太凄惨，
霸王别姬不忍看。
当日过江整旗鼓，
哪有刘汉四百年。

今朝英雄不平凡，
文韬武略冠千年。
秦皇汉武羞谋面，
唐宗宋祖也汗颜。

过草地，爬雪山，
万里长征经万难。

爱之吟

枪林弹雨身不避,
红色江山拿命换。

人生岂能白蹭饭,
没有辛苦哪有甜。
不劳而获是为耻,
自食其力真好汉。

游手好闲千金散,
哪怕家中有金山。
挥金如土钱不断,
一朝落魄忍饥寒。

啃爹啃娘非好汉,
自给自足好儿男。
一生不食嗟来食,
自己奋斗自己干。

爹有不如自己有,
未雨绸缪才无患。

第二十九辑 感悟

生铁百炼能成钢，
梅花苦寒才美艳。

幸福之路万道关，
自我强大天地宽。
水深可行破浪船，
山高难挡脚尖尖。

刀快要经千回磨，
肩硬还须万斤担。
英雄愈挫志愈坚，
自强不息代代传。

第三十辑

五味人生

粗茶淡饭心舒畅

远离红尘不慕虚

朝伴黄牛耕田垄

晚对明月歌一曲

爸爸的肩

一

爸爸的肩,像座山,
风吹雨打硬又坚。
儿子坐在山尖尖,
伸手够着了天边边。

追星星,玩月蟾,
披酷暑,穿严寒。
父驮儿子过千川,
踏平了一路泥坎坎。

二

爸爸的肩,像只船,
乾坤广大天地宽。
劈涛斩浪,如履平川,
风吹浪打掀不翻。

大风起,浪滔天,
父亲带儿闯难关。

爱之吟

经风雨,见世面,
乘风破浪扬白帆。

三

爸爸的肩,像摇篮,
晃晃悠悠乐翻天。
风吹杨柳就像打秋千,
数九严寒心中那个暖。

一会儿疯,一会儿癫,
坎坷路上练儿胆。
时光如梭儿长大,
三尺宝剑寒光闪。

四

爸爸的肩,是儿的天,
写着儿子所有的悲与欢。
天空的小鸟歌声甜,
有爸的孩子笑眉弯。

太阳的光金灿灿,
阳光雨露小树也参天。
千锤百炼儿已长成人,
还有一副酷似爸爸的宽阔坚强的肩。

五

驮儿子的爸爸已成仙,
遥不可及在天边。
举目望去袅袅飘炊烟,
云起云落啥也看不见。

爸爸,爸爸,您在哪里?
儿子时时想见您的面。
您不回答,儿泪流干,
您不回答,伤儿肺伤儿肝。

六

爸爸的肩,是座山,
山倒无依无靠儿可怜。

爱之吟

爸爸的肩,是只船,
无船怎能乘风破浪到彼岸?

爸爸的肩,是摇篮,
摇篮不摇儿孤单。
爸爸的肩,是儿的天,
天塌下来儿子的世界一片黑暗好凄惨。

七

爸爸的肩,是座山,
儿子分分思,秒秒念。
爸爸的肩,是只船,
儿子朝朝盼,暮暮恋。

爸爸的肩,是摇篮,
儿子时时刻刻都在梦中玩。
爸爸的肩,是儿的天,
儿子日望白云夜观月,
望眼欲穿万万年。

八

爸爸，爸爸，您在哪里？
怎么说走就走不打招呼就消失不见？
儿子看不够您和蔼可亲的容颜，
儿子听不够您牵魂摄魄的《山丹丹》。

爸爸，爸爸，您拉长耳朵睁开眼，
脚踏白云再与儿子吃顿团圆饭。
美酒盅盅等您端，
一家人想您泣声声泪涟涟。

九

爸爸，爸爸，我爱您，
还想给您搓搓背，揉揉肩。
说说话，解解忧，
听听故事，解解馋。

爸爸，爸爸，儿子有心愿，
让儿再枕枕您的臂弯弯。

爱之吟

重温一下您的温暖,
向您倾诉一下埋在心底的孤独和辛酸。

十

爸爸,爸爸,我爱您,
天宫离儿有多远?
坐上火箭去看您,
您是否能挤出一点点时间?

您还在天天辛劳天天干,
为了儿子,受尽贫寒。
您还是不享受,不花钱,
一分一厘给儿子攒。

十一

爸爸,爸爸,我爱您,
明天给您烧金斗烧冥钱。
您要享受您要花,
您过得快乐儿心踏实儿心安。

爸爸，爸爸，我爱您，
儿子不缺银子不缺钱。
只缺您的爱与怜，
只缺累了可以依靠的肩。

十二

爸爸，爸爸，我爱您，
养育之恩比天高、比海深。
生时没有尽孝心，
您去后儿子才感到后悔，心如焚。

爸爸，爸爸，我想您，
儿想当一次马儿驮着您。
您知道多少次，儿哭倒在您的坟，
您知道多少次，儿裁决着生与死的矛与盾。

十三

爸爸，爸爸，我爱您，
您为儿子操碎了心。

爱之吟

从秋夏到冬春,
从生下来到阴阳两别永离分。

您时时刻刻把儿子念,
儿子是您的宝贝蛋。
弥留之际您不舍的神情儿子看得真,
您最后一颗泪珠凝聚了,
人世间生离死别,最疼最疼的那一瞬。

十四

爸爸,爸爸,我想您,
离开您儿子不像人。
垂着头,寒着心,
哑着嗓子紧闭着唇。

脸上布满了愁云,
开口就把悲诗吟。
没了神,丢了魂,
茫茫四顾昏沉沉。

十五

爸爸，爸爸，我爱您，
骨肉之亲永难分。
再过几十年，
爷俩天上见。

从此天天陪，
从此永不分。
爸爸坐在儿的肩，
至亲团聚乐无边。

十六

噢，弯弯的月亮是爸爸的笑脸，
闪烁的明星是爸爸的双眼。
红红的太阳是爱的火焰，
爸爸呀，
儿子已感到了您发自心中的温暖。

爱之吟

噢，广袤的大地是儿为您编织的花环，
让她世世代代把您祭奠。
湛蓝的沧海呼喊着儿的心声，
爸爸呀，
您永远活在儿的心间。

妈妈的细面

妈妈的细面,是儿子一辈子的思念,
让儿子魂绕梦牵。
妈妈的细面,是儿子朝思暮想的期盼,
是儿子在人前最得意的显摆和夸赞。

妈妈的细面,料用上好的面粉,水取家乡的甘泉,
揉到、擀到,手起刀落,一碗银色的丝线。
妈妈的细面,不调辣子不调盐,不要葱花不要蒜,
爱的味道,香飘满院,神仙见了也三尺垂涎。

妈妈的细面,儿子吃了六十年,
吃不厌,吃不烦,吃得儿子虎背熊腰红光满面。
妈妈的细面,是儿子唯一的贪婪,
山珍海味、金山银山,儿不换。

困难的年代,一个月才能吃上一次细面,
儿很满足,这是妈妈从牙缝里省下的盛宴。
妈妈的微笑里,藏着世事艰难,
妈妈背着儿,喝着稀粥啃着黑漆漆的高粱团。

爱之吟

今逢盛世，小康日子，生活大改善，
每与妈妈团聚，还是一碗香喷喷的细面。
这是妈妈对儿子最深切的怀念，
见了久别的宝贝蛋恨不得把自己的心儿揉进了面。

妈妈呀妈妈，我亲爱的妈妈，
您是否听到了儿子的呼唤？
儿子刚下飞机，请准备好您的绝活细面，
儿子的儿子，儿子的孙子，
四世同堂要与您团聚过大年。

噢，妈妈的细面，注入了妈妈一生的血和汗，
掺进了妈妈深深的母爱和最最美好的祝愿。
噢，妈妈的细面，是世界上最好吃的饭，
我爱妈妈，爱妈妈的细面，一千年、一万年……

撑起这片天

一代有一代的希望，
一代有一代的期盼。
二十一世纪的青年，
要撑起中华民族这片天。

这是祖先留下的遗产，
这是中华民族繁衍生息的家园。
这是筑梦、创造、出奇迹的地方，
岂容践踏，岂容侵犯！

不论科技怎么发展，
不论世界怎么改变。
伟大的中华文明，
都将光耀世界代代相传。

五千年烽烟，壮英雄虎胆，
八千年磨难，铸和平之剑。
为了生存，为了尊严，
中华儿女愿把生命奉献！

爱之吟

一代有一代的心愿，
一代有一代的信念。
二十一世纪的青年，
一定会有更加精彩的表现。

用飞船超越飞船，
用导弹对抗导弹。
谁敢犯我中华，
十万利剑把他心脏刺穿。

放下贪婪的魔爪，
收起伪善的嘴脸。
狐狸骗不过猎人的双眼，
邪恶躲不过正义的审判！

中华民族一心向善，
睦邻友好，经得起历史的考验。
人不犯我，我不犯人，
人若犯我，我必亮剑。

第三十辑 五味人生

一代有一代的慧眼，
一代有一代的远见。
二十一世纪的青年，
锐意进取，志存高远。

山有十万大山，
关是千古名关。
万里长城，拒敌三千年，
如今，高科技筑起新防线。

夜郎自大，祸害不远，
不思进取，毁灭就在眼前。
攻科技难关，筑美丽家园，
我们用实力保卫大好河山。

一代有一代的责任，
一代有一代的担当。
二十一世纪的青年，
责无旁贷，重担在肩。

爱之吟

拼命搏击了几千年，
中华民族阔步向前。
要实现伟大的中国梦，
还需奋斗流血流汗。

落后就要挨打，贫穷遭人小看，
这是先贤用生命谱写的至理名言。
不忘初心开天辟地创造神奇，
才能拥有更加美好的明天！

地还是那块地，天还是那片天，
顶天立地才是好儿男。
河还是那条河，山还是那座山，
山水作证，中华崛起，屹立世界万万年！

噢，二十一世纪的青年，
个个浑身是胆。
保家卫国，
不惧千难万险。

噢，二十一世纪的青年，
个个精明能干。
文能兴邦，武可平乱，
振兴中华，稳操胜券。

噢，二十一世纪的青年，
人人一心向善。
友爱亲朋，和睦邻里，
共建和谐乐园。

噢，二十一世纪的青年，
人人英雄好汉。
顶天立地，精忠报国，
有能力、有信心撑起中华民族这片天！

谢幕

一身金盔金甲的少年，
站在人生的舞台前。
英气逼人，豪迈干练，
怀着必胜的信念。

观众千万赞美连连，
自信少年前程无限。
凭过人才识一身虎胆，
凭胯下战马手中宝剑。

从起幕一眼就能看到落幕，
江山万里任我独步。
攻城略地，开疆拓土，
为国征战，功勋卓著。

一路鲜花，一路拥护，
一路爱戴，一路羡慕。
封妻荫子，光耀门户，
造福百姓，不惊宠辱。

第三十辑 五味人生

四十年东征西战，
十万里烽火连天。
的卢嘶声哑，赤兔蹄声乱，
刀光剑影血四溅。

纵横沙场，英雄虎胆，
血染战袍，无悔无怨。
蓦然回首，抬眼看，
尸横遍野，残壁断垣。

挥洒了一腔豪迈，
欠下了千年情债。
是悲是喜？
是胜是败？

一颗丹心，两鬓斑白，
秋风萧索，夕阳塞外。
英雄谢幕，热泪行行，
台下，只有你独独为我鼓掌喝彩。

烈士暮年

爱之吟

烈士暮年，感慨万千，
生死有命，富贵在天。
命中无财无官，不要强求高攀，
德不配位，如临深渊。

谋事在人，成事在天，
成功路上九十九道弯。
过关斩将真英豪，
提起放下前路宽。

烈士暮年，默默无语，
祸福无常，凶吉难卜。
世态炎凉，人心不古，
成王败寇，一片痴心空付。

胜不骄，败不馁，得不笑，失不哭，
胸怀大爱存傲骨。
花无百日红，有荣就有枯，
笑对浮沉、随遇而安才是福。

第三十辑 五味人生

烈士暮年，也有烦恼，
壮志未酬，仰天长啸。
金戈铁马，长风呼号，
事业未竟人先老，胜负未决刀入鞘。

错与对，贵与贱，英雄集会，无怨无悔，
输赢喜悲何必放心里？
为梦而战，即使伤痕累累，
勿论成败，今生无愧。

烈士暮年，风轻云淡，
远离繁华，醉心田园。
日出看鸿雁，日落伴涛眠，
两盅清酒，一碗干面度余年。

想开了，不伤心，看透了，不伤神，
平平淡淡才是真。
抬眼麦苗青翠，举目菜花如金，
红颜相伴，一年又一年、一春又一春……

爱之吟

前方的路

前方的路很长，
要穿过千万个村庄。
村庄和村庄不一样，
小心走错了门敲错了窗。

交一个好朋友，
不是左臂就是右膀。
人生路上有困难，
互相扶互相帮。

交一个坏朋友，
你的人生被埋葬。
正路不走走邪道，
好运与你无缘没商量。

前方的路很长，
心灯要点亮。
世上没有后悔药，
把握好方向。

第三十辑　五味人生

前方的路很远，
要越过座座高山。
豺狼虎豹就隐藏在草丛间，
你要擦亮双眼。

如今的强盗换了嘴脸，
喜气洋洋浓眉大眼。
一不小心就掉进陷阱掉进圈套，
走人间正道，不义之财千万不能要。

好儿男，浑身是胆，
追求梦想不怕千难万险。
翻过了这道梁，走过了那道弯，
金光大道，一马平川，成功宝殿就在眼前。

前方的路很远，
不能光靠天。
敢向命运挑战，
就是英雄汉。

爱之吟

前方的路如歌，
要蹚过无数条大河，
鱼鳖海怪准备了一口大锅，
等待你经过。

吃亏是福，贪婪是毒，
钓来钓去不要把自己钓进了鱼腹。
靠勤俭养家，靠才学致富，
取人不取，忍人不忍，才叫聪明大度。

可立齐天大志，
可干无为小活。
不要让不切实际的想法把理智淹没，
平平淡淡平平安安，才是人类终极的快乐。

前方的路如歌，
知音三两个。
大风大浪都闯过，
大胜利大收获。

噢，人生路，千万条，
阳光大道最逍遥。
噢，人生路，千万条，
期盼兄弟姐妹都走好都走好！

第三十辑　五味人生

咏西安

车水马龙笑语喧,栋栋高楼接蓝天。
奇珍异宝铺连铺,天下豪杰聚西安。

小伙帅气有内涵,姑娘个个貌如仙。
家家吼得秦腔戏,垄头男女吟诗篇。

白日美景迷人眼,晚上灯火灿云汉。
千转万转难转遍,横看竖看看不厌。

八大奇迹兵马俑,烽火台下华清宫。
大雁塔望小雁塔,百年钟楼在城中。

历史收在博物院,中华起源细细看。
五湖四海都走遍,西安城墙最完善。

灞桥赠柳不尽言,黄昏散步渭水边。
云腾雾绕终南山,曲江池里舞翩跹。

人的衣服马的鞍,唐装汉服均美艳。
美食小吃千千万,满街飘香惹人馋。

第三十辑 五味人生

百万学子唱国歌，朝气蓬勃似花朵。
后继有人潜力大，巍巍学堂三百所。

泱泱古都十三朝，风流人物在今朝。
千万儿女手脚勤，国际都市地位高。

南方才子北方将，关中黄土埋皇上。
三皇五帝恩德在，秦皇汉武威名扬。

芝麻开花节节高，一代更比一代强。
半年不到西安逛，日新月异把路忘。

江山旧貌换新颜，风风雨雨五千年，
祖祖辈辈梦天堂，天堂今朝落西安。

咏老虎十首

一

昔日怒吼百兽惊，今日笼中被人宠。
动物园里逍遥过，栏外孩童兴冲冲。

二

山中猛虎兽中王，本从天地夺口粮。
如今坐拥三餐美，何须历险搏饿狼。

三

曾经凶猛天下知，今日温顺不足奇。
放下尊严供人看，屈服只为口中食。

四

放下尊严为三餐，身在平川思大山。
笑容之下有隐怨，温顺园内心不甘。

五

虎目圆睁气势凶，血盆大口有余腥。
今天隐忍笼中睡，明日山中看雄风。

六

脚踢屁股爪挠腮，温顺贤良不发威。
贪图安逸弃神勇，兽中之王比猫乖。

七

离开大山神气衰，老虎还比小猫乖。
世人眼里无精彩，英雄霸气何时再。

八

昔日长啸震九天，今朝低眉供人看。
人无壮志乐低就，虎有美食不恋山。

爱之吟

九

山中猛虎笼中关，一只玩偶供人看。
天下游客露笑脸，我惜英雄为君叹。

十

低眉顺眼关笼中，默默无语敛雄风。
冲破牢笼终有时，一声怒吼震长空。

小悟

一季寒冬一季春,一会晴朗一会阴。
一会下的瓢泼雨,一会阳光灿如金。

三冬白雪封千里,转瞬鲜花满乾坤。
苍天率性尚如此,世间祸福岂由人。

暴雨袭来一把伞,寒冬草庐可容身。
恶浪拍打岸边走,烈日灼烤忍三分。

冷冷暖暖抛脑后,恩恩怨怨不较真。
起起落落寻常事,输输赢赢不挂心。

走过黑夜是清晨,走过寒冬是阳春。
走过高山是坦途,走过荒漠景色新。

走过风雨见彩云,走过苦难是强人。
走遍世界眼界宽,能容万物才是神。

爱之吟

走过西安到深圳,走过渭水到庐山。
奋斗人生爱相随,纵横天下伴知音。

冰刀霜剑四九寒,一个爱字暖三春。
金贵银贵情最贵,爹亲娘亲人最亲。

别离挽歌

一生奔波为富贵，常年四季人不回。
天伦之乐不曾享，宝贵青春白浪费。

广厦万间带不走，金银成堆枉生辉。
临别只有爱人悲，握紧双手怕魂飞。

儿女哭声天地恸，此时才知情最重。
一腔热血头上涌，万支利箭穿心疼。

奈何桥上我不归，怎奈阎王频频催。
万般留恋万般悔，眼角带泪化成灰。

迈开步子朝前走

秦王嬴政谋不朽,不到五十成土丘。
汉武大帝拥四海,阎王约他他得走。

平民难免平民忧,英雄自有英雄愁。
三皇五帝尚作古,吾辈岂贪万岁路。

秦岭山上结草庐,红尘俗事抛脑后。
二月踏青牵素手,八月赏月约诗友。

三月五月耕田垄,九月十月庆丰收。
白雪皑皑热炕头,腊月煮酒不系舟。

走过春夏和冬秋,闲云野鹤乐悠悠。
身体强健鬼神愁,知足不嫌囊中羞。

削尖脑袋求富贵,怎及独步天下游。
高山大海眼底收,阅尽人间春色秀。

千般迷惑万般诱,纸醉金迷何须求。
拥有勤劳一双手,不愁米面不愁油。

第三十辑 五味人生

粗茶淡饭人自由，不为斗米低头颅。
人间自有千条路，宁接地气不高攀。

苏杭园林天下优，扬州琼花初含露。
渭水河畔千帆竞，长安城里楼对楼。

精神愉悦才富有，真爱相伴永无愁。
迈开步子朝前走，潇潇洒洒莫回头。

一支笔

少年壮志与天齐，闻鸡起舞不失时。
人在田头忧苍生，心效孔明待赏识。

欲上天庭缺天梯，想立战功无战机。
富贵无缘功名远，封妻荫子化云烟。

宝刀生锈风中泣，典籍泛黄尘成泥。
雄鹰振翅不忍看，静听花语把头低。

满头银发无青丝，常约老友下残棋。
稍有乐趣抚古琴，排忧解烦一支笔。

白云深处乾坤大

少不谙事老来悟，一生只为名利苦。
如若来世有选择，鸟兽为邻入山谷。

粗茶淡饭心舒畅，远离红尘不慕虚。
朝伴黄牛耕田垄，晚对明月歌一曲。

自古枪打出头鸟，平平淡淡才是福。
呼儿唤女不寂寞，欢歌笑语出茅屋。

十围松下听鹤鸣，万仞山头看日出。
细柳门前长流水，翠竹身旁花如玉。

宝刀入鞘伴诗书，妻儿相伴人不孤。
白云深处乾坤大，天子传召拒不出。

人生

十月怀胎苦了娘,千盼万盼哭声亮。
一脚踏上人生路,好比战士上战场。

一岁两岁屁股光,三岁五岁贪奶糖。
六岁入学识乾坤,十年寒窗岁月长。

血性男儿志如钢,金榜题名圆梦想。
功名利禄非所愿,心系天下有担当。

名落孙山不绝望,否极泰来人吉祥。
世间三百六十行,一行精通可称王。

加冠之年定姻缘,相亲相爱情意长。
一旦生下顶门郎,后继有人把老防。

三十而立定方向,看准一行向前闯。
只要勤奋功夫到,出类拔萃露锋芒。

第三十辑　五味人生

不靠天来不靠地，不靠爹来不靠娘。
幸福日子靠打拼，追求卓越当自强。

四十辛苦五十忙，拥有小车拥有房。
六十七十笑声朗，八十品茶打麻将。

九十欠力卧病床，百岁遗照挂上墙。
生前无论多辉煌，死后两手空荡荡。

儿女子孙泪满眶，三世过后把名忘。
轰轰烈烈来一场，静静悄悄地下躺。

有人得志脸面光，有人落魄多悲伤。
有人朝堂把官当，有人田头将牛放。

十个指头不一样，能力智慧有短长。
天下栋梁擎一方，人间稀泥难上墙。

爱之吟

有人生在金玉堂,有人生在茅草房。
有人有钱花不完,有人死后难安葬。

有人发迹靠爹娘,有人成功靠自强。
有人事事撞大运,有人无端挨冷棒。

红尘凡事虽无常,撷取幸福有良方。
一城一池拿命换,一谷一粟汗雨扬。

贫贱面前不气馁,大富大贵人莫狂。
积德行善灾祸少,自立自强百业旺。

和睦邻里有人帮,朋友遇事要担当。
尊妻教子记心上,孝敬父母不可忘。

好花没有百日芳,铁汉难为百年壮。
成成败败寻常事,荣荣辱辱脑后放。

第三十辑 五味人生

十分聪明五分用，剩下五分心里藏。
一生不取六分利，吃亏是福天地长。

阎王面前无将相，富贵贫寒都一样。
奈何桥上唯爱重，劝君莫负好时光。

夜行难

风起黄尘乱,日暮天色暗。
水深生夜寒,林高遮望眼。
云重月不明,雾轻一谷烟。
山高路途远,坡陡马不前。

黑夜行

乌云布九天,黑暗遥天边。
扬鞭翻长岭,骑马过大山。
六十六道梁,九十九道弯。
灯火三两点,消解腊月寒。

冬去春来

乌云滚滚一谷烟,莽林沉沉冰封山。
天寒地冻飞鸿雁,坡陡路滑马入关。
风吹红梅露笑脸,雪压青松腰不弯。
劝君莫畏腊月冷,大寒之后是立春。

问心无愧心中静

坎坷人生路,世事多烦忧。
千愁下眉梢,万恨上心头。
花红二月暖,柳残三秋冷。
对天无愧疚,管他亲与疏。

爱之吟

冷暖寻常看

桃花盛阳春,金菊三秋繁。
荷喜酷暑热,梅爱腊月寒。
明月有圆缺,日非天天艳。
大河起与落,兴衰十万年。

归去来兮

春风黄花艳,青竹翠庭院。
鸡鸣袅炊烟,犬吠归紫燕。

红日上蓝天,碧水逐千帆。
林深喧飞鸟,云白锁大山。

陶潜耕田园,张良钓幽泉。
功名淡双眼,草庐笑声远。

明月不弃人

一颗少年心,天涯觅知音。
拜佛普陀山,求仙上昆仑。

渡水荡双桨,越岭踏白云。
执戟走荒漠,仗剑穿深林。

富贵远贫民,良人嫁高门。
真情世难寻,人人求黄金。

徒步十万里,明月不弃人。
春夏前边等,秋冬身后跟。

天涯的歌

爱之吟

百花畏深秋，来年阡陌秀。
青春一壶酒，人生如朝露。
枯枯荣荣寻常事，起起落落有何愁。

大祸门前走，洪福身后留。
凡事无远虑，必然有近忧。
靠天靠地靠不住，身陷危难要自救。

黄金遗于路，非己莫伸手。
知足人自安，贪婪结天仇。
宰相富贵忧天下，百姓清贫享自由。

月落西河沟，日出东山头。
莫道行程远，脚下自有路。
卫星不畏九天高，钻头岂惧黄土厚。

无德强出头，禅意没悟透。
甘当平常人，默默度春秋。
自古忠良多磨难，奸佞小人万年臭。

第三十辑 五味人生

有缘来相会，无缘不聚头。
赢得良人心，今生有何求。
潇洒牵得真爱手，天涯路远不思愁。

故地重游感怀深

小时最爱星期天,迎着朝阳下麦田。
碧海千里眼界宽,燕子高飞天色蓝。

桃花飘香杏花艳,山花烂漫蝴蝶乱。
蚂蚁搬家趴下看,小河捉鱼笑声甜。

铁铲破土挖野菜,银镰挥舞草入篮。
晚来归家有奖赏,妈妈一碗拿手面。

咏大佛

心宽笑眉弯,目远不贪婪。
大佛虽无语,口中有金言。
百利积于善,好运不欺天。
厚德福寿长,无欲人自安。

五味人生

牛饮东池水，犁挂两墙北。
庭前归紫燕，柳梢皎月白。
盘中有美味，妻儿餐桌围。
盅盅槐花香，杯杯人不醉。

山高暗松柏，谷深桃花白。
庖厨炖鸡鸭，楼台诗友会。
不诵月中景，专吟禾苗翠。
浮华太遥远，餐罢倒头睡。

黄尘空中飞，百鸟归莽林。
河柳东西摇，野风前后吹。
红颜青丝乱，老叟一脸灰。
骤雨从天降，冰雹满地白。
滔滔脚下水，滴滴农人泪。

君爱尚方剑，吾喜山中泉。
牡丹宫苑娇，野外桃花艳。

爱之吟

蛟龙下碧海，苍鹰上蓝天。
荣辱要看淡，聚散皆随缘。
朝服有官阶，布衣无贵贱。
知足人似仙，乐观一百年。

过年

过年了，回家了，至亲至爱团圆了。
穿新衣，戴新帽，贴红对子放鞭炮。

说的说，笑的笑，打的打，闹的闹。
小宝宝，满地跑，追黑狗，玩白猫。

儿子帅，女儿俏，丈夫持重妻子娇。
喜气浓，热情高，父亲母亲笑弯腰。

烙煎饼，烤红苕，煮鸡蛋，蒸红枣。
带把肘子羊肉泡，豆腐粉条一锅烩。

火龙果，花生豆，猪肝猪蹄猪头肉。
炸蜗牛，烹腐竹，凉粉凉皮爽胃口。

油糕油饼香油炸，鸡翅鸡腿炭火烤。
龟汤大补慢慢熬，黄河鲤鱼要红烧。

下面条，上水饺，八宝稀饭勺勺舀。
醋熘白菜能开胃，蒜泥茄子味道好。

爱之吟

荠荠菜，野白蒿，天然环保血脂降。
豆腐脑，小笼包，越咥越香面容姣。

韭菜盒，荞面坨，羊肉饸饹油层馍。
炸虾仁，烤乳鸽，蜜汁山药卤全鹅。

白兰地，茅台酒，百年窖藏敬亲友。
吃的喝的全都有，美味佳肴大丰收。

大年初一要吃饱，十八道菜不能少。
女儿表演拿手戏，儿媳个个露绝招。

喜鹊叫，阳光照，春风得意老还少。
幸福满满朝天歌，掌声阵阵乐逍遥。

发小到，乐陶陶，美酒杯杯声渐高。
七瓶八瓶下了肚，月亮已上槐树梢。

改革开放就是好，天下百姓能吃饱。
小康日子万年长，只盼年年有今朝。

冷风春梦

烈酒三两瓶，和衣卧堂中。
心烫不怕冷，人困会周公。

十年寒窗功，状元一次中。
选为驸马郎，皇帝称弟兄。

在天北斗星，在地主朝廷。
腰悬宰相印，麾下百万兵。

一次破楼兰，九立不世功。
天下称英雄，青史留芳名。

御赐万亩田，宅院比皇宫。
四季沐春暖，庭院百花红。

鸳鸯情正浓，刺骨一阵风。
黄粱美梦醒，草庐四壁空。

三尺宝剑伴书眠

人生本是一个谜,祸福无常难知底。
起起落落无定势,浮浮沉沉结果异。

凡事总往好处想,一线希望不能弃。
奋力抗争撑到底,出水再看两腿泥。

人非圣贤岂无过,守住底线要自觉。
一时失足千古恨,世上没有后悔药。

朝在峰巅暮跌跤,成成败败常意外。
若要一生平安过,知足常乐莫贪财。

世事如烟心迷茫,人人心中有隐藏。
认人不清遭祸殃,言不由衷要提防。

害人之心不可有,防人之心不可无。
凡事处置慎为上,中庸之道不受伤。

荣华富贵谁不爱,德不配位是祸害。
投机钻营一时显,祸国殃民身必败。

第三十辑　五味人生

为人不取身外财，扶危济困把善积。
友爱邻里为人好，一生平凡也传奇。

不劳而获世间稀，勤劳双手闯奇迹。
扬鞭躬耕有柴米，种桑养蚕穿新衣。

金银财宝不稀奇，高官厚禄心不迷。
一身正气朝前走，人间自有公正笔。

寒冬走过三春暖，风雨散去艳阳天。
壮心不已脚不停，秦岭脚下建家园。

小河在前背靠山，茅庐四周百花环。
布衣夫妻恩爱久，三尺宝剑伴书眠。

归去来

一

赳赳男子汉，新潮追梦人。
驱车三千里，淘金入楼林。
束束无枝叶，栋栋插白云。
低头杂音噪，举目满天尘。
道路如织难辨认，噪音如网心烦闷。

二

头脑发热一时昏，倾家荡产酬野心。
荣华富贵如烟云，商海无边水太深。
拙眼不识人与鬼，心慈手软还太嫩。
闪展腾挪尽碰壁，十年打拼无分文。
花花世界不属我，打道回府入山林。

三

红日冉冉照清晨，归心似箭不由人。
快马加鞭三千里，小河潺潺过家门。

梨花树树如白银，油菜片片遍地金。
黄鹂紫燕声声唱，山村烟柳景色新。
世事变迁人如故，热泪相拥吻朱唇。

四

历尽沧桑换容颜，善良憨厚质未变。
三盅薄酒敬邻里，一掬笑容把情还。
男种瓜果女养蚕，黄牛为伴耕田园。
自古天道酬勤俭，年年有余谷囤满。
从此不做单飞雁，朝朝暮暮伴君眠。

五

身边左右鸣飞燕，耳旁前后情歌甜。
低头小河鱼戏水，举目白鹤舞天蓝。
最怜雨后苍山翠，山花烂漫香入帘。
日升月落爱人伴，儿孙绕膝笑开颜。
一群醉友有诗篇，日子绝胜活神仙。

爱之吟

六

任潮起潮落,
大浪如歌。
任天崩地裂,
我心平和。

七

任月缺月圆,
我心灿烂。
任星隐星现,
依然浪漫。

八

心中有爱,
笑对成功失败。
心中有爱,
当有经天纬地胸怀。

第三十辑　五味人生

九

心中有爱，
地老天荒也可眠。
心中有爱，
历尽苦难也觉甜。

十

我爱蓝天，光明无限，
还有那一成不变的黑白变脸。
我爱大地，高山伟岸，
还有那饱经风霜的沧海桑田。

十一

我爱大海，厚重湛蓝，
还有那怒发冲冠的波浪滔天。
我爱苍生万物，万物滋养了我，
只有具备一双包容的眼睛，人类的生活才会充实丰满。

爱之吟

十二

我爱你，祖国，你是我永远的依托，
上下五千年的打磨，你仍然风光闪耀。
我爱你，母亲，你是我最贴心的人，
经过那么多风吹雨打，你依然青春焕发。

十三

我爱你我的爱人，你是我生命中的女神，
你以一颗善良的心，在我心田植下了大爱的根。
我爱这个世界，你是我家园所在，
世代生活在你的怀抱，我感到无比的幸福自豪。

四季行

草色青青冰霜融，百花争艳馨香浓。
春风春雨万般宠，文人骚客诗篇颂。

多情蜂蝶追红杏，无名小草也精神。
千般宠爱终有时，凄风苦雨满地红。

狂风呼啸卷黄尘，雷声滚滚耳欲聋。
今夜漆黑云遮月，明朝雾散旭日红。

人间没有平坦路，何必计较败与成。
只要勤勉埋头干，丰衣足食圆好梦。

秋高气爽明月圆，五谷丰登果实甜。
抛血洒汗有收获，历尽沧桑展笑颜。

未负韶华心无憾，不愁吃穿功名淡。
人们都说天堂好，我愿耕耘在人间。

北风凛冽遍地冰，枯叶凋零已入冬。
莫道人间无景看，白雪之下有青松。

爱之吟

十个指头不平齐,何必执意鸣不平。
冰霜雪雨都走过,红梅枝头展笑容。

春风得意不忘形,冰霜刺骨骨更硬。
大雨滂沱荡尘埃,果实累累育苍生。

不怨神仙不怨命,黑暗散尽天又明。
走过春夏走秋冬,人生本是四季行。

起起落落心平静,争来夺去一场空。
荣华富贵南柯梦,最珍最重是真情。

庆幸今生牵君手,风雨同舟生死共。
艰难困苦双肩挑,大爱在胸奔前程。

采桑女

日高天色蓝,风和人心暖。
素手摘绿叶,玉颜养春蚕。
一日复一日,五月结成茧。
过年换新衣,嫁妆有余钱。

依存

朵朵鲜花红,个个心意诚。
走进百花园,最忌假多情。
这朵有点骄,那朵太平庸。
知足双袖满,贪婪两手空。

新时代农民之歌

放飞你的猜想，超乎你的想象。
今日农民非昔比，自信剑眉高扬。

路边鲜花怒放，细柳环绕荷塘。
家家住的小楼房，名牌轿车辆辆。

镢头锄头入库，耧耙犁耱清场。
收割播种机械化，有汗无处流淌。

西瓜甜如砂糖，酥梨苹果飘香。
谷子豆子皆商品，远销海外市场。

吃饭注重营养，生活追求质量。
姑娘新潮赛天仙，小伙风流倜傥。

深修厚重内涵，高树时代形象。
求知浏览互联网，开解心中迷茫。

青睐高等学堂，人人追寻梦想。
不甘平庸好儿郎，个个国之栋梁。

第三十辑 五味人生

建设后继有人，未来充满希望。
改革路上奔小康，壮志豪情万丈。

长空湛蓝鹰翔，原野碧绿苗壮。
桃花杏花红千里，油菜无际金黄。

小河哗哗歌唱，大地沐浴春阳。
山光水色入画卷，恰是人间天堂。

游子吟

才折灞桥柳,又下归程船。
黄粱梦一刻,人间已百年。
丹心当依旧,岁月老红颜。
亲友若不识,碧血荐轩辕。

逆水难行舟,顺风好驶船。
鲲鹏入朝烟,骏马过山峦。
蜜蜂说甜语,桃花展笑颜。
古城人团聚,灞上月正圆。

门前两棵松,墙角一堆柴。
桃花随流水,紫藤上高台。
草堂卷东风,千里马归来。
不忍惊好梦,云月两徘徊。

十年别古都,客履不停步。
双膝跪老母,热泪哭严父。
爱怜两道光,低头不忍顾。
迟迟儿不归,一个利字误。

第三十辑 五味人生

轻卷羊毛毡，怕惊鸟儿眠。
云卧半山腰，月在柳梢悬。
有话对荷语，无心下碧潭。
待到人归时，曙光载一船。

青山绿水白云淡，声声莺啼春花艳。
日里思念夜里盼，千里万里把家还。
两把韭菜土鸡蛋，老婆切葱儿捣蒜。
纵有国宴我不赴，先咥一碗油泼面。

命运不由己，书信往来稀。
征尘凋红颜，冰霜染青丝。
远村情不怯，近家脚步迟。
不惧亲朋问，单恐儿不识。

莫被荣华误

都说荣华如云烟,试问哪个能放下?
书破万卷不上朝,十年寒窗为哪般?

人在地头心在天,日里夜里梦高官。
流芳百世门楣耀,封妻荫子全家欢。

武将喋血为君死,落得忠烈血流干。
文臣直谏为社稷,身首异处尸不全。

乱世容易盛世难,时时刻刻如临渊。
岳飞总算英雄汉,风波亭里蒙奇冤。

文种功高头颅断,伍员尸骨江边寒。
天子心性人人知,为何屡屡犯天颜?

孙武知趣隐深山,兵法存世功名传。
范蠡淡泊伴红颜,商圣积了万亩田。

君也难,臣也难,急流勇退可保全。
韩信若知后来事,可会辞官耕田园?

第三十辑 五味人生

托病求仙跪君前，张良智慧实不凡。
至死不触君王痛，无疾而终乐百年。

飞鸟尽，良弓藏，狡兔绝，走狗烹。
忠言警句传千年，仁人君子要记牢。

能提起，能放下，知进知退方为大。
千万别被荣华误，一生平安是赢家。

儿女尽孝要趁早

爱之吟

一生辛劳一生苦，一脸沧桑一把骨。
猪肉二两为儿煮，青菜三叶果己腹。
夜夜纺线裁新衣，补丁片片穿旧布。
要知此人是谓谁？鼎鼎大名叫父母。

一只小羊一片草，儿孙自有儿孙福。
父母务必多珍重，切莫日夜为儿谋。
儿已长大挥双手，青砖碧瓦建高屋。
不显阔气不显富，真心真意敬父母。

日已夕，残阳暮，鲜花凋零黄叶枯。
血耗尽，皮包骨，半碗清汤几粒谷。
外边世界风景好，久病缠身难出户。
就算儿女富四海，父母能享几天福？

钱不少，粮不少，新春宴前缺二老。
悔恨眼泪湿衣袍，愧疚心中割千刀。
好花没有百日娇，自古人生谁无老。
父母恩情比天高，儿女尽孝要趁早！

隐士吟

无知要学习,有才莫自负。
华章读《史记》,诗文诵杜甫。

不管王孙事,只看脚下土。
朝随黄牛耕,晚伴儿孙舞。

东坡种洋芋,西坡种红薯。
南坡种大蒜,北坡种萝卜。

前院两群羊,后院一圈猪。
苹果十数亩,桃李三五株。

登山骑骏马,过河轻舟渡。
三餐不缺米,四季有余布。

身后靠青山,眼前翡翠湖。
修竹傍清泉,溪水绕贫屋。

爱之吟

百鸟唱古树，野花听新赋。
安乐有预谋，好梦随夜幕。

身微无人嫉，寿高神仙妒。
不慕红颜美，长寿在草庐。

故乡行

携妻故乡行，驱车驾长风。
才别灞桥水，又见韩城松。

巍巍望吕梁，滔滔大河东。
片片小麦黄，路路杨柳青。

喜鹊叫声声，犬吠雄鸡鸣。
路旁梧桐接，村头桑梓迎。

栋栋小楼高，排排大门红。
玩伴拭泪眼，四邻有笑容。

新枝绽红杏，古槐挂紫藤。
庭院踵接踵，大堂乡音浓。

满屋小年轻，十个九个生。
子容有父影，面熟不知名。

宰羊杀鸡鸭，把酒会亲朋。
日暮明月升，不尽故乡情。

爱之吟

昨日调皮精，今朝华发生。
神龟一千年，敢与时光争？

人人皆有梦，命运各不同。
纵是亲父子，难与岁月共。

桑梓千钧重，恩情装心中。
洒泪别故土，挥手再飘零。

平明霞飞晚云重，乍阴乍晴是人生。
自古英雄多磨难，荒山野岭路难行。

飘忽不定似蓬草，聚聚散散如浮萍。
今夜骤雨今夜风，坚信明日朝阳红。

赤子吟

杨凌秋雨后，但见朝阳新。
太白红叶秀，不亚江南春。

蟾桂聚白银，菊花堆黄金。
五谷凝紫气，喜鹊报福音。

渭水入长安，笑声伴行人。
极目看天地，不似旧乾坤。

旷野草木翠，蓝天飘白云。
扶摇鲲鹏翅，悠悠赤子心。

不枉来一场

爱之吟

生在歉收年，长在古陈仓。
腹饥食暮草，衣单披秋霜。
风吹雨打骨头硬，冰冻三尺红梅香。

朝耕踏寒露，晚归戴月光。
好男不怨命，丈夫有担当。
甩开膀子拓天地，纵横商场露锋芒。

不敢言富有，草庐换新房。
出门有衣穿，在家有肉尝。
芝麻开花节节高，一年更比一年强。

人间有四季，莫叹草木黄。
冰下蓄内气，春来把头仰。
东风徐徐人心暖，日光万丈百花放。

本无吞天志，何须封侯王。
不缺养老金，年年有余粮。
冬来儿孙坐一炕，老夫不枉来一场。

大漠放歌

当最后一缕秋风掠过，
掠过一望无际的荒漠。
落英被黄尘裹挟，
弹奏一曲归雁别歌。

旷野无言语，
小鸟也沉默。
是谁？是谁挥动着胳膊，
在颤抖中变得坚挺深刻。

当一片片雪花飘落，
飘落在几乎干涸的小河。
莽原铺满寂寞，
萧瑟充盈道道沟壑。

冰雪封大地，
寒气贯山岳。
是谁？是谁不容怯懦肆虐，
在绝望中绽出奇葩朵朵。

爱之吟

当滴滴春雨洒满心窝,
心窝里激荡着欢乐。
爱,喷涌着烈火,
大河,是我永不屈服的脉搏。

小鸟在歌唱,
阳光在闪烁。
我与春姑娘有约,
一道装点同我两情相悦的北国。

我是被剥光衣衫的莽林,
谁也夺不走我崇高的灵魂。
任凭热蒸冰封,
任凭火烤烟熏。

我是那株不畏严寒的蜡梅,
在孤独中演绎高贵和美丽。
尽管我也哭泣,
尽管我也流泪。

成功在等待

生在大西北，长在荒凉地。
家无隔夜粮，身着破布衣。
祖宗三代皆务农，自古百姓日子凄。

丈夫怕蹉跎，男儿不认命。
人立凌云志，鹰扬万里情。
壮士手握三尺剑，英雄徒步天下行。

风狂暴雨骤，山高路不平。
声声虎狼啸，件件征衣红。
莫道人情薄如纸，功夫不到事难成。

挫折不意外，磨砺出大才。
失败莫气馁，成功在等待。
尚德从善横祸远，明智博学福自来。

爱之吟

雄歌

知识就是力量,万事放在一旁。
一日读书两小时,一生一世不能忘。

做事先要做人,情义重过金银。
对待朋友要真心,朋友多了有好运。

莫说七十二行,谋生要有特长。
爱上一行不放弃,日子多了露锋芒。

家有良田百亩,自学创业求富。
实实在在是良谋,投机取巧必自误。

成功需要拼搏,最怕只说不做。
脚踏实地向前走,百折不挠有收获。

人生贵在创举,牢牢抓住机遇。
稳扎稳打不停步,金山银海任你取。

想把日子过好，脑子早点开窍。
自古成功有绝招，从今做起是诀窍。

雄歌一日三唱，确保前程辉煌。
人生路上有方向，赢者才是强中强！

第三十辑　五味人生

红尘乱世守清纯

爱之吟

春日暖,地换装,蝙蝠生来怕见光。
春雨下,万物长,桃花含泪暂凝香。

嫁皇帝,好风光,多少冤魂哭未央。
秦嬴政,世人仰,哪想大秦二世亡。

救命药,有禁忌,一人难如众人意。
大将军,万人敌,千万莫被荣华迷。

上马金,下马银,小米稀饭最养人。
拜神仙,祈好运,不如从善守本分。

吹长箫,抚古琴,五岳之巅看白云。
读诗书,听古训,红尘乱世守清纯。

自己路,自己走,一人难调众人口。
是非荣辱任人说,三碟青菜两杯酒。

别杨凌

来去柳絮轻，往事记一生。
春融太白雪，花感渭水情。

声声春雷动，旷野起飓风。
男儿奔前程，壮士要出征。

人人皆有梦，唯我醒五更。
回忆伤泪眼，忧愤刺心疼。

月落繁星隐，露重天不明。
树摇晨风冷，鸟啼更伤情。

雾散朝阳红，快马别杨凌。
蛟龙上青天，猛虎天下行。

鏖战上海滩，荡平石头城。
莫学宵小轻黄忠，看我沙场试剑锋！

爱之吟

致爱人

曾经清晨别家园，一别一千四百天。
朝朝暮暮忆笑脸，日日夜夜梦花颜。
千难万难度时艰，真情真爱苦也甜。
阖家安泰靠贤妻，诚心诚意敬百年。

恪守正道

玉雕梨花有香韵，云结宫闱神不真。
温室果蔬乱四季，霞拥朝阳非黄昏。
狼披人衣须谨慎，狐狸成精要小心。
物欲横流君子少，恪守正道是真人。

大圣归来

才饮边城酒,又赴中原宴。
梦中有笑脸,眼前人不见。

门前一条河,屋后两座山。
祥云七八朵,庙宇只一间。

诵经五百年,终未修成仙。
六根除不净,总做尘世恋。

龙肝凤凰髓,难解口儿馋。
拜别玉皇入长安,高卧陕西咥碗面。

村村花果山,寨寨是乐园。
亲朋好友天天见,还是人间最好玩。

回家

爱之吟

一路沐春光，快马过山岗。
挥泪别边城，含笑入未央。

庭院桃花芳，朱楼玉兰香。
银盘盛佳肴，金爵注琼浆。

大人欢语爽，小孩闹高堂。
都说回家好，亲情暖心房。

粒粒皆辛苦

割谷有粮吃，摘花有布织。
玉米棒子翘，硕果压枝低。

红苕刚出土，皮光不带泥。
儿童咬一口，甜得弯了眉。

八十老太婆，粮食看得紧。
就算一粒米，绝对不失遗。

受过十年饥，才惜一粒米。
别笑她吝啬，富贵不如你。

拉的拉，背的背，颗颗粒粒要收回。
谷成堆，米成堆，不负农人一年累。

斑鸠麻雀低空飞，正是一年秋收时。
一抹红霞映笑脸，甘苦只有农人知。

生子莫忘教

爱之吟

璞玉奇石要打磨，不雕不琢不成器。
为人生子不简单，莫把育儿当儿戏。

孟母为儿曾三迁，陋习养成改却难。
岳母励志亲刺字，成就忠烈千百年。

养也难，育更难，母子从来心相连。
父母一生好勤俭，儿子长成不会懒。

你也疼，我也宠，父母误了儿一生。
好吃懒做难成器，不学无术肚子空。

龙生龙，凤生凤，老鼠生儿会打洞。
父母行为不检点，难叫儿子有所成。

家财万贯三世苦，不抵儿子一日赌。
倘若不幸染上毒，金河银海一夜枯。

第三十辑 五味人生

莫道父母十八能,儿子不行万事空。
常在人前夸富贵,老来穷喝西北风。

日也忙,夜也忙,天天教子不能忘。
品行端正修养高,小家和美日子长。

心绘

虽然是闲人，但是手脚勤。
天气一放晴，快马入山林。

照猫难画虎，写生要亲临。
入夜画明月，看天写白云。

画水观灵气，画山重千钧。
画鸟听啼唱，画花闻香韵。

生来有慧眼，美景不用寻。
只要君上心，笔笔皆出神。

隐士吟

别了乾清宫，隐居小山沟。
廿年转眼过，不觉白了头。

九曲黄河水，茫茫人生路。
常思源头清，感叹混浊后。

骈骊伴老牛，宝刀已生锈。
要钱咱没有，掘诗三两首。

白云飘悠悠，懒看江山秀。
不掌宰相印，空发杞人愁。

闲人邀闲友，聚餐修竹楼。
六碟荠荠菜，两壶高粱酒。

明月不常有，菊花闹中秋。
对弈友人陪，试问有何求？

无题

深潭渺渺碧水清，蟾光莹莹稍觉冷。
银桂朵朵白霜凝，秋菊枝枝结寒冰。

蟋蟀不知愁人痛，你唱我和还调情。
寂寂无语上雕床，左辗右转难入梦。

想把心思付古筝，丝丝弦冷不成声。
故作潇洒学李白，醉舞长剑无诗兴。

满月西下朝阳东，一阵落叶一阵风。
残红片片随流水，不觉悄然会周公。

美满一家人

老鸹一树黑，信鸽满屋白。
都说紫燕俏，鹦鹉笑画眉。

前庭一树枣，后院两株梨。
小狗未长膘，独有大猪肥。

绵羊咩咩叫，白猫墙上跳。
灰驴刚下磨，骢马早上槽。

麻雀落芷草，斑鸠唱土窑。
青杏枝枝垂，桃花朵朵高。

大儿穿红袄，小女束绿裙。
娇妻备晚餐，老父弹古琴。

夕阳落西山，红霞惹彩云。
咕咕一群鸡，美满农家人。

梦中奇想

巨龙曾经霸世界,今日匿迹做图腾。
麒麟吉祥是瑞兽,早成历史已失踪。

老虎本是山中王,一朝失势入笼中。
苍狼本性要吃人,今日反倒被人宠。

世事变化难预料,过眼云烟流行风。
昔日茫茫是大海,今日巍巍成高山。

秦汉长城是险关,今朝游客等闲看。
多少皇帝求长生,王朝自身早成烟。

骑骏马,挂白帆,一日千里心中欢。
高铁不过两小时,坐上飞机一袋烟。

一日千里在发展,多少专家还攻坚。
哪天能圆飞天梦,飞到银河划小船。

敢学苍鹰凌白云

庸才骑驽马,英雄戴红花。
成就大事业,必须去拼杀。

世上没有白吃饭,光凭好运幸福难。
脚踏实地好好干,日积月累聚金山。

天上不掉银坨坨,地上不长白馍馍。
春耕夏忙不停手,秋季才能有收获。

莫妒他人富,富从苦中来。
但凡成功者,个个是干才。

父母再能也无用,子女能干才算赢。
都说没有三代富,子孝孙贤辈辈荣。

龙生龙,凤生凤,家教不严万事空。
儿子染上坏习惯,父母着急白费功。

日日要早起,天予时光少。
才是少年郎,瞬间就变老。

爱之吟

人生要有大目标,为了梦想可通宵。
今日吃得苦中苦,明朝一定是天骄。

苍天不负有心人,伟人是人不是神。
青年舍得锥刺股,敢学苍鹰凌白云。

生之叹

一

伫观眼前景，心中起波澜。
世界有点乱，不知所以然。

二

高山撑着天，江海映星汉。
大地小草绿，苍天一色蓝。

三

红花为谁开？小鸟给谁唱？
各有各的事，万物个个忙。

四

螳螂为爱死，虎狼有情恋。
春蚕织蚕茧，蚂蚁有家园。

爱之吟

五

小鱼小虾各有智,终究个个为人食。
蝎子蜈蚣有点毒,结果还是被人吃。

六

狼吃羊,羊吃草,老虎豹子天天少。
再要过上一千年,多少生物踪迹消。

七

鸟贪一粒粟,虎贪一口食。
人贪钱财贪美色,生生死死皆不知。

八

都说天有眼,声声我问天。
这个世界有点乱,天也不知所以然。

莫负好时光

站在椿树下，左右十步香。
金枝不落雀，黄鹂在独唱。

桃花才等身，细柳已出墙。
修竹三尺高，日西影子长。

白杨树树绿，迎春枝枝黄。
庭院清风爽，踱步少年郎。

今日居草屋，明天坐朝堂。
莫负好时光，朝夕书声琅。

忆童年

耆年不忘幼年疯，一丝不挂屁股光。
整天赤脚到处跑，蒺藜扎了不知疼。

呼着喊着追飞燕，跟着蝴蝶来回窜。
天不收，地不管，日里夜里手不闲。

夏季来到池塘钻，双脚双手刨得欢。
母亲寻找看不见，东街西巷到处喊。

偷来西瓜金不换，挖了瓢子当尿罐。
捉蜘蛛，掏鸟蛋，围着蚂蚁团团转。

逛东沟，游西埝，上高坡，下农田。
跑了一天满身汗，从不洗澡带尘眠。

上午玩，下午玩，一年四季都是玩。
玩来玩去不间断，星移月转已成年。

隐者之歌

油菜黄，细柳绿，茌草参差三两株。
欣赏美景不出户，奇花异卉绕茅屋。

鲢鱼鳜鱼桃花鱼，清水河里刚相遇。
鲈鱼鳕鱼凤尾鱼，从容而游无忧虑。

鸪鹉鸣，画眉叫，鸽子燕子身影俏。
白天鹅，凤凰鸟，雄鹰展翅上九霄。

小鹿小羊遍地跑，匹匹骏马路上骄。
蛇虫鼠蚁难为害，豺狼虎豹早遁逃。

蓝天白云为我晴，大山小河不结冰。
一年四季好温暖，美人相伴有琴听。

心也爽，形也酷，儿孙绕膝人不孤。
起起落落就随缘，荣荣辱辱不在乎。

干是命，闲是福，打牌不能把把和。
山高水长远闹市，修心养性胜皇都。

无题

夜夜孤人伴孤床,平明细柳绿变黄。
昨日还是少年郎,今朝头上落白霜。
有负豆蔻好年华,壮志未酬人惆怅。
望鹰不敢温旧梦,盥漱知秋心更凉。

感悟

守株待兔或有幸,坐河得鱼一场空。
自古三餐靠双手,敢打敢拼才能赢。
能吃苦头称豪杰,不畏艰险是英雄。
当年世家门阀子,泯然众人多少秋。

养育之恩情最重

后院有株大枣树，一季红枣吃不完。
年年秋来棍子打，口口枣饭心中甜。

门前有棵老槐树，九围粗壮十丈高。
春夏秋冬聚百鸟，一年四季喜鹊叫。

四合院里有个家，八十老母守着她。
形单总觉院子大，日里夜里想着娃。

年年枣树都开花，岁岁中秋等着娃。
天天槐下村头望，夜夜梦里走天涯。

爱也深，情也长，黑发丝丝染成霜。
人在漂泊谁牵挂，自古只有咱的娘。

娘呀娘呀别着急，快马加鞭已扬蹄。
莫道京畿十万里，今夜让您看笑眉。

爱之吟

紫燕接,喜鹊迎,桑梓相见幻若梦。
一夜哽咽难成声,娘俩流泪到天明。

金子重,银子重,养育之恩情最重。
衣锦还乡早尽孝,几世同堂烛光红。

做一个普通人多好

当你走下高阁，
一个人漫步在田间。
鲜花怒放，鸟歌缠绵，
那一定是一张惬意的笑颜。

少了一些阿谀奉承，
多了一些静谧平和。
把伪装卸掉，
感受一下自然从容。

当你不甘寂寞，
要在奋斗中寻找快乐。
就算崭露头角，
也不要放纵自我。

可能少了一些获得，
但却多了一份洒脱。
不必对鸣笛窝火，
可以随时随地引颈高歌。

爱之吟

你本来就是一个凡人，
整天为三餐劳神。
请不要伤心，
蓝天白云，那是属于你的春晨。

幸福是一种感受，
快乐没有因由。
只要把劳动看成享受，
你永远都不会有烦恼和忧愁。

就算你是人中龙凤，
也不要居功自傲。
这个世界的繁荣，
绝不是一个人的驱动。

过于夸大自己的功能，
实际上也是一种幼稚和无能。
多少巨星陨落，
世界没有毁灭，地球还在正常转动。

第三十辑 五味人生

做个普通人多好，
不论地位低高。
你赏你的花，我锄我的草，
你坐你的船，我撑我的篙。

只要世人皆平等，
无须谁给谁折腰。
处世要低调，头颅要抬高，
万里江天任逍遥。

知足常乐

昭昭日月映星斗,鹤颜坐拥万年寿。
莫道内外皆光鲜,谁说苍天无忧愁?

宿恨冰凝雪悠悠,淫雨伴泪常悲秋。
余怒未息叱风雷,乌云难掩心中愁。

坐拥天下壮志酬,身居高位万人求。
八面威风众人捧,大风起时也摇头。

天上神仙尚有忧,夫子何言凡人愁。
劝君莫做愁眉鬼,今生专演快乐秀。

脚下漫漫人生路,仔细想来如朝露。
早上还是少年郎,晚来秋霜白了头。

蝴蝶迷惑百花诱,有时未必要屈就。
一边金子一边银,悔恨常在灾难后。

第三十辑 五味人生

前途远大凯歌奏，一个贪字掉了头。
身外之物全是假，健康快乐可长留。

就算朝夕伴黄牛，人若知足何所求？
一日三餐不用愁，丈夫何必觅封侯。

灵感

爱之吟

口念三字经，骑马去写生。
江山皆依旧，落英怨春风。

鸟儿惜歌喉，麋鹿隐行踪。
丛中绝野兔，空中无苍鹰。

和尚不敲钟，野渡无舟横。
出门兴趣浓，归来两手空。

浮躁心不静，艺术乏灵性。
只要肯思索，小草也入镜。

枝头一只鸟，开口未必好。
黑眼转黄喙，谁比我更俏？

莫道是小草，不与谁比高。
绿色壮山河，默默把春报。

第三十辑 五味人生

小溪出石旁，水回落红香。
凝眸浣纱女，意境韵味长。

不做笔墨丘，胸中怀奇想。
一叶画出神，百世可流芳。

忙里偷闲

心系东海日，梦牵泰山云。
朝读唐朝诗，晚听远古琴。
手捧红玫瑰，踱步赏芳林。
一生被名累，难得做闲人。

赤子心

桃李正逢春，杨柳日日新。
骐骥纵古道，鲲鹏横乾坤。

地道三秦人，一颗赤子心。
两鬓已斑白，还作少年吟。

壮志付瑶琴，古木试霜刃。
极目黄河水，华岳望白云。

纵有千金又何妨

丈夫有钱堆如山,千金难买美人欢。
商场纵横通天下,桃花一季谢长安。
但恨枝头落日晚,哪堪朝阳不出山。
夜夜梦里承玉露,岁岁镜中老红颜。

喜雨

冷风飒飒破茅屋,翁妪只觉日日凉。
儿童商贾盼路干,农人更喜秋雨长。
十月八月地墒好,来年肯定有余粮。
两碟素菜一壶酒,老生小旦吼秦腔。

劳模颂

生在大山中,勤奋爱劳动。
朝朝早起披星斗,夜夜晚归戴月明。

从小家境贫,养成俭朴风。
碗里不弃一粒米,身上补丁摞补丁。

品优人能行,干啥啥都成。
务农年年有余粮,经商岁岁事业兴。

去岁脱贫困,今朝奔小康。
成功不为名和利,最珍最重桑梓情。

修道路,打水井,盖学校,整田垄。
扶危帮困济世穷,一心一意为群众。

老来本该享荣华,晚年清贫守穷家。
妻子儿女有怨气,世人笑他是傻瓜。

脑清明,人不傻,他的格局比天大。
大义面前舍小家,危难当头顾大家。

老夫活了九十九，不信此事世上有。
反复调查细研究，扪心自问面含羞。

能救一人救一人，能帮十户帮十户。
终身只为他人想，一世不为自己谋。

天若有情天睁眼，赐福人间活神仙。
身体健康心情好，无忧无虑人不老。

第三十辑 五味人生

走下神坛做凡人

肩上积厚尘，身边绕祥云。
威严摄魂魄，座下有金银。

早晚不合眼，时时听佛音。
甄别错与对，分辨假与真。

人人皆诉苦，个个盼赐恩。
事事必亲躬，岁岁难入寝。

脸上有笑容，未必就开心。
与其当神仙，不如做凡人。

三餐靠双手，为人讲诚信。
不掌宰相印，何必操闲心。

和气睦四邻，儿女一家亲。
小酌赏明月，扬鞭耕春晨。

年年花似锦，岁岁风景新。
驾舟游四海，骑马看昆仑。

莫轻狂

屋漏怨阴雨，相思恨夜长。
顺畅开口笑，遇挫就骂娘。

小肚鸡肠无雅量，心宽心大少受伤。
人生道路不平坦，起起落落很正常。

失意好悲伤，得志就轻狂。
只有两杆枪，敢称草头王。

事业成功靠自强，高官厚禄敛锋芒。
贪字本是剧毒酒，伤天害理命不长。

爱之吟

宝刀快马踏千山

可以相携到百年,难以纵马到昨天。
昔日旧事可追寻,谁都难以料明天。

今天可以尽朝晖,明天难保响大雷。
今天可以交好运,明天也许倒大霉。

今天可以很美丽,明天难保很残酷。
今天可能不得志,明天一举世人知。

明天吉,明天凶,是输是赢都得争。
既然今天努力过,何必计较败与成。

过今天,梦明天,大风大浪扬白帆。
纵是奔赴虎狼宴,宝刀快马踏千山。

赏心悦目看倾城

也许尘埃已落定，一生寂寞难称雄。
烦躁易怒很伤肝，最好最美心气平。

刀枪剑戟常争锋，遍体鳞伤鲜血红。
一生梦想为人杰，岁薄迟暮仍草莽。

与龙争，与虎竞，一口气在不认尿。
争名逐利千钧重，放下才觉一身轻。

风已止，雨已停，一轮皎月格外明。
鬼哭狼嚎心不惊，谁说今夜无好梦。

晨风轻，朝阳红，山光水色一重重。
古木参天鸣百鸟，遍地鲜花馨香浓。

人有意，天有情，月老牵线圆美梦。
日出东方眼一睁，赏心悦目看倾城。

翻山越岭到天际

上帝造物分昼夜，光明总比黑暗多。
尽管偶尔无明月，北斗烁烁耀银河。

乌云遮天总有时，阴霾散尽看朝日。
纵使大地三尺冰，春光融融入瑶池。

人生难免不如意，该放弃时就放弃。
今日遇事能低头，或许明天有奇迹。

都说人生如演戏，跌宕起伏才入迷。
一马平川都会走，翻山越岭到天际。

胸怀四海

风不吹，树不摇，你是水，我是桥。
八仙过海各有道，你要我哭我偏笑。

你是山，我是草，长你二寸比你高。
君若自负不服气，你有宝剑我有刀。

莫要刁，莫要横，讲道理，莫胡闹。
七尺身躯不要命，一颗头颅试剑锋。

你不争，我不吵，你不烦，我不恼。
八仙过海各有道，无须谁给谁折腰。

你走你的阳关道，我过我的独木桥。
怒目相向都不爽，和平共处才逍遥。

识大体，重感情，又能忍，又能容。
睚眦必报不可取，胸怀四海才称雄。

踏青吟

日出有人唤，携友游御园。
远望雪未消，近看鲜花繁。

蝴蝶翩翩舞，小鸟在呢喃。
猕猴招人眼，凤屏开新艳。

鹡鸰穿细柳，空中一鹰悬。
山随大江远，云淡天更蓝。

怄气心中烦，夜深泪不干。
了得人间景，换来一日欢。

秋烦

苍天阴云重，水渺山朦胧。
阵阵秋风冷，窗外雨蒙蒙。

床前玫瑰红，好似伊人容。
恍惚扑丽影，回顾四壁空。

似梦又似醒，枯肠无诗兴。
闲把长发拢，伫立听雨声。

天涯做闲人

壮志在白云，一颗赤子心。
斧钺架脖颈，宁死不屈身。
好矛多磨损，快刀先卷刃。
如若有来世，天涯做闲人。

归去来

爱之吟

鲜花不谢四季香,依山傍林看大江。
筠竹一根做手杖,粗布皂衣沐春光。

七眼窑洞八间房,三头毛驴四群羊。
九个儿子爹和娘,人多势众不怕狼。

顶骄阳,披寒霜,朝耕地,晚插秧。
劳动锻炼身体好,空气清新寿命长。

两行萱草门前黄,豇豆爬上篱笆墙。
东坡糜子西坡谷,人勤岁岁不缺粮。

天也久,地也长,耕读传家不能忘。
你做你的大将军,我做我的田舍郎。

四大名著枕边放,千年历史室生香。
七尺茅屋乾坤大,春夏秋冬飘墨香。

第三十辑 五味人生

柳林边,红杏旁,鲫鱼鲤鱼戏荷塘。
渭水垂钓学姜尚,古刹会神效子房。

走大漠,开八荒,五湖四海胸中装。
清风明月弹古琴,酒足饭饱吼秦腔。

罂粟花

小李是个好青年，人勤貌美笑眉弯。
少女见了抛媚眼，手艺精湛会挣钱。

你牵线，他说媒，父母天天都要陪。
瓜地拣瓜花了眼，不知到底去爱谁。

有一日，天气晴，一个美女脸蛋红。
见了小李身上碰，两眼放电满是情。

王八绿豆对上眼，少男少女都大方。
男儿壮，女儿香，双方携手入洞房。

先结婚，后恋爱，两人感情发展快。
可惜被窝没暖热，谁知灾难隐隐来。

相貌长得像神仙，染上毒品抽大烟。
一年股票都套现，三年积蓄全抽完。

四年抽得卖了房，五年抽得拆了墙。
六年七年赊了账，八年九年屁股光。

第三十辑 五味人生

女儿娇，戒不掉，小李走上断头桥。
一不做，二不休，连偷带抢坐了牢。

只因认罪态度好，十年徒刑把事了。
铁窗日子不好熬，白了头发弓了腰。

蹒蹒跚跚回到家，只见野草不见花。
昔日美女何处去？心也憔悴眼也傻。

鱼饵

垂钓线要长，诱饵带肉香。
笆斗身边放，莫怕热与凉。

脚腿蚂蚁咬，手臂蚊子叮。
大地生紫烟，天上太阳红。

只要舍得下香饵，不愁鱼儿不上钩。
鸟兽鱼虫都一样，搏杀拼命为珍馐。

头上月儿明，脚下草生露。
身旁空笆斗，心中生暮愁。

钓客刚要走，大鱼上了钩。
且按心头喜，将线向回收。

大鱼长约三尺三，钓客欠身把腰弯。
生死关头皆拼命，脚下一滑掉深渊。

第三十辑 五味人生

大鱼咬着线,小命有点悬。
钓客贪美食,反在鱼腹眠。

湖边波平一阵风,耳旁隐隐哭泣声。
到底谁是谁的饵,至今无人说得清。

凡人吟

生来没有鸿鹄志，知足常乐做凡人。
不慕世间无根金，岂贪天上掉白银。

建德树正守本分，乐贫喜俭手脚勤。
晚来花下赏明月，朝至躬耕伴白云。

开轩桅橹横海滨，闭门四周香芳林。
常效太白对酒吟，闲学孔明抚古琴。

虽然没有王侯贵，丰衣足食我自醉。
终生偏爱山泉水，清清白白至百岁。

喜愁

朝阳东山起,滔滔大河西。
五谷成熟后,正是鸟乐时。

喳喳无音韵,叽叽有唱词。
树高彩云低,斑雀满天际。

老叟握马羁,媪妪拿簸箕。
小儿挑稻草,大儿扬黄穄。

一年有余粮,四季不愁米。
农夫展笑颜,回眸看娇妻。

再扬帆

手执三尺剑,济世仿古贤。
天涯酬壮志,才高人不见。

欲飞折鹰翅,将行遇大山。
但凝满面愁,不见昔日欢。

铮铮男子汉,宁折腰不弯。
坎坷人生路,岂能无险关。

祸福有轮回,富贵不在天。
旧船被浪打,新舸再扬帆。

归去来

生在草莽间，渴望天外天。
告别故乡云，率然出大山。

风流美少年，手提三尺剑。
沧海搏巨浪，横流扬白帆。

快马踏敌营，金戈破雄关。
满面大将风，一身英雄胆。

才高人不凡，不禁天宫寒。
身在长安城，夜夜思田园。

昼观飞鸟舞，夜来听幽泉。
奇卉悦双眼，百花香山峦。

七月放骢马，草堂挂碧剑。
日出耕田垄，明月伴红颜。

仙岛吟

田野耕黄牛，牧童玉笛悠。
河塘钓老叟，媪妪面色忧。

旷原四季翠，万木不知秋。
山高被云断，大河天际流。

梨花娇含羞，桃花初着露。
鸟唱日出前，鸡鸣春雨后。

做人皆低调，言谈不高喉。
荣昌十万年，从来无争斗。

你弹你的琴，我走我的路。
放马三千里，不见有人愁。

诗中有桃源，人人皆自由。
早知有仙岛，何必觅封侯。

寒冬访友

沉沉千里云，烟迷天地昏。
莽林无飞鸟，荒山有行人。

夜幕吞日辉，心中有星辰。
危崖看劲松，冰河听古琴。

桃杏畏白雪，蜡梅喜朔风。
香中带苦寒，一颗赤子心。

子房别闹市，范蠡远庙堂。
青灯伴挚友，古刹诵经文。

秋夜吟

天在长安晴，云从深山阴。
富贵不容人，茅屋可栖身。
破盆盛漏雨，微火燃柴薪。
莫道秋夜寒，诗赋暖人心。

残秋

一

山路不好走，书生野村留。
风急掀薄衾，雨打茅屋漏。

一顿待客餐，翁妪正发愁。
多日未闻酒，三年不见肉。

丹青正取景，心中几多忧。
远掷手中笔，不忍写残秋。

二

人瘦不禁风，深夜正三更。
下马歇野店，悲从心中生。

为省一两油，闲谈不点灯。
不畏蚊虫咬，素餐摆院中。

床窄薄衾轻，草庐冷冰冰。
夜寒难成梦，遥遥听寺钟。

爱之吟

来时笑脸迎,去时泪晶莹。
三年无收成,躬腰表歉情。

三

盛情迎贵宾,赶驴驮清水。
强忍腹中饥,夜半人不回。

平明主人归,菜香老鸡肥。
客人口舌润,主人心肝碎。

白屋徒四壁,老鸡是唯一。
下蛋孝老母,多年有情谊。

尽倾东海水,难酬情和义。
时过五十年,终生难忘记。

四

小儿不知大人忧,哭着喊着要吃肉。
破盆可止秋雨漏,米尽粮绝何处求。

欲借没有富裕邻，采野那堪羊肠路。
苍天不怜穷人苦，孤灯翁妪对面愁。

五

百日秋雨歇，软籽石榴裂。
御园百花谢，宫柳摇残叶。
瘦人骑瘦马，破驴拉破车。
满目皆萧条，翠竹生新节。

六

枯草崖边忧，饿叟田间愁。
鸟飞十里天，难觅一口食。
两年不下雨，颗粒粮不收。
路遥远长安，天弃穷山沟。

不眠除夕夜

日暮霞满天，山村生紫烟。
高香敬诸神，佳肴献祖先。

三叩神灵显，九拜吉星伴。
子孝福寿高，人善日子甜。

食罢团圆饭，阖家看春晚。
干果七八盘，红包四处散。

父母有欢颜，儿女露笑脸。
家和万事兴，平安人康健。

火树银花繁，爆竹震九天。
夜半钟声响，春来又一年。

旭日出东山，古原风光艳。
蓝天飞鲲鹏，大海扬白帆。

智者谋长久

树有万年青，花无百日红。
四子一母生，两双命不同。

腊月天地寒，五月难结冰。
福从知足来，祸从贪婪生。

女人不守道，街坊邻居笑。
男人不守道，秋后挨一刀。

是虎山中啸，是虫打地道。
是猴莽林跳，是龙上九霄。

有人为财亡，有人坐华堂。
失败怨命运，成功靠自强。

心小守一房，大爱走四方。
做人有底线，守住方是好儿郎。

爱之吟

路遇金如斗,非己莫伸手。
一失足成千古恨,贪字惹来万年愁。

道德天天修,智者谋长久。
行端影正人生路,好命好运在前头。

但愿心无愧

日食岐山粟，夜饮渭河水。
家风严谨业兴旺，爱心传承门生辉。

处世有原则，无理事不为。
生意只取三分利，义字当头和为贵。

忠诚对家国，和气睦邻里。
千辛万苦圆美梦，抛血洒汗换三炊。

好事多磨难，蜡梅遇风摧。
横祸一夜起萧墙，清白无故遭人非。

流血不流泪，傲然扬剑眉。
敢向神明剖肝胆，天地当知黑与白。

不以名利累，但求心无愧。
笑对莽林风雪吼，自信春去春又回。

苦涩的回忆

一世爱山水，终生不辍读。
手握三尺剑，胸藏万卷书。

寻觅不止步，交游盼明主。
为民谋幸福，向国推心腹。

弱草不成履，旧袍风成絮。
眼前无坦途，肝上有积郁。

日妒张子房，夜嫉诸葛亮。
朝霞燃怒火，明月结寒霜。

酸梅两三树，修竹七八枝。
古琴说旧事，长箫赋新诗。

大梦人不知，醒来日迟迟。
对镜理白发，想起少年时。

荷锄上山峰

菊花堆黄金，月桂砌白银。
珍珠挂青天，碧玉入森林。

高枝栖朱鹮，明月卧深潭。
牛郎归故里，织女把家还。

人间有仙境，何必迷天宫。
歌伴秋虫唱，舞摇一夜风。

日出朝气生，鸟鸣云霞红。
夫妻手把手，荷锄上山峰。

可怜天下父母心

爱之吟

夕阳照残菊，秋风吹贫妪。
踟蹰已有时，不知何处去。

来往人不顾，脸上已脱相。
上山无力气，过河无钱渡。

老叟走向前，面条送一碗。
柔声劝进膳，媪妪泪涟涟。

家中有五子，五子皆自私。
围着老婆转，老娘他不管。

大子开商店，一年三百万。
二子卖香烟，日子过得宽。

三子搞房产，高屋连成片。
朝夕不归家，还搞婚外恋。

四子过得牛，商贸是一流。
金银论斗收，吃用都不愁。

第三十辑 五味人生

五子性豪放,画画很擅长。
文艺春闺梦,早就忘了娘。

曾经为了儿,天天敞着怀。
儿子吸奶水,老娘吃野菜。

人都有年迈,有家不能待。
光吃不能干,被儿撵出来。

今年八十八,耳聋眼又花。
这把老骨头,怕要扔天涯。

一母可养五个儿,五儿难养一个母。
人若生了忤逆子,不如当初养窝猪。

养狗看家园,养猪能卖钱。
养鸡养鸭能下蛋,养了逆子苦残年。

大姐大姐你别言,老弟闻言心中酸。
今儿盼,明儿盼,盼来盼去冒了烟。

爱之吟

救命就剩一口食，母亲肯定让儿吃。
假如老虎拦了路，母亲向前不迟疑。

可怜天下父母心，养育之恩比海深。
天下儿女别忘记，爱你只有生你人。

有千情，有万情，万情难抵父母情。
天下儿女侧耳听，孝敬父母快行动。

一杯茶，一口水，老父老母心安慰。
一身衣，一块布，快把老娘打扮美。

揉揉肩，捶捶背，父亲母亲都很累。
为了儿女一辈子，青年熬到头发白。

不缺吃，不缺穿，就缺儿女身边伴。
闲来陪父拉拉话，隔三岔五逗娘欢。

有兄弟，有姐妹，夜夜挤着与娘睡。
娘若在时满屋笑，娘若晚回全流泪。

第三十辑 五味人生

金子贵,银子贵,童年回忆最珍贵。
白面馍馍我不要,就爱在娘怀里睡。

少年郎,最爱娘,一日三餐碗碗尝。
油盐酱醋刚合口,鱼肉总在下边藏。

人过十八就成年,此时才知父母难。
一把鼻涕一把汗,日里夜里把活干。

把活干,我情愿,累死累活都无怨。
吃糠咽菜咱不管,只要儿女日子甜。

都说养儿能防老,父母一生把心操。
到头落得晚景残,人能原谅天不饶。

老妪坟头无人跪,苍天下了百日雨。
漫山遍野开黄菊,人不流泪天在哭。

雪纷纷,寒风啸,仿佛夜夜有人叫。
儿呀儿呀你在哪,老娘唤你可听到。

山野狂夫

一间草庐一张床,晨风清爽晚风凉。
无酒无肉尚可谅,无笔无纸似无粮。

不种庄稼不收粮,吟诗吟到山花黄。
咬文嚼字还收敛,高吟低唱就发狂。

面对天地好迷茫,终生偏偏爱汉唐。
文章读来有余味,诗赋千年堪称王。

金箫银笛山水远,鼓瑟抚琴看八荒。
清风淡了天下事,烟雨泼墨纸一张。

野夫乐天

旭日出东山，朝霞映西川。
绿抚万亩田，花红染江天。

夕阳落西山，余晖照东湾。
喜鹊噪柳林，雄鸡唱炊烟。

人静月光白，庭前香金桂。
风吹玉笛远，竹摇琴声脆。

月隐星璀璨，佳人伴身边。
乐极一支舞，兴来醉八仙。

希望之火

当你被生活洗劫,
一贫如洗,沦为乞丐。
请不要哭泣,
咬紧牙关忍耐。
丢掉不切实际的幻想,
把追求的脚步加快。
只要希望之火不灭,
财富就会重新向你走来。

当你被命运出卖,
从巅峰滑向低谷。
无须自贱,
不必伤怀。
把头颅抬起来,
大胆向前迈。
只要希望之火不灭,
成功就在前面等待。

人生本来就是一个大舞台,
没有落幕,就有意外。
不必惊诧,

第三十辑 五味人生

冷静对待。
命运自己主宰,
剧本自己编排。
只要希望之火不灭,
你就会活得超脱活得精彩。

就算横祸忽然袭来,
遭遇灭顶之灾。
请不要颓废,
更不要悲哀。
热血铸宝剑,
铁骨当干柴。
只要希望之火不灭,
你定会创造一个更加美丽更加光明的世界!

第三十一辑

侠士风

低头念父母

昂首向烽烟

愿为社稷死

不思沙场还

龙吟虎啸

风起苍龙跃，云涌猛虎啸。
马壮战士勇，刀快美人娇。
鲸蛟沉海底，雄鹰上九霄。
天低春雷动，霞飞旭日高。

热血春秋

男儿何不带吴钩，千里纵横觅封侯。
宁做霸王垓下死，不做驽马老槽头。
天下无脚岂有路？我以热血写春秋。
问鼎中原三尺剑，生命不止永不休。

壮士剑出鞘

苍山夕阳照,放眼归途遥。
荆棘挡去路,遍地乱枯蒿。

脚下走饿狼,头顶飞鹰鹞。
风狂野兽吼,水急猛虎啸。

寒烟锁莽林,月上半山腰。
野猿拦古道,劫匪亮尖刀。

朝天一声笑,壮士剑出鞘。
血染路边草,谷回死猪嚎。

喜鹊喳喳叫,二月春阳俏。
弹弹身上土,快马过小桥。

英雄豪情

霜打落英梅枝枯,四野萧条山岗秃。
东坡草荒一群鹿,西梁林乱几只虎。

暮云苍凉鹰盘旋,夕阳余晖行人孤。
知难而退脚停步,保全性命有贫屋。

虽非英雄武二郎,面对凶险敢说不。
昂头挺胸入虎穴,刀光闪烁惊蟾蜍。

旭日东升满天雾,出山口口有人呼。
身无尺寸遮羞布,血肉模糊不忍睹。

牙痕爪印露白骨,心胸撕裂目如炬。
自古正邪不两立,留得豪情在寰宇。

陶渊明之叹

少年立志报家国,三尺宝剑反复磨。
苦练功夫时光少,广积良谋读书多。

信念高挂云中鹤,梦想常对古人说。
心系蛟龙下碧海,胸怀天下上五岳。

天崩地裂眼不眨,刀枪入骨不哆嗦。
赤手格杀山中虎,双脚降伏人间魔。

壮士雄心齐天高,无奈小命比纸薄。
幸运之神不光顾,美好青春白消磨。

刘郎魂归白帝城,霸王不识淮阴客。
凄风苦雨常摧残,万里阳光无关我。

人海茫茫心寂寞,滚滚红尘苦中乐。
白发苍苍不忍看,秋风萧萧独自歌。

壮士行

日落月不明,天低云重重。
与春有约定,快马赶行程。
层林遮望眼,山高路不平。

壮士不认命,冒死要前行。
衣单不惧冷,身孤任猿啼。
夜黑点心灯,荆棘脚踩平。

地结三尺冰,水寒万丈凝。
风狂青丝乱,霞飞映脸红。
任凭虎狼啸,高歌过险峰。

英雄豪歌

人生如唱戏，出台有主次。
配角无人知，主角万人迷。

男儿无出息，至亲也嫌弃。
要想改门楣，只能靠自己。

五更做春梦，不如寅时起。
读书不择时，习武伴雄鸡。

世间有桑麻，双手织新衣。
丈夫立天地，何患无娇妻。

武将三尺剑，文臣一支笔。
诸葛耕田园，结庐待天机。

将相非天生，请君要切记。
只要敢拼搏，准能创奇迹。

第三十一辑 侠士风

壮士宁愿征程死,骏马不在槽头生。
英雄手提三尺剑,披荆斩棘向高峰。

任凭耳旁啸狂风,天涯但闻马蹄声。
穿过荒漠百花艳,踏破寒冬春阳红。

夜钓终南山

乌云密布不见天，莽林声声啼古猿。
蓝光幽幽饿狼眼，鬼火点点十八弯。
小鹿哀叫羚羊窜，百兽厮杀五更寒。

扁舟一叶布衣单，壮士独坐在险滩。
碧水垂钓养心性，大山深居练虎胆。
七尺汉子一条命，且看谁敢试宝剑。

浪浪高

猛虎深山携风啸，鲸蛟水中搏汹涛。
英雄问鼎一柄剑，豪杰破浪两支篙。
麻雀贪食恋荒草，鲲鹏竞云在九霄。
海潮来临暗波涌，人在船头浪浪高。

出征

一

红杏芳阡陌,绿柳翠荒漠。
长帆逐鹰隼,铁船打凶波。
白云绕青山,旭日照大河。
壮士擂战鼓,慷慨一支歌。

二

狂风啸白帆,恶浪打征船。
士兵擦长矛,将军磨宝剑。
低头念父母,昂首向烽烟。
愿为社稷死,不思沙场还。

传奇英雄

生逢乱世意志坚，人间不平冷眼看。
同天同地同是人，穷人富人两重天。

年年岁岁抛血汗，为谁辛苦为谁甜。
广种棉花无衣穿，五谷丰登人讨饭。

上天难，穷更难，全家生计一线悬。
茅草房上无片瓦，辈辈耕的富人田。

曾有富人黑心肝，丧尽天良该挨砖。
欺压百姓手段残，民众血汗全榨干。

不种庄稼不耕田，绫罗绸缎身上穿。
美酒佳肴常腐烂，广厦连栋醉中眠。

游手好闲天天玩，三妻六妾伴身边。
米面可养十六县，金山银山花不完。

英雄少年看不惯，疾恶如仇挥宝剑。
信刀信枪不信天，立志要把乾坤换。

第三十一辑 侠士风

夜不卸甲马上眠，枕戈待旦经百战。
杀得敌人吓破胆，纵横沙场十八年。

铁骨铮铮男子汉，敢教日月换新天。
传奇故事说不完，感天动地天下传。

侠士吟

一

少年不得志,屈身一口食。
迟归戴晚霞,早起披晨曦。
荷锄执鞭务农事,尘土满面人不识。

闲来不入仕,渐渐成书痴。
几夜不成眠,唯有古人知。
天河十万星落尽,孤灯一盏月儿西。

忽闻大风起,层层暮云低。
声声海潮吼,阵阵春雷激。
横刀立马向天下,英雄崛起乘天机。

左手生花笔,右手霸王戟。
胸装锦囊计,城插得胜旗。
风卷残叶扫顽敌,力保明主登了基。

生来为社稷,名利皆可弃。
书中几首诗,嘴边一支笛。
少年舞剑常闻鸡,老来忽把山水迷。

第三十一辑 侠士风

庄后两树花,门前满山石。
眼观三江水,高卧一张席。
从来不问君王事,脚踏黄土两手泥。

一身粗布衣,两把清汤米。
夜长好做梦,日高三竿起。
放下荣华是高智,急流勇退有见识。

伴君如伴虎,功高遭人嫉。
君王起杀意,后悔来不及。
十个功臣九个死,英雄活了一百一。

二

生在南山下,常听英雄歌。
日看鹰击云,夜观猛虎斗。
气冲斗牛三千丈,豪情满怀贯五岳。

独身走荒漠,孤胆踏凶波。
狭路亮宝剑,沙场动干戈。
祸福荣辱身旁搁,生死只为自由搏。

爱之吟

笑容千万朵，花香满院落。
朝闻老翁唱，暮听美人歌。
风风雨雨三十载，男儿今生没白活。

三

长风冷，天云低，日坠鼓角沉。
征程十万里，枯叶落纷纷。

策战马，挥霜刃，斩虎狼，破强敌。
昭昭青史三千载，唯漏英雄只一人。

打天下，定乾坤，济世穷，主意真。
莫道男儿是铁汉，回眸一笑暖三春。

罗裙绿，红颜粉，柳腰细，朱唇润。
萍水相逢颇知心，花容销断英雄魂。

昆仑顶，泰山根，皇宫旁，渭水滨。
阡陌道旁初相识，青纱帐里好温存。

路路通，事事顺，神仙亦要过黄昏。
情人总嫌春宵短，壮士更爱朝阳新。

约紫燕，邀白云，赋新诗，奏古琴。
丈夫折腰为君饮，千杯万杯不醉人。

四

风摧灞桥柳，云欺长安花。
雨急霜刃冷，水淹马蹄深。
纵是征程千万里，一身正气壮士心。

长槊立天地，宝剑横乾坤。
胜败若不分，鏖战莫鸣金。
刀光剑影虎狼惊，杀声阵阵泣鬼神。

日出草木新，百花闹春晨。
黄鹂唱情歌，碧泉抚古琴。
爆竹声声大唐礼，娇妻热拥凯旋人。

爱之吟

五

生在骊山旁，长在渭水边。
满腔壮士情，一身英雄胆。
若个书生万户侯？勇者脚下道路宽。

挥兵向中原，铁骑出长安。
成功要奋斗，精进须扬鞭。
百年只觉人生短，不拼不搏心不甘。

莫道征程远，处处是险滩。
麻雀枕枯草，鲲鹏入云端。
横刀斩鲸下碧海，亮剑屠龙上九天。

命运有改变，草根登山巅。
祸福抛脑后，荣辱一身担。
自己历史自己写，无愧此生著新篇。

壮士吟

一

莫道苍山小，巍巍千仞高。
莫说溪水浅，明镜映天骄。
风吹红梅开口笑，雨打青松不折腰。

不戴乌纱帽，幸无宰相恼。
昼务三亩稻，夜陪妻儿闹。
玄衣冕冠高堂坐，未必有我乐逍遥。

风急孤月高，偏遇饿鬼嚎。
手握伏魔刀，岂能怕小妖。
舍身忘己救慈母，怒斩豺狼真英豪。

莫道三冬寒，寒去是春朝。
莫说天色暗，夜尽红日高。
堂堂正正男子汉，昂首雄鹰凌九霄。

爱之吟

二

祖无不动产，家缺当官父。
狂风摧残垣，飞雪打贫屋。
千年百姓万年苦，财富仅剩遮羞布。

恶狗咬瘦腿，阳光照旧窗。
草庐无硕鼠，小猫也贪富。
乡绅过街骑骏马，县官出门千人护。

种谷喝稀汤，织布少衣裳。
有妻难护养，卖儿心更伤。
菩萨庙里空烧香，啸聚山林又何妨？

劫富杀贪官，扶弱抑豪强。
扬鞭催快马，横槊走四方。
不做盗名伪君子，甘为济世草头王。

旌旗一行行，屠刀闪银光。
徒步赴刑场，意气更张扬。
面对死神不低头，二十年后再提枪。

第三十一辑 侠士风

英雄尸骨寒,今人独自怆。
汉唐桃花红,不似今日香。
朝朝代代国有法,举手投足当思量!

月高朔风冷,削头也无声。
未及捕快到,英雄已失踪。

长安府尹三品官,贪赃枉法升了天。
满朝文武傻了眼,老虎丧胆鬼神颤。

你也怕,我也怕,丢了性命图个啥。
建德树正为哪般?为了老婆为了娃。

国失纲纪难长久,官无监督胆子大。
无名英雄居功伟,贞观之治成神话。

三

河中船,路上马,一生奔波为了家。
垄上草,园中花,日里夜里想念他。
自古人生谁无爱,从生到死两无猜。

爱之吟

蒙千难，遭万灾，英雄豪杰非凡胎。
上高山，下碧海。终于走上拜将台。
身前荣父母，身后荫妻儿。

银印紫绶身上戴，仪表堂堂气不凡。
文韬武略样样精，天下英雄都来拜。
本来要赢人，莫道钢刀快。

忽然一日心血来，放下屠刀悔刚才。
杀孽太重出意外，交回王权回村寨。
天天敬父母，夜夜陪妻儿。

你也怪，他也怪，荣华富贵谁不爱？
宝刀不快难为将，心肠不硬怎成帅？
爹娘生我心肠软，此等福分享不来。

子无父，妻无夫，人把白骨当干柴。
只要霸王人不死，厮杀怎能停下来。
心中钢刀绞，壮志冷心怀。

四

常饮故乡水，无酒也陶醉。
土沃鱼虾肥，花娇人更美。
天际云涌大风起，赳赳丈夫当有为。

纵横韩赵魏，流血不流泪。
金枪战银锤，尸骨堆成山。
不管他人论是非，敢对天地心无愧。

寒夜不伤悲，梦中有人陪。
天缘多神会，荣辱不相背。
都说阿哥爱阿妹，自古英雄配花魁。

大雁朝南飞，天涯赤子归。
壮士脱征袍，美人举酒杯。
荣华放下轻如尘，真爱永伴才无悔。

爱之吟

五

都说祸福有轮回,受尽磨难人未归。
宝刀快马征西域,命运使然战南北。

纵使甲胄碧血染,英雄从来不失威。
大漠风扬黄尘卷,宝剑纵横铁甲飞。

也有哭泣也有泪,苦难岂能怨命背。
苍天任性晴和阴,大地变换黑与白。

纵然世间多是非,神灵应知错与对。
斧钺加身人不悔,面对天地心无愧。

六

大漠旌旗卷,苍天将星坠。
百万人拼命,生死知是谁。

血溅红花蕊,尸横土地肥。
忍顾群狼宴,方知生命脆。

歧路九曲回，衔誉壮士归。
金鼓壮军威，征人心已碎。

昨夜方依偎，今朝裹尸回。
忽降流星雨，应是天地悲。

妻子望团聚，父母盼儿归。
白发送黑发，那堪阎王催。

刀尖觅封侯，以命搏富贵。
历经五千年，不禁英雄泪。

七

天也昏，地也暗。大汉雄兵喜夜战。
不见身影只见眼，倒提金戈在前线。

蝎子蜇，野蜂叮，咬紧牙关不吭声。
娇花野草秋露重，寒气透骨杀气浓。

爱之吟

远处声声连珠炮,猛虎个个身姿矫。
天兵天将如潮涌,杀声动地震九霄。

你一枪,我一剑,敌人腿折肱骨断。
哭爹喊娘鬼神惊,鲜血四溅斗凶顽。

一头黑发秋霜染,十年征战时光短。
旧伤刚被新伤盖,号角响起征程远。

不图富贵不图名,殷殷满腔赤子情。
杀敌英雄轻生死,卫国壮士何惜命。

八

大铁斧,百斤重,壮士手中一叶轻。
开天辟地断大梁,碧空一抛击苍鹰。

是英雄,是狗熊,沙场便是分水岭。
阳关一战伏猛虎,天山再战屠蛟龙。

手握大斧起狂风，一人抵挡百万兵。
十日鏖战雄关在，尸横遍野鬼神惊。

扫荒漠，下千城，黎民百姓享太平。
万里纵横堪称雄，功劳簿上无大名。

白云悠悠山水重，春花秋月入画屏。
海内清平心中安，抛却荣华出京城。

长箫吐声知雅量，古琴铮铮百万兵。
自古中华多豪杰，藏龙卧虎大山中。

九

终南百花艳，天山起烽烟。
君王颁圣旨，健儿出阳关。

妻子庭前见，父母村头别。
壮士披星斗，战马入寒夜。

爱之吟

中原芳草青,塞上三尺冰。
不听飞鸟叫,只闻踏雪声。

虎狼挡大道,匈奴抗天兵。
敌扎十万营,我挽百万弓。

三通战鼓响,双方拼大将。
胡酋力不支,不死也重伤。

大兵似洪水,贼寇如鱼鳖。
马踏三千里,无处不溅血。

昔日无名儿,今日立大功。
斩敌首八千,凯旋回山沟。

去时一兵卒,归来封太守。
妻解夜夜忧,娘释十年愁。

十

一抖万点雨,直刺一条线。
力道可开山,速度如闪电。

第三十一辑 侠士风

身高八尺八，从来不披甲。
两身黑布衣，一匹千里马。

英雄手中一杆枪，天下无敌震四方。
一生不愿封王侯，逍逍遥遥踏八荒。

走天山，出阳关，大漠落日看炊烟。
眼前有人遇艰险，身后追兵七八千。

万人追，一人逃，距离只差一箭遥。
眼看就要把命丢，见死不救非英豪。

大宋英雄斗胡金，一枪刺穿敌首心。
世人都说天神助，无人知道救驾人。

士兵寻，君王找，封赏攀升节节高。
天上人间均不见，绿水青山正逍遥。

英雄大名叫周侗，他的徒弟更能行。
打得金寇望风逃，赵构偏安第一功。

爱之吟

十一

日黑月不明,
腐败生龙庭。
顶顶帽子血染成,
个个贪官一身腥。

出身不由己,
壮志在胸中。
王侯将相本无种,
自古草莽出英雄。

长缨缚蛟龙,
霜剑扫残兵。
壮士一夜下千城,
宝刀快马踏秋风。

招招刀见红,
式式皆要命。
喋血不为名和利,
但愿百姓享太平。

十二

天也动,地也动,沙场喋血尸体横。
莫道人人恋富贵,半是功名半是情。

春也冰,秋也冷,忠良不得君王宠。
身经百战不要命,何惜头颅试剑锋。

金也重,银也重,我的心中你最重。
丝丝情意暖胸怀,缕缕春风融寒冬。

草也绿,花也红,白云悠悠远京城。
放下功名一身轻,山高水长伴君行。

十三

识在风雨后,携手正当时。
生存有殊途,命运无二置。

既然心相知,何言相见迟。
生命尚有限,真情无绝期。

爱之吟

十指有长短，恩爱永如一。
既然选定你，冷暖皆相依。

靖难共剑戟，扬帆同舟济。
无须卜凶吉，真爱写传奇。

十四

狂风紧，骤雨急，烟雾蒙蒙暗太极。
坡陡路滑过大山，荆棘丛生绊马蹄。

豪情在我胸，壮志无边际。
生死抛脑后，荒漠搏顽敌。

号角起，战鼓擂，宝马快刀诛国贼。
七尺男儿赴国难，不灭贼寇誓不回。

流血不流泪，春来人未归。
芳草萦忠骨，暮松千年翠。

心里慌，脑中乱，朝朝暮暮望阳关。
军功道道回乡里，烽烟已灭人未还。

含笑赴九泉，极目望长安。
心中放不下，老娘那双眼。

十五

常饮衮原水，养成浩然气。
手握伏龙剑，马横霸王戟。
试问天下谁能敌？敢与熊罴较高低。

胸怀报国志，不为荣华迷。
声声号角起，咚咚战鼓急。
沙场喋血头颅高，千疮百孔志不移。

为争一口气，自强不自弃。
浮沉意料中，荣辱寻常事。
泰山压顶不折腰，宝刀快马斗顽敌。

爱之吟

人生如戏剧，成败在技艺。
一身英雄胆，赤心对天地。
不到谢幕不气馁，敢抛热血与传奇。

十六

生在长江边，长在骊山下。
雄鹰欲展翅，壮志在天涯。
家徒四壁何须悲，一张白纸好画画。

野草可充饥，糟糠咽得下。
巨浪怕双桨，山高人为大。
历尽沧桑富家国，千苦万苦浑不怕。

汗水如雨下，幸福开了花。
勤劳创大业，碧血写神话。
是非功过身后事，云散日出看奇葩。

赤心对天地，忠诚献中华。
浮沉不惊讶，去留无牵挂。
敢学太公钓渭水，一壶老酒度冬夏。

十七

猛虎草中隐，秃鹰低空悬。
幽幽饿狼眼，嗷嗷哭野猿。

危崖雾连天，深壑一谷烟。
酒壮行人胆，平步过大山。

手无开山斧，腰有断魂剑。
绝非武二郎，气定神更闲。

不是英雄汉，肯定难过关。
气豪虎狼躲，身正鬼不缠。

十八

山中花不开，宣我我不来。
少女采新卉，老农破旧柴。

狂宿虎狼窝，无险才意外。
夜半咚咚响，鸳鸟在除害。

爱之吟

画眉有唱才，鸲鹆也不赖。
就连春虫叫，声声也悦耳。

其志不算高，其情也豪迈。
明月落山寨，佳人入胸怀。

十九

狂风呼啸乱黑发，目光烁烁披金甲。
千颗敌首落枯草，万点贼血染黄沙。
将军终生无败绩，冲锋全靠黄骠马。
天子赐恩捧大印，英雄一剑横天涯。

二十

快马风卷尘，霸刃不认人。
砍头如切瓜，要命似追魂。
一颗赤子心，单刀破敌阵。
君问名和姓，大汉称战神。

第三十一辑 侠士风

二十一

少年有理想,手中一根枪。
冬习万点雨,夏练一束光。

屈腰伏虎步,一跃打八方。
扭身速回马,不死即重伤。

远望舞蛟龙,近看落寒霜。
攻杀如闪电,鬼神也难防。

为国尽忠日,沙场屠敌将。
中华有此子,国运万年长。

二十二

金钗摇,银环摆,春姑好奇撩发带。
眉目传情挥不去,香风阵阵扑面来。

三寸金莲踏舞步,风曳柳扯出绮户。
一街行人千百顾,花容月貌世上无。

爱之吟

转寒星，灼明眸，温言细语动江湖。
谁若杀了第一剑，沧海横流同舟渡。

天下第一剑，确实是好汉。
江湖十大恶，个个把头断。

宝剑在手如闪电，飘忽不定看不见。
天旋地转似满月，破军斩将一瞬间。

降妖伏魔倾剑雨，扶正祛邪理秩序。
武功盖世名不虚，小人闻声也恐惧。

名震天下皇帝惊，一人胜过百万兵。
正月初六圣旨到，官封将军守皇宫。

英雄一生人品正，不贪富贵远朝廷。
封金挂印表歉意，一夜消失无影踪。

道不合，志不同，隐居山林脚不停。
大胆狂徒敢抗旨，皇帝下了通缉令。

第三十一辑 侠士风

天上找，地上寻，天上地下不见人。
气得皇帝头发晕，声声叹息望白云。

风萧萧，日迟迟，十年时光瞬息逝。
心中苦痛人不知，又要抉择生与死。

前无恩，后无仇，壮士何必送头颅。
一生不斩无名辈，报上姓名说因由。

君问因由无因由，武林我要拔头筹。
你的头颅千金重，斩下沽名可封侯。

匹夫怒，挽衣袖，英雄怒，不惜命。
名副其实龙虎斗，两颗心脏皆穿透。

天下第一不惜身，天下第二不要命。
飞来霜刃皆不避，名誉更比生死重。

转寒星，灼明眸，温言细语动江湖。
谁若杀了第一剑，沧海横流同舟渡。

爱之吟

莫道女儿身子弱，不亚宝刀霜刃薄。
百万雄兵无胜算，小计一条把命夺。

孝庄善，武皇明，就数慈禧最无情。
独霸天下几十年，卖了江山丢了城。

天下武林开大会，英雄豪杰皆掉泪。
刀枪剑戟如林立，发誓要把大清毁。

一句天下皆为公，大炮声中祭英雄。
沙场百战鲜血红，天兵百万捣清宫。

二十三

老来莫说少风流，一生最爱黄金屋。
就算台上是主演，该谢幕时就谢幕。

级级踏的上升步，精彩频频使人慕。
宁愿功成身退去，千万别惹君王误。

灞水烟寒日色暮，美人回眸千百度。
万般留恋万般恨，快马入夜绝红尘。

二十四

生在红尘中，成败说不清。
七成靠打拼，命运占三分。

打拼不努力，无非收获少。
命运若为祸，神仙躲不了。

曾经美少年，壮志冲云汉。
纵横十万里，单凭手中剑。

守要塞，镇蜀巴，入虎穴，战胡沙。
九死一生君王事，过关斩将享荣华。

谁知朝廷出大奸，道路崎岖马不前。
乌云遮日月无辉，将军性命一线悬。

爱之吟

中国历史几千年，总有皇帝信谗言。
急流勇退保名节，大山深处耕田园。

树欲静，风不止，君叫臣死臣难活。
斩草除根有圣旨，诛灭九族无休止。

鬼在哭，狼在嚎，鬼哭狼嚎天地摇。
手中宝剑开生路，浑身滴血把命逃。

天也悲，云也愁，父母妻儿挂城楼。
为子愧，为父羞，壮士一夜白了头。

杀父仇，夺妻恨，千仇万恨重昆仑。
日撒金，夜抛银，报仇雪恨铁了心。

人有运，国有运，伤天害理无好运。
皇帝是人不是神，一命呜呼丢了魂。

山也转，水也转，苍天终于睁了眼。
千刀万剐魏忠贤，一代巨奸归了天。

阴雨连绵天不晴,中国出了李自成。
闯王麾下百万兵,势如破竹灭大明。

战河南,征山东,救甘陕,攻北京。
沙场喋血十三年,官封大将享殊荣。

打江山,享名利,铁血豪情最珍贵。
既然为国轻生死,何必苛求青史垂。

大起大落心欲静,放下功名一身轻。
布衣布袍两壶酒,快马宝刀出京城。

二十五

穷目众山小,大江来天际。
月下吟诗赋,船头横短笛。

碗里荠荠菜,胸中天下计。
手握霸王戟,剑锋指天际。

爱之吟

日夕暮云低，路遥马蹄疾。
六朝烟花在，古都云雾迷。

二十六

修竹簌簌皎月明，山环水绕一重重。
满腔心事付古筝，心疲情伤剑眉凝。

黄莺唱醒子夜梦，古刹敲碎五更钟。
冰花冷草堪伤情，横卧竖石听松声。

晨霭弥漫朝阳东，彩云飘飘鹰翅轻。
树摇叶落生剑气，背搭神羽满雕弓。

哪个英雄爱寂寞，攫取功名为平生。
昨夜迷茫尚失意，今朝驾马向龙宫。

二十七

日落残云生，鼓角鸟兽惊。
壮士挥宝剑，将军挽雕弓。

碧血染长河，尸骨横大岭。
快马踏枯草，胡花落秋风。

二十八

胡人狩猎时，汉家正秋末。
阴山起风云，大漠动干戈。

将军不怕死，壮士拼命搏。
急马踏敌营，刀快人头落。

尸骨堆如山，鲜血流成河。
边塞虎狼宴，龙庭天子乐。

才赴春闺约，又见烽烟起。
回马奔沙场，书信寄西岳。

二十九

娃是农村娃，雄心也不大。
只谋三餐饱，辛劳酷阳下。

爱之吟

边塞起烽烟，壮士把马牵。
驻足别渭水，金甲过阳关。

昼夜战胡沙，秋霜染黑发。
身经千百战，遍体是伤疤。

不为天子战，丈夫有尊严。
为何侵我国，为何毁我家。

国是我的国，家是我的家。
挥刀追穷寇，纵马到天涯。

三十

胡沙接白云，长安近黄昏。
双方无退路，敌我正对阵。

忽然大风起，空中行飞人。
只见宝刀落，单于已断魂。

第三十一辑 侠士风

奇迹只一瞬，须臾乱敌阵。
功业昭大汉，英名冠三秦。

钢斧才断腿，万箭又穿心。
想起斩敌首，含笑对死神。

凄凄十月雨，沉沉千尺云。
天下皆流泪，哀祭英雄魂。

脸贴壮士冢，手抚忠烈坟。
放任渭水泣，凝目看昆仑。

三十二

生在大山中，从小爱雄鹰。
埋没蒿草里，壮志在碧空。
痴心少年不认命，纵横天下亮剑锋。

手提三尺剑，臂挽千钧弓。
一夜下千城，力敌百万兵。
东征西战不惜身，遍体鳞伤铁衣红。

爱之吟

日黑月不明,山水一重重。
虎狼挡大道,坎坷路难行。
伫立悬崖望星空,铁拳紧握心不平。

天涯百花红,时有黄鹂声。
是龙不是虫,英雄不平庸。
金盔金甲重上阵,银枪快马踏春风。

三十三

平明泪不干,夜里梦几番。
红颜老长安,征人戍边关。

淫雨连幽燕,乌云遮秦天。
喜鹊哑歌喉,渭水无归帆。

脚下蹚恶水,裙带荆棘牵。
想退野林远,欲行阻大山。

恨无腾天翼,一飞路三千。
效仿花木兰,替夫赴烽烟。

三十四

茅屋三两间，双手推纸轩。
俯瞰渭河水，伫立太白山。

东顾是中原，西望玉门关。
还酹一盅酒，红尘路八千。

月升听清泉，日落看炊烟。
朝霭伴黄牛，暮烟陪鸟欢。

子夜舞宝剑，五更会神仙。
谷深听虎啸，山高望长安。

三十五

乌云遮天日，狂风摧花时。
声声霹雳断松枝，大雨滂沱涨秋池。

荆棘三千里，虎狼近咫尺。
敢学少年酬壮志，老来仗剑不嫌迟。

爱之吟

韩信受辱日，百里为奴时。
太公八十钓渭水，一朝功成名万世。

是非无须问，公理天自知。
甩开膀子朝前走，一声呐喊一首诗。

家国蒙难日，男儿尽忠时。
英雄挥泪斩情丝，豪杰引弓向顽敌。

冷风卷旌旗，热血浸寒衣。
横刀不惧生与死，竖槊偏爱战马嘶。

嗵嗵金鼓急，声声鬼神泣。
丈夫本是万人敌，穷寇那堪霸王戟。

大鹏同风起，轻放身后事。
抹去眼泪看朝日，春来赏花正当时。

美猴王

天下第一剑，说来也很难。
挑战日复日，决斗年复年。

剑下豪杰死，英雄心中颤。
为了虚名声，甘愿地下眠。

快马出中原，封剑隐南山。
不做名利争，宣誓老林泉。

三夏红日艳，后生跃眼前。
如若不想死，断腕自己残。

利箭已上弦，难免有一战。
从早杀到晚，日昏天地暗。

突然两声吼，虎窜鬼神惊。
两座大山倾，双剑皆穿胸。

缓缓睁开眼，人在大山巅。
四周无人迹，小猴在身边。

爱之吟

公猴喂桂圆,母猴捧甘泉。
不能开口语,泪眼可传言。

一天又一天,伤情有好转。
群猴折腰拜,壮士傻了眼。

忽然来灵感,那是十年前。
壮士刚入山,蟒蛇腹中救猴难。

昔日小猴崽,今日猴王妃。
莫说人畜异,知恩图报有轮回。

天为被,地为床,千年古树建楼房。
剑侠不叫孙悟空,从此人称美猴王。

咏黄巢

天下不太平,人人遇险境。
徒手搏猛虎,狭路亮剑锋。
胜者王侯败者寇,神兵天降屠蛟龙。

公理说不清,人情冷冰冰。
呼天天不应,叫地地不灵。
日昏月暗路不平,
宝刀出鞘要见红。

烈士不怕死,英雄不惜命。
草木碧血染,大地尸骨横。
江山万里归百姓,旌旗插遍长安城。

冷芙蓉

生在锦州城,长在渤海边。
常看鲲鹏舞,壮志在九霄。
莫道婀娜女儿身,铁骨铮铮英雄魂。

十三别故里,十四入崤关。
十五杀敌寇,十六斩奸贼。
十七披甲卫黄河,十八大战太行山。

沙场弹如雨,冲锋总在先。
力劈魁猛兵,马踏精锐连。
纵横天下征衣红,面对死神笑眉弯。

心中有信念,愈挫志愈坚。
炮声隆隆响,快马还加鞭。
看到今朝冷芙蓉,方信昔日花木兰。

冷芙蓉,冷芙蓉,华夏大地留美名。
驱逐外敌不惜命,征战沙场建奇功。

冷芙蓉,冷芙蓉,每过荷塘总伤情。
好在千年芬芳在,让我天天看花红。

颂方剑

生在穷人家，长在贫瘠地。
腹中半碗粥，床上一张席。
破衣褴褛不遮体，残壁难挡风雨急。

人穷志不穷，徒步天下行。
荒漠找出路，黑暗寻光明。
莫道峡谷阴云重，敢向虎狼亮剑锋。

招招霜刃红，式式皆夺命。
打击侵略者，手下不留情。
贼寇乱匪敌人兵，掉了脑袋泣声声。

腹壁可跑马，心海能行船。
为人重感情，做事守底线。
一生崇尚德和善，历尽苦难不改变。

夸方剑，赞方剑，英雄形象好伟岸。
战功卓越留青史，道德高尚追古贤。

思方剑，想方剑，文韬武略人不凡。
将星璀璨北斗在，清风明月照宇寰。

莫被诱惑迷

少年有作为，曾是红小鬼。
参加革命三十年，上阵杀敌他不畏。

本是英雄身，却做龌龊人。
投机钻营谋富贵，贪恋权势黑了心。

人间有正道，他走独木桥。
兄弟背后下黑手，忠良面前举屠刀。

处世有原则，天理不可违。
阎王拒收负心汉，黄土不埋祸国贼。

珍重情和义，莫被诱惑迷。
争来争去两手空，心机费尽一抔泥。

风冷雨潇潇，孤魂哭荒郊。
既然存心做肖小，何必欺世要名高！

心中酿大梦

生在大山中，习惯雨与风。
从小看鹰扬，壮志在长空。
勃勃少年不平庸，江山万里任纵横。

铮铮大将风，堂堂子龙容，
脸上凝冰霜，胸中万丈情。
既然注定要称雄，饮血沙场试剑锋。

正邪不相容，宝刀要见红。
谁说寒夜冷，心中酿大梦。
莫道英雄不得志，明朝看我屠蛟龙。

古风

归雁鸣八荒,夕阳落大漠。
苍山断冰河,浓雾锁北国。
将军提宝剑,战士挥长戈。
黄尘啸骏马,狂风一支歌。

出征

雪盖远近山,冰封宽窄河。
狂风啸大漠,寒流横北国。
将军握宝剑,壮士挥长戈。
阵前三盅酒,引项朝天歌。

壮士情怀

千丈大河万仞山，北风呼啸雪满天。
冰冻三尺绝归雁，呵气成冰腰不弯。
家家户户过新年，家书封封人不还。
一身戎装责任重，挥戈战马守边关。

豪杰笑

面对大山笑，大山白云绕。
环顾左右我最高，放眼天下众生小。

面对大海笑，大海涛汹涌。
三山六水一分田，世间万物怕海啸。

莫说大山千仞高，勇者脚下自有道。
纵使沧海万重浪，天涯处处架新桥。

面对命运笑，命运剑眉翘。
兴衰荣辱皆由我，生死贵贱命难逃。

面对名利笑，名利神色骄。
出将入相门楣耀，试问谁人不折腰。

浮华烟云脑后抛，放下名利方为高。
我的人生我做主，敢向厄运亮锋刀。

面对神仙笑，神仙乐陶陶。
作奸犯科难终老，斋心向善得福报。

第三十一辑 侠士风

面对美人笑,美人爱英豪。
千击万磨不气馁,一身正气凌九霄。

豪杰笑,豪杰笑,人间正道是沧桑。
春回大地风光好,纵横天下恰年少。

豪杰笑,豪杰笑,降龙伏虎剑出鞘。
红颜相伴人不老,万里江天任逍遥。

归去来

爱之吟

离开未央宫，穿过十里亭。
脚踏北国风，快马向南行。

脱掉金羽衣，放下天子宠。
金剑换铁锄，从此不带兵。

插秧练双手，躬耕问老农。
习俗随风化，语调学吴声。

挥汗度春夏，炉火伴三冬。
闲来一壶茶，杯酒也尽兴。

生存无重负，四季有人疼。
日暮爱愈烈，天寒情更浓。

不喜御园香，偏爱山花红。
旷野风光好，已忘长安城。

第三十二辑

月下怀古

千年历史无须看
成败全在用忠奸
鼠犬纵横天地倾
贤才一举国安然

咏玉环

眉眼生得万人迷，倾国倾城均不及。
莫叹人父夺儿妻，只怨花容长得奇。

三千宠幸集一身，下马银子上马金。
父兄承恩掌帅印，杨家威势震乾坤。

华清宫里丝竹脆，渔阳军中钢刀利。
百姓尸骨红江水，天子十城九城废。

福生祸兮祸生福，福尽祸来满门诛。
马嵬坡前哭声悲，贵为天子未能护。

洋洋洒洒长恨歌，瓢瓢臭水脸上泼。
礼仪之邦五千年，君臣父子往哪搁。

可怜薄命杨家女，此时应恨颜如玉。
十个春秋伴天子，一丈白绢万世孤。

君臣无能失天下，个个迁怒女儿家。
如若玉环能转世，宁为小草不为花。

咏李斯

立志要做仓中鼠,胸怀天下五车书。
远交近攻奇计毒,六国烟灭主称孤。
学比孔丘更实惠,功盖周公应千古。
人品低劣名自毁,受尽五刑臭骨枯。

咏秦皇

一柄利剑千钧弩,虎狼六国一网收。
修筑长城谋万世,煞费苦心一命休。
尸骨未寒天地倾,双目喷火横吴钩。
地下兵马不听令,千古一帝恨悠悠。

咏曹操

孙权麾下有周郎,刘备倚仗诸葛亮。
百万雄师千员将,曹操靠的是自强。

刺杀董卓虽未遂,敢为社稷除国贼。
黄巾起义天下乱,勇赴国难功勋垂。

收服张绣灭二袁,大战马超渭河边。
白门楼下斩吕布,会猎荆楚下江南。

割须弃袍心不慌,华容道上笑声朗。
文韬武略大将风,乱世英雄我为强。

莫道曹操是奸相,刘汉稀泥难上墙。
披坚执锐经百战,开辟曹魏万里疆。

咏司马迁

高门鸡啼禹山回，子长生来沐朝晖。
睿智长饮黄河水，厚重只食三秦麦。

人杰地灵韩城县，鲲鹏展翅向九天。
自幼立下凌云志，今生必成一家言。

欲成大事非等闲，发奋读书年复年。
学而习之走天边，探求真理苦研究。

温文尔雅儒士风，英姿勃勃上朝堂。
少年供职在御前，泱泱大汉太史公。

恪尽职守为官正，小心谨慎履薄冰。
百姓尊重帝王宠，朝野上下传美名。

匈奴贪婪犯边城，大汉天子夜点兵。
朝廷重臣名将后，大将李陵做先锋。

金戈铁马快如风，一日千里踏敌营。
将军浴血报名主，士兵杀敌立头功。

第三十二辑 月下怀古

尸横遍野草木腥，下了一城又一城。
敌人丧胆争逃命，天兵追击双眼红。

深入敌后三千里，粮草不济断了炊。
兵疲将乏臂力尽，匈奴十万层层围。

十万虎狼十万戈，箭绝刀钝拿手搏。
九个战士八个死，尸骨如山血成河。

国舅援兵无踪影，李陵心中怜悯生。
宁愿自己挨骂名，不让士兵白送命。

消息传到长安城，刘彻闻讯发了疯。
咬牙切齿恨李陵，传讯太史到宫中。

性格耿直人忠厚，直言帝王抬贵手。
李陵投敌罪孽大，毕竟断援无路走。

爱之吟

未央宫里一声吼，天子闻言冲天怒。
败兵之将千刀剐，长安阙下灭九族。

平日尔与李陵厚，敢给叛徒找理由。
污蔑国舅滋事大，投牢问斩等秋后。

本想为国表忠贞，谁知帝王心肠狠。
未与李陵有交往，直言不讳出公心。

两袖清风无金赎，惨遭腐刑蒙奇辱。
一片丹心换恶报，泱泱大汉当蒙羞。

孔丘困顿作《春秋》，文王拘牖演《周易》。
孙子髌足修兵法，司马囹圄著《史记》。

屈原尽忠汨罗江，岳飞含恨风波亭。
天若有情天作证，千古奇冤太史公。

芝塬坡前松柏秀，香客踏破青石路。
纵使当年尸骨冷，史家绝唱名千秋。

咏西楚霸王项羽

将门之后名项籍，八尺身材傲剑眉。
双手力举千钧鼎，一剑出鞘万人敌。
秦皇嬴政不入眼，天下英雄谁能及。
生来立下凌云志，颠倒乾坤换天地。

怒戕殷通举义旗，八千子弟起会稽。
龙虎帐前斩宋义，破釜沉舟救赵急。
率领诸侯诛暴秦，一统天下居奇功。
力拔山兮气盖世，霸王英雄古今稀。

刀枪林立盔甲坚，精心设下鸿门宴。
三盅美酒制强敌，一统天下除后患。
当断时兮君不断，生死面前心肠软。
如若从了范增计，岂有大汉数百年。

力拔山兮气盖世，独行天下无人敌。
横扫残兵刀切菜，马踏强将风卷席。
区区刘邦不上心，皓首范增计何奇？
鸿门宴上纵猛虎，兵败垓下悔已迟。

爱之吟

刘邦入城约三章，百姓磕头烧高香。
阿房宫里一把火，霸王口中万民伤。
一招一式分高低，一言一行见短长。
亲民爱民得天下，坑民害民遭祸殃。
酒前美人垓下剑，八千兵将哭乌江。

放弃长安失地利，驱逐义帝丢民心。
天下奇士不能用，分封诸侯埋祸根。
武功盖世勇有余，乾纲独断欠三分。
就算鸿门戮沛公，乱刀分尸必有人。

咏嫦娥

孤月一轮残星稀,蟾蜍无语桂花凄。
夜居冷宫心中寒,日思后羿柳眉低。
偷食仙药后悔时,天上人间别离日。
苦字常在贪字后,千愁万恨无绝期。

咏李自成

祖上三代无王侯,拔剑而起出山沟。
大战荒漠尸体横,血染江天红河流。
改天换日兴大顺,披荆斩棘灭残明。
既然走上造反路,英雄豪杰谁惜头?
莫道京城四十天,光华万年李自成。

咏商鞅

自古明主出忠臣，商鞅咸阳获大任。
推行新政改国运，铲除毒瘤不惜身。
摧枯拉朽强弱秦，开疆拓土赤子心。
五马分尸千古冤，变法图强第一人。
中华民族要崛起，世世代代仰商君。

咏诸葛亮

诸葛武侯有见识，辅佐刘备安社稷。
为何忠臣保庸主，思之再三我不知。
玄德并非再无儿，何必沽名误国事。
邓艾钟会破蜀日，君见先主应无词。

咏刘彻

雄才大略冠古今，开疆拓土震乾坤。
铁骨铮铮一身胆，天下强敌畏三分。

一日夫妻百日恩，英雄并非薄情人。
未央宫里子夫笑，长门阿娇哭断魂。

如若馆陶黄泉问，刘彻难道有高论？
功勋卓著留青史，寡情寒了壮士心。

景帝膝下多子嗣，未来真龙人不知。
诸王朝野结联盟，觊觎皇位博支持。
长大计划妻何人？馆陶公主问刘彘。
未许金屋藏娇愿，岂有汉武登基时。

咏阿娇七首

一

刘彻胸怀大如天，椒房阿娇小心眼。
后宫吃醋恨子夫，朝堂耍泼犯天颜。

长门宫里难入睡，清风明月看玉兰。
惺惺相惜两不厌，人枯花谢泪始干。

腊月火旺手脚冷，仲夏骄阳心生寒。
身居后位德不配，任性毁了西施脸。

二

奇花环绕芳香溢，白玉贴墙寒四壁。
娇躯辗转难入眠，莺啼声声叹雄鸡。
风摇萧竹惊心脾，雨打梧桐清泪滴。
雄主面前耍泼时，应知长门冷宫凄。

三

秋风萧索寒星稀，长门宫内孤月凄。
身在福中不自知，形影相吊后悔迟。

大闹朝堂心智迷，争风吃醋欠心机。
楚服实施巫蛊日，帝王大怒废后时。

四

松柏森森百鸟唱，奇花竞放胭脂香。
未央宫里吃醋人，长门泪冷孤心伤。
自恃立储建功伟，金屋阿娇性太强。
君是大汉陈皇后，郎非当年胶东王。

五

嫉妒心智乱，骄横人人嫌。
知足福寿长，贪婪惹祸端。
位高当内敛，贤淑胜玉颜。
可怜陈阿娇，徒生长门怨。

六

挖掘遗址探是非，冷宫地下三尺水。
日照清波无颜色，风吹浪起有咸味。

爱之吟

玉床旧梦孤月陪,金屋佳人应后悔。
邀待相如吐心扉,日日夜夜盼君回。

未央宫内花成堆,国姿天香斗芳菲。
帝王身边有新宠,谁怜长门胭脂泪?

七

国色天香花一朵,争风吃醋惹大祸。
金屋藏娇陈皇后,打入冷宫空萧索。

大年初一门罗雀,七月七日看银河。
滴滴清泪洗寂寞,片片残梦寻快乐。

世间没有后悔药,孤单丽人应知错。
人非圣贤孰无过,三年两载当归国。

不看阿娇夫妻面,且怜馆陶热泪落。
若无刘嫖极力助,尔今岂能登宝座。

双耳不闻《长门赋》,昼夜只听新人歌。
都说君王情面薄,汉武大帝做注脚。

咏长门宫

拂去浮尘见西墙，南北纵横十里长。
翡翠垫脚现风采，白金做镜露锋芒。
馆陶尸骨有余热，阿娇眼泪寒玉床。
早知女儿伤心地，当初何必送君王。

咏魏延

足智多谋一身胆，刀法绝伦天不怕。
东征西战无敌手，功劳不在五虎下。
当年孔明听君话，天下版图归刘家。

终其一生为蜀汉，论资排辈才最佳。
为何诸葛选姜维？荆州叛主留伤疤。
脑后未必有反骨，心贪权势把命搭。

咏凤雏

爱之吟

女重容颜男重才,人在深山名在外。
卧龙凤雏得一人,天下顺昌国安泰。

赤壁大战用火攻,奸雄曹操信庞统。
船船紧扣满江红,十万大军把命送。

都说孙权是人杰,英才登门他不屑。
倘若凤雏留江东,三国历史将重写。

刘备本是大胸怀,以貌取才不应该。
天天酗酒君莫怪,豪杰岂是县中宰?

俊才莫怨命不好,英雄得志有迟早。
李斯奔秦不年少,姜尚八十仍垂钓。

韩信在楚放岗哨,百里牧羊更潦倒。
世忠夫人曾卖笑,越王勾践忍辱重。

怀才不遇莫烦恼,时来运转上九霄。
寒冬过后春风暖,黑夜尽头阳光照。

诸葛再荐庞士元，尚方宝剑腰上悬。
怀才报国遂心愿，宏图大展美梦圆。

设身处地为大汉，统领天兵征四川。
开拓疆土报君恩，忠勇何惧蜀道难？

管乐智慧霸王胆，横刀立马列阵前。
心中自知险中险，甘为明主挡毒箭。

落凤坡前落雏凤，感天动地泪晶莹。
虎狼当道色不改，生死面前气如虹。

人生自古谁无死，庞统堪称人中雄。
舍生取义万年芳，功垂千秋留美名。

游未央宫遗址

烈日炎炎游长安,刘汉未央宫不见。
废墟斑斑草生烟,古槐凄凄落花乱。

野荷招蝶飞紫燕,残红如血啼杜鹃。
鲫鱼嬉戏池中水,人心随鹤上青天。

陈胜吴广一声吼,咸阳龙庭抖三抖。
二世金屋拥美人,大秦草木正逢秋。

项梁拔剑兴大楚,赵高乱政王气尽。
刘邦斩蛇举义旗,项羽杀官横吴钩。

亡秦大军要出征,项羽刘邦有约定。
谁若早日入咸阳,日后必当王关中。

喊杀声声金鼓鸣,江山万里刮腥风。
十万铁骑宝刀红,刘字大旗飘秦宫。

第三十二辑 月下怀古

身后雄兵四十万，临潼设下鸿门宴。
摔杯为号伏兵起，要送刘邦下九泉。

葡萄是酸还是甜？历来强者说了算。
莫怪霸王食前言，名利面前谁不贪？

霸王举杯露笑脸，项庄舞剑招招险。
不是刘邦福命大，全凭项伯巧周旋。

莫信宿命莫信天，感谢项王心肠软。
如若鸿门摔酒盏，中国历史无刘汉。

万般怒气郁心胸，常恨贬谪封汉中。
没丢小命是万幸，知进知退真英雄。

处事不怕人欺人，菩萨最怜赤子心。
否尽泰来逢好运，汉王汉中遇韩信。

爱之吟

出身平民世人轻,不甘平庸不认命。
勤奋苦读谋大略,胸怀壮志堪称雄。

明辨是非思路清,知轻知重是精英。
胯下之辱谁能忍?包容天下大心胸。

昔日项羽执戟郎,今朝刘邦拜大将。
金盔金甲闪金光,英姿勃发剑眉扬。

茫茫人海是英雄,胸中自有百万兵。
今天敢上拜将台,他日必立不世功。

明修栈道迷人眼,暗度陈仓下长安。
精兵到处收齐燕,宝剑横扫平中原。

逐鹿天下风卷云,纵横四海浪打尘。
十面埋伏猎猛虎,决战垓下败战神。

第三十二辑 月下怀古

西楚灭亡大汉兴,韩信当属第一功。
霸王自刎乌江冷,吕后棒下忠魂冰。

黄河怒吼渭水咽,热血男儿心中寒。
若无齐王三尺剑,哪有大汉四百年?

谁在偷偷拭泪眼?日暮西山天将晚。
颓垣断壁不忍看,落英片片惹心酸。

风吹桑榆山水远,马踏青草把家还。
折腰妻儿看笑脸,高卧草庐听清泉。

秋游和珅府

爱之吟

千里驱车北京游，金风送爽正逢秋。
大清相府风光好，客满为患让人愁。

菊花朵朵黄金路，松柏森森石径幽。
红毯直铺翡翠殿，紫藤高挂宝玉楼。

小叶紫檀雕龙凤，名家字画价连城。
金银炫目珠光冷，议事大厅赛皇宫。

日日管弦萦双耳，夜夜歌舞灯火明。
皇帝老大我老二，富可敌国堪称雄。

高官厚禄乐悠悠，吃喝玩乐不用愁。
人逢明主必大用，马失伯乐老槽头。

没有机遇莫作秀，要上九天须人助。
躬耕田园不自弃，位极人臣也别牛。

第三十二辑 月下怀古

商鞅变法靠孝公，明主能臣建奇功。
五马分尸终不悔，毕竟千古留美名。

李斯遇到秦始皇，一介布衣拜卿相。
谏辅秦王六国亡，天下一统死何妨？

霸王威名震四方，不能用人遭自戕。
刘邦本是流浪汉，群雄辅佐终为皇。

将是将，相是相，将相天子不一样。
将拓疆土相治国，江山万里属皇上。

人生善恶说不清，错错对对看输赢。
胜者王侯败者寇，荣荣辱辱皆由命。

命里有的抢不走，命里没有莫强求。
命中该赢输不了，命中当输赢还输。

爱之吟

和珅本是一凡夫，一个偶然遇乾隆。
平步青云上天庭，月映日辉耀苍穹。

金银珠宝多无数，雕梁画栋千万间。
锦衣玉食天天醉，独霸朝政数十年。

乾隆八十命归天，身有余温尸未寒。
喜剧未终悲剧演，一根白绫把命断。

休怪嘉庆下手狠，一朝天子一朝臣。
君王索命岂无因？本朝不用前朝人。

和珅跌倒嘉庆笑，金山银山入腰包。
劳心费神为了啥？机关算尽难自保。

君是乾隆手上剑，君是嘉庆刀下魂。
生死成败不由人，祸福荣辱天知晓。

第三十二辑　月下怀古

听说乾隆是明君，为啥不杀贪和珅？
难道乾隆瞎了眼，莫非弘历不识人？

是为是，非为非，一人可以用两回。
乾隆用才治天下，嘉庆砍头立君威。

错归错，对归对，错对就看对谁说。
错为我用就是对，对为我敌对也错。

人人都想有作为，丈夫处世凭良心。
大权在握莫炫耀，身居要职不欺人。

少的加法定是多，多的减法却是无。
不义之财不可取，积德行善才是福。

为人一生要守正，大祸常从福边生。
淡泊名利灾难少，贪心不足一场空。

爱之吟

陆机刀下盼鹤鸣,李斯赴刑悲苍鹰。
敢问和珅灭门前,是否忏悔恨此生?

昔日荣华随君去,今朝朱楼间间空。
两排大雁笑暮云,一片残荷哭秋风。

咏赵云

生逢乱世主意真，勃勃壮志齐昆仑。
一杆银枪霸天下，满腔豪气定乾坤。

不慕银子不慕金，情系苍生赤子心。
青春珍贵不轻付，万死不辞酬知音。

黄尘滚滚天地昏，千员大将战赵云。
宝剑出鞘头落地，银枪到处鲜血喷。

曹操惊慕伸长舌，悍将阵前打哆嗦。
千里荒原堆尸山，万马脚下流红河。

耳旁声声战鼓急，厮杀阵前人马稀。
败将个个敛傲气，残兵遍地哭娘凄。

英雄含笑意气昂，横刀立马剑眉扬。
如若有人敢逞强，一枪送他见阎王。

爱之吟

此将是人还是神？千军万马难近身。
虎狼闻声吓破胆，恶鬼见了也断魂。

为报君恩不惜命，单枪匹马踏曹营。
一人大战百万兵，气冲牛斗势如虹。

横扫千军势如虹，枪挑大将马腾空。
壮士杀敌天地动，悠悠阿斗梦正酣。

折戟纵横尸骨冷，乱马哀鸣血风腥。
壮哉常山赵子龙，一战成名天下惊。

为谋荆州思虑奇，周郎定下美人计。
幕后戾气疑兵勇，前台演的鸳鸯戏。

国太眼中有爱意，孙权笑里藏杀机。
若非子龙拔剑起，刘备已葬长江里。

第三十二辑 月下怀古

青釭宝剑白银枪,身先士卒开大疆。
东征西讨平蜀汉,巧施妙计下桂阳。

身高八尺好儿郎,勇冠三军震四方。
刘备立国功勋著,五虎上将威名扬。

相逢何必曾相识,邂逅汉王弱小时。
冰霜雪雨相依偎,成功失败永不弃。

认识不在早与迟,真情最贵两相知。
不是兄弟胜兄弟,亲密无隙世间稀。

刘备称帝轻飘飘,隆中战略脑后抛。
借口要报兄弟仇,先灭孙权后灭曹。

满朝文武惧皇威,唯有赵云不附会。
假如刘备听忠言,岂有火烧六百里。

爱之吟

终生鏖战做先锋，舍生忘死向前冲。
百战百胜非侥幸，胸怀韬略武艺精。

虎威将军赵子龙，为国为民尽大忠。
千朝万代颂美名，开天辟地真英雄。

咏李陵

出身名门家世星，与生俱来享荣华。
少年立下鸿鹄志，修文习武谙兵法。

身材魁梧八尺八，弓马娴熟冠天下。
刀山火海亦敢闯，降龙伏虎天不怕。

秉性率直待人诚，心存善念爱官兵。
仗义疏财仁义重，两袖清风留美名。

左右开弓万夫勇，文武兼备堪称雄。
驰骋沙场不惜命，横刀立马大将风。

豺狼嚎叫气势凶，贪婪匈奴侵汉城。
烧杀抢掠欺良妇，尸骨遍野草木腥。

雄主正做太平梦，岂容榻旁有鼾声。
未央宫里杀气重，大汉天子夜点兵。

爱之吟

皇帝用人重感情，李家世代忠朝廷。
强帅麾下无弱将，雄主堂前尽精英。

豪杰个个请长缨，刘彻偏偏信李陵。
生死关口点爱将，国难当头用英雄。

十分信赖百般宠，千军万马做先锋。
一朝立下不世功，封妻荫子万古名。

天子提携情意重，战将报恩马蹄轻。
长安城外跪慈母，妻儿泪中踏征程。

一路豪情一路风，一路喊杀一路冲。
一路五千刀见红，一路十万尸体横。

斩尽虎狼玉宇清，杀敌岂为立头功？
上报君王知遇情，下为黎庶谋太平。

第三十二辑 月下怀古

成功不单靠勇气，失败定是心智迷。
快意恩仇追逃兵，孤军深入犯大忌。

粮草不济人马饥，援兵未到情势急。
左冲右闯难突围，东杀西战兵卒稀。

十万匈奴十万戟，英雄未必万人敌。
尸横荒野报苍生，血染疆场写传奇。

富贵面前剑眉低，将军何不效项籍？
热血喷涌壮豪气，魂归故土鬼神泣！

生为人杰死亦雄，忠勇气节千朝颂。
自古人活一口气，生死之间万世名。

驸马折腰享殊荣，父母妻儿把命送。
大汉青史留笑柄，英雄谱上无李陵！

咏曹操之华容道

周郎赤壁火焰高，阿瞒一头白发焦。
千艘战船沉江底，百万雄师喂鱼蛟。

方才别过断魂剑，眼下又遇索命刀。
万幸遇上华容道，关羽抬手一命逃。

昔日住的阎罗殿，生杀大权手中操。
多少活人成新鬼，多少头颅草中抛。

一生杀人总嫌少，偏偏就对云长好。
上马金子下马银，赠送赤兔不怕跑。

各为其主寻常事，封金挂印气节高。
惺惺相惜不忍害，许昌城外赠战袍。

明明放的五虎将，日后为敌早知晓。
大仁大义大气魄，大智大勇大英豪。

叹秦朝

并吞六国心肠硬，劳役百姓手不软。
奇观误国天下疲，失去民心天下乱。
陈胜吴广举义旗，刘邦项羽亮宝剑。
二世皇位未坐暖，大汉改朝换了天。

夜游华清宫

溪水九曲花满山，怪石嶙峋出御园。
销魂窗前红烛冷，华清宫里皎月寒。
耳旁轻萦瑶台舞，眼下香浓牡丹艳。
昔日繁华景依旧，美人却在天宫眠。

咏陈宫

为救曹公辞县令，陈奢门外弃奸雄。
丈夫做人有底线，爱憎分明赞陈宫。

胸怀天下有智谋，本应仗剑护明主。
阴差阳错天弄人，千回百转助吕布。

三易其主无道义，杀戮恩人人品低。
纵横凭得匹夫勇，枉拥赤兔方天戟。

十个计谋九不听，逐鹿中原终成空。
白门楼前充好汉，曹操刀下无英雄。

长乐宫感怀

拇指粗细三尺高，小篆二字铸汉朝。
烧火棍子能杀人，省却多少不老刀。
血红毯子地上铺，芦席片片当头罩。
红颜美人池中坐，凝心静气等天骄。

应邀走向未央宫，乌鸦声声噪西风。
韩信应知眼前景，苍天垂泪送英雄。
功高震主非好事，兔死狗烹君当清。
脑海百万战马鸣，多少感慨在心中。

当世英雄万世才，讨要齐王欠胸怀。
天下逐鹿谁为主？提枪跨马我为帅。
荡平江山靖四海，黄袍加身上龙台。
如若听了忠臣话，今日岂能被人宰。

汉王未必能下手，深知江山何处来。
拿了芋头忘了饥，吕雉更比刘邦坏。
一阵乱棍当头打，战神魂归九天外。
莽林垂首长风啸，苍穹掩面泪行行。

爱之吟

伤情

深夜难入眠,披衣望骊山。
耳闻《长恨歌》,心怜杨玉环。
千古伤心事,何必再重演?
长安繁星冷,马嵬孤月寒。

咏刘禅

洛阳宫内看刘禅,憨态可掬露笑颜。
舞女不忍擦泪眼,老臣心替百姓寒。
忠良姜维赴国难,奇才诸葛悲黄泉。
可怜贤臣辅弱主,蜀汉不亡恐亦难。
刘备生儿如阿斗,国破岂怨司马炎。

月下感怀

千年历史无须看，成败全在用忠奸。
鼠犬纵横天地倾，贤才一举国安然。

荆轲刺秦人未还，赫赫秦王虎胆寒。
孙膑蒙羞废双腿，马陵道上戮庞涓。
人生最悲雄心死，富贵贫贱谁无难？
敢向厄命亮宝剑，成成败败皆好汉。

秸秆身材苦瓜容，为民落得一身病。
玉帝感召上天庭，驾鹤还做桑梓梦。
官居九品分量轻，千秋青史应无名。
既然君为社稷死，百姓心中万年重。

秦朝玉玺周朝鼎，价值连城礼不轻。
明眸皓齿献丽容，投怀送抱情义重。
人情世故全都懂，天堂地狱道不同。
金山银海心不动，千秋功业万古名。

寒风敬红梅，冰霜畏劲松。
蛟龙恋沧海，雄鹰爱长空。

爱之吟

心中藏社稷，背上刺精忠。
无意身后名，立誓为苍生。

诸葛扶蜀汉，六次出祁山。
灯熄军中帐，星落五丈原。
凡事有成败，命薄不怨天。
生前尽人事，死后无遗憾。

长江北岸新野东，人道诸葛在演兵。
杀声阵阵冲云汉，红尘滚滚漫长空。
三千剑戟三员将，四年四月兴汉室。
青史留下万古名，布衣少年真英雄。

孔明耕读蓄奇智，姜尚垂钓待天时。
丈夫立下齐天志，八十功成亦未迟。

咏岳飞

历史名城汤阴东，人杰地灵出英雄。
地势平坦水如练，岁月峥嵘晨霭中。

一声哭泣四邻惊，生龙活虎八斤重。
岳家庄里落鲲鹏，喜鹊喳喳名将生。

两腿横扫顽石碎，双臂一举千钧轻。
白鹤展翅腾空起，苍鹰扑食气如虹。

北宋江山如残灯，长城内外刮腥风。
岳母刺字寄厚望，愿儿为国尽大忠。

金兵入侵战火生，胸怀壮志保大宋。
名师调教出高徒，勤学苦练武艺精。

年少枪挑小梁王，大名鼎鼎震长空。
保家卫国遂心愿，杀敌岂为功与名。

银枪翻飞快如风，血流成河尸体横。
金贼抱头呼爹娘，大将一夜下三城。

爱之吟

黄天荡里箭如雨,残兵败将喂鱼精。
朱仙镇前战鼓急,胡虏覆灭大宋兴。

金戈铁马势难当,刀山火海任我行。
舍生忘死追穷寇,一日千里脚不停。

还我河山济苍穹,徽钦二帝接回宫。
直捣黄龙豪气壮,马革裹尸赤子情。

十道金牌皇帝令,功亏一篑兵回营。
长缨在手纵敌去,谁知英雄心中疼。

忠勇双全堪称雄,可惜壮士心不明。
平庸赵构心胸小,岂容二帝再回宫。

双臂使得枪如神,一手拉得万钧弓。
荒唐罪名莫须有,将军命断风波亭。

风波亭前小草青,阳光明丽暖融融。
青砖碧瓦春依旧,千年游子泪眼红。

第三十二辑 月下怀古

晨钟暮鼓烟水浓，岳王庙里香火盛。
满门忠烈威仪在，万民跪拜车马盈。

秦桧腐尸臭千年，将军功业万世颂。
精忠报国传美名，中华代代敬英雄。

卧龙颂

大汉江山四百年，日光暗淡天下乱。
宦官干政君主幼，各地诸侯不听传。

曹操挟主霸中原，孙权称雄在江南。
刘备逃命脚下乱，投奔刘表把气喘。

面对苍天长声叹，兵弱将寡举步艰。
半生征战心交瘁，振兴大汉难如愿。

偶遇徐庶才华展，方知自己缺才干。
言听计从以师待，三战三捷笑开颜。

人道曹操为人奸，一封书信徐庶还。
为报明君知遇恩，执手握别吐真言。

身在曹营心在汉，不为曹贼出一言。
今日为君荐一人，百倍胜于我才干。

南阳诸葛号卧龙，自比管乐有远见。
如若请得他出山，平定天下实不难。

第三十二辑 月下怀古

若要盖房不缺椽，负重大梁是关键。
没有几根顶梁柱，朽木岂能成大殿。

英雄举手可撑天，千斤万斤一身担。
鼠犬纵横天地倾，贤才一举国安然。

一次拜谒不得见，二次再拜心意诚。
刘备爱才树典范，三顾茅庐成美谈。

隆中结庐避战乱，执鞭扶犁耕田园。
自食其力度春秋，诗书为伴苦也甜。

群雄割据天地陷，一片荒芜民生难。
烽烟四起天下乱，尸横遍野令人怜。

饱览群书增才干，满腹韬略济世悬。
冷眼静观天下变，择取明主兴大汉。

使君美名天下传，仁厚君子人人赞。
诸葛闻名难得见，今日只恨相见晚。

爱之吟

曹操挟主令诸侯，兵多将广不可争。
长江天堑孙权明，共抗孟德利益同。

刘璋无能刘表庸，海阔天空为我用。
兵强马壮时机到，大汉天下可一统。

听君一言茅塞开，方知卧龙是奇才。
敬请先生出山来，玄德必以师礼待。

重整山河济民灾，伸张大义除国害。
匡扶汉室酬壮志，千军万马君为帅。

久闻皇叔仁德厚，东征西战为国忧。
今遇明主遂心愿，孔明甘为马前卒。

父母受罪为儿羞，天子委屈臣子愁。
君臣一心清寰宇，共创大业垂千秋。

新野城里八千兵，诸葛严训成精英。
如鱼得水君臣睦，上下合力蜀汉兴。

第三十二辑 月下怀古

闻讯曹操怒气生，立即点了五万兵。
钦拜曹仁为大将，要将新野一扫清。

刘关张赵各带兵，按照计划战必胜。
孙乾快备功劳簿，糜竺设宴把功庆。

夜黑风急火势凶，人仰马翻难逃命。
谈笑之间强敌灭，军师立了第一功。

主公大摆庆功宴，曹操咬牙发誓言。
亲带雄兵五十万，不平荆州誓不还。

知己知彼方能胜，鸡蛋碰石非英雄。
审时度势谋长远，携老扶幼去江东。

江东孙权心中乱，是降是战大为难。
文臣都说降曹好，免受生灵遭涂炭。

武将个个要迎战，保护父老安家园。
东吴江山拿血换，岂能送给曹阿瞒。

爱之吟

心中乱，难定夺，危急关头须大贤。
舌战群儒才华显，孙权愿闻诸葛言。

文臣武将都可降。官职大小有升降。
为谁效命无俸禄？养家糊口都一样。

唯独主公不能降，降曹必定把命丧。
三代心血一日毁，有何面目见爹娘？

曹贼虚名是国相，实属国贼丧天良。
迟早要把大汉篡，欺主霸权礼法忘。

百万雄师太夸张，十万精锐怕船荡。
陆上厮杀尚可论，水中作战唯吴强。

荆州水师刚归降，恨牙咬得咯咯响。
家破人亡心正伤，谁愿拼命上战场。

弃已短处扬已长，世上没有不败方。
匡扶汉室除国害，吴主威名天下扬。

第三十二辑 月下怀古

先生分析很透彻，孙刘同心把手携。
周瑜总督抗曹贼，再有言降杀无赦。

曹操船舰数十万，刀枪林立旗遮天。
为图平稳船连船，周瑜一看心喜欢。

公瑾计划用火攻，万事俱备欠东风。
闭门谢客不见人，不吃不喝病不轻。

都督都督你别慌，诸葛手中有秘方。
肝气郁结内火盛，只欠东风为你凉。

我杀曹贼计已定，万事俱备欠东风。
你若借我一日凉，我为你请头等功。

三日东风拼命吹，曹操船舰化成灰。
百万雄师去黄泉，苍荒逃窜几人归。

赤壁大战孙刘胜，三国鼎立现雏形。
兵强马壮羽翼丰，雄踞荆州十八城。

爱之吟

文臣奇,武将忠,铁骑步步蜀中行。
灭刘璋,平汉中。蜀汉终究成三雄。

七擒孟获云贵平,刘备王霸大业成。
人才济济国运盛,诸葛丞相第一功。

关羽大刀快如风,义气如山金银轻。
过关斩将奔刘备,忠心赤胆千古颂。

汉王委责千钧重,将军何以轻吕蒙。
关公大意失荆州,孙权刀下无英雄。

张飞脾气太暴躁,手下犯错他不饶。
十天万万白甲袍。神仙搭手难做到。

兔子急了也咬人,自食其果脑袋掉。
皇叔一连失二弟,西蜀哭泣东吴笑。

刘备报仇心切切,一心要将东吴灭。
孔明赵云再三劝,大军开拔脚不歇。

第三十二辑 月下怀古

旗开得胜传大捷,步步退却东吴怯。
殷勤献上仇人头,裂土赔款要了结。

冤家宜解不宜结,赔礼道歉尽礼节。
千万别忘军师言,结好东吴创大业。

刘备得胜头脑胀,全把赤壁雪耻忘。
一意孤行要灭吴,天下一统野心狂。

头脑胀,忠言忘,离开军师还逞强。
陆逊火烧六百里,白帝城里把命丧。

损兵折将元气伤,白帝托孤情意长。
悲泣声声跪床前,辅佐幼主一肩扛。

一肩担,泪难干,知遇之恩重如山。
鞠躬尽瘁一辈子,死而后已心方安。

整顿吏治顺民意,开拓市场强经济。
励精图治三五年,西蜀强盛渐崛起。

爱之吟

繁荣昌盛财富积，政通人和民心齐。
复兴汉室承遗志，厉兵秣马征强敌。

合久必分分必合，大晋渐兴天已觉。
只恨苍天妒雄才，五丈原上巨星落。

少年英武怀壮志，茅庐三顾龙崛起。
东征西战无对手，杀敌破阵如卷席。

胸有成竹隆中对，三分天下已定锤。
刘备雄才鱼得水，孔明功业青史垂。

东结孙吴有见识，舌战群儒显奇智。
草船借箭周瑜嫉，巧取荆州天下知。

剑到之处川汉平，五年时光天下定。
三国鼎立蜀汉兴。官拜丞相享殊荣。

诸葛巧施空城计，吓退司马七万骑。
两军阵前舌如剑，骂得王朗含羞死。

第三十二辑 月下怀古

足智多出锦囊计,无才空怀报国志。
江山代有人才出,丞相兵法天下奇。

孔明祠外松柏青,卧龙眼中有隐情。
壮志未酬应无恨,君为刘汉已尽忠。

香火鼎盛烟袅袅,《出师表》吟声悠悠。
忠良事迹百代颂,车马交织人如流。

咏苏秦

苏秦说秦王，秦王不欣赏。
落难咸阳城，失魄归故乡。

少食面色黄，荆棘破衣裳。
路遥赤脚板，发长落秋霜。

邻居隔墙望，姐妹关门窗。
妻子不停织，父母泪两行。

头悬梁，锥刺股，圣贤书，要苦读。
学艺不精莫怨天，一知半解必自误。

金如山，不轻富，坐朝堂，人人慕。
欲行千里积小步，展翅高飞效鸿鹄。

一年苦，两年苦，三年下山如猛虎。
麾下赳赳百万兵，位极人臣封万户。

合纵抗秦出奇谋，遏制嬴姓晚称王。
腰间悬的六国印，苏秦大名芳千古。

咏张良

学从名师出名门，先生本是大名人。
身高八尺腰悬剑，满腹经纶才超群。
爱交豪杰重承诺，行侠仗义轻金银。
胆大包天蛇吞象，刺杀秦王天下震。

不忿多寡忿不公，无道暴政心不平。
富人敛财失仁义，穷人辛苦四壁空。
天下混战只为己，哪管苍生尸体横。
不慕荣华不称雄，丈夫执剑屠苍龙。

剑喋血，刀见红，奇谋胜过百万兵。
东征西战二十年，天下太平玉宇清。
均田地，人平等，云散日出见光明。
重农耕，轻税赋，国泰民安大汉兴。

受君宠，沐春风，急流勇退弃功名。
结草庐，耕田垄，解甲归田心平静。
粗茶淡饭牛做伴，一壶薄酒笑盈盈。
心无旁骛济世穷，超凡脱俗真英雄。

爱之吟

诛项羽，灭强秦，布衣天子定乾坤。
兔死狗烹除后患，大开杀戒寒人心。
壮士闻讯泣出血，按剑不出只为民。
九次搬家隐山林，百年修行终成神。

不为金，不为银，济民水火赤子心。
中国历史五千年，功成隐退有几人。
驱车千里怀敬意，张良庙前我躬身。
香火旺盛日光冷，冰清玉洁不染尘。

咏吕布

英雄不问出处，武功天下第一。
胯下赤兔千里马，方天画戟无敌。

伟岸顶天立地，仪表堂堂世稀。
绝色美人貂蝉陪，风流千古传奇。

奸佞横行朝堂，大汉油尽灯枯。
依附董卓无思量，最恨屠杀无辜。

将军手起刀落，董贼一命呜呼。
本是为国立大功，怎成孤狼野狐。

宁愿沙场断头，不可道德缺失。
举手之间弑二父，岂能立于天地。

既拜陈宫为师，何故事事迟疑。
选贤任能扫六合，三国历史难论。

下邳袁门射戟，大笑之间退敌。
虎牢关前战三英，何等英雄豪气。

霞之吟

一生龌龊处世,临死求人何益。
强敌面前低头颅,猛虎立变小鸡。

千里雨细烟迷,一片荒草萋萋。
白门楼前寻故人,天边狂笑依稀。

都说人生如戏,最贵一身正气。
有才无德难成事,不禁扼腕叹息。

咏刘备

自幼织席败履，躬耕田垄糊口。
胸怀大志待天时，日夜文武兼修。

天天人前卖笑，谁知壮士千愁。
烽烟迭起天下乱，生灵涂炭堪忧。

为人谦和憨厚，礼贤下士尊友。
对天盟誓三结义，且看人生风流。

日夜忧国忧民，求救不如自救。
招兵买马扶汉室，岂怕抛血断头。

双股宝剑生风，奋力杀敌荡寇。
血流成河尸如山，战鼓雷鸣依旧。

烈士舍生忘己，岂为封王封侯。
以身犯险膺斧钺，只为天子分忧。

英雄大名刘备，东汉献帝皇叔。
朝廷家谱有记载，文景玄孙之后。

爱之吟

既然提剑未来，誓杀一条血路。
生生死死抛脑后，但愿汉室千秋。

秦末烽烟四起，刘邦斩蛇起义。
推翻暴政灭项羽，天下遍插汉旗。

江山豪杰辈出，世代拥立明君。
励精图治四百年，大汉创造神奇。

汉语汉字汉人，铮铮钢铁风骨。
汉武大帝展雄才，百姓乐业安居。

繁荣昌盛百年，乌云片片遮天。
土豪劣绅吞田地，天灾人祸民怨。

君主乐极生悲，贪官污吏横行。
民不聊生世风下，巍巍大厦将倾。

庸才明哲保身，宦官僭越乱政。
董卓霸权欺幼主，诸侯拥兵自重。

第三十二辑 月下怀古

苛捐杂税丛生，田间地头尸横。
黄巾起义如瘟疫，四海九州震动。

社稷危在旦夕，忠臣良将用命。
叱咤风云刘关张，刀刀枪枪见红。

起义大火扑灭，叔侄朝堂相会。
因功钦封左将军，君臣相拥流泪。

大汉急需栋梁，空缺要职虚位。
皇叔与朕一家人，但愿朝朝相陪。

朕虽贵为天子，实则囚徒傀儡。
今赐将军衣带诏，为国斩伐曹贼。

微臣相机而为，今生誓杀曹贼。
匡扶社稷清君侧，虽死无怨无悔。

君在朝堂垂泪，臣子食不甘味。
连年征战解君忧，几经峰转路回。

爱之吟

本当奋发有为，谁知偏偏败溃。
你当曹操是何人，当世文冠武魁。

手握雄兵百万，麾下战将千员。
汉家天子手中捏，谁不谈虎色变。

曾经相交甚欢，常常抵足而眠。
天下群雄不入眼，独把使君高看。

蛰伏不露锋芒，种菜伪装包裹。
天下英雄唯你我，曹操一语道破。

名为当朝丞相，实则谋逆篡国。
自古正邪不两立，曹刘势同水火。

英雄征战半生，转眼两鬓斑白。
天下虽大难容身，帐后偷偷流泪。

年近五十无为，两腿赘肉渐肥。
寄人篱下难入睡，煎熬年年岁岁。

第三十二辑 月下怀古

自古兴衰有时，成败或早或迟。
英雄总有出头日，贵在永不言弃。

胜敌不靠硬拼，摆阵自有玄机。
若非经天纬地才，岂能创造奇迹。

谋生仅凭小智，伟业必须大才。
三顾茅庐鱼得水，卧龙出山太意外。

东联孙吴抗曹，火烧赤壁大胜。
连下荆州十八城，天下三分已定。

张飞勇不可挡，关羽堪称神将。
马超黄忠猛如虎，赵云天下第一枪。

诸葛神机妙算，胜过雄兵百万。
文臣武将身边站，横扫天下何难。

荆襄立足尚稳，剑锋直指川汉。
章武称帝续国祚，前后不到三五年。

爱之吟

原名原号原兵将,今非昔比不一样。
昔日大厦缺栋梁,今朝卧龙在朝堂。

刘备诸葛皆鲲鹏,君臣分工各不同。
将帅未必能将兵,自古行业有专攻。

汉王雄才大略,最擅知人善任。
长缨在手霸乾坤,无愧一代战神。

运筹帷幄有卧龙,上阵杀敌子弟兵。
不是汉王运气好,德才兼备真英豪。

诛灭黄巾手提剑,大战吕布虎牢关。
腥风血雨三十年,刀光剑影经百战。

三让徐州心良善,三顾茅庐有慧眼。
不疼孩子疼战将,三军将士心中暖。

织席贩履为生,平民变成臣星。
走过坎坷一重重,青史千秋留名。

天涯几许纵横，兴汉霸业终成。
草根创业成典范，人品世代传颂。

终生怀柔重情，将士忠诚用命。
三分天下靠人和，一代明主人雄。

第三十二辑 月下怀古

咏太白

双目明星朗，鹰眉高高扬。
骨直傲劲松，额宽亮印堂。

须短秀唇边，发长飘耳旁。
龙凤锦冠高，崖柏头颅昂。

大笑出家门，挥泪别故乡。
胸中装寰宇，仗剑走四方。

侠义重峨眉，才思涌长江。
壮志凌霄汉，武略安大邦。

春风绿灞柳，金殿露锋芒。
华章惊圣上，博学翰林郎。

贵妃歌舞靓，皇帝调参汤。
国宴会王侯，酒酣戏卿相。

暮云吞夕阳，乌鸦闹晚塘。
胡虏宝刀短，玄宗春梦长。

第三十二辑 月下怀古

文王驾鹤去，有谁识姜尚？
金台无人扫，贤路自然荒。

铮铮男子汉，岂容咫尺墙。
鲲鹏九万里，敢夺日月光。

猛虎啸山林，鲸蛟腾长江。
阅尽人间芳，不枉来一场。

奸佞尸骨寒，帝王冢结霜。
唯有太白诗，童诵满庭堂。

君是诗中仙，字字玉兰香。
文章冠古今，美名天下扬！

咏梁红玉

不赶时髦不追风，摒弃王侯爱练兵。
莫道女人见识短，独具慧眼识英雄。

三军阵前擂战鼓，大帅帐里点子清。
同仇敌忾杀狂寇，喋血沙场立奇功。

没有千秋梁红玉，哪有万古韩世忠。
夫妻双方封一品，庸主朝里皆善终。

咏赵子龙

都说武功高，宝剑才出鞘。
一战下三城，再战夺天骄。

韶年一十八，英雄还年少。
人虽出草莽，壮志在九霄。

幼犊不怕虎，夫子才闻道。
银枪壮军威，大名震吴曹。

累累战功高，皇帝也折腰。
名列五虎将，白马着银袍。

咏陶渊明

水深可浮舟,山高自有道。
莫说大河宽,宽度小于桥。

都说大山高,大山在脚下。
都说海水深,深过潜水人?

黄金诚可贵,一生用几回。
米虽两文钱,贱可饱三顿。

人家啥都好,自己样样糟。
嫉妒红了眼,高攀折了腰。

你走你的道,我过我的桥。
头颅挺得高,你有我不要。

皇帝富天下,担惊又受怕。
吃的肉太多,有点难消化。

宰相钱不少,是人都要老。
分文带不走,一生算白捞。

第三十二辑 月下怀古

不是发牢骚，想吃甜葡萄。
葡萄吃不上，见谁都发躁。

一日三餐饱，何必要上朝。
好了肚子饱，不好挨了刀。

风景无限好，敢对江山笑。
无官一身轻，谁有我逍遥。

东埝种稻粱，西沟种桑麻。
南山放牛羊，河里养鱼虾。

身体壮，人不懒，吃穿用，我不短。
麦囤谷囤囤囤满，你说日子啴不啴。

双手有点糙，皮肤有点黑，
头上无官帽，终生无是非。

一朝得志上九霄，平稳着陆方为高。
多少国贼得好死，多少忠良挨了刀。

爱之吟

泣声声,泪涟涟,英雄豪杰气不凡。
身家性命都难保,还有什么可留恋?

弃战马,挂白帆,离开庙堂去天边。
鼓动儿孙好好干,依山傍水建家园。

南宋灭亡之叹

北地匪徒挽强弓，中原大地起腥风。
含冤蒙辱英雄去，还有何人敢尽忠。
天堑可以挡胡骑，大江岂能阻元兵。
可怜二圣金营死，崖山终了偏安梦。

怀古

匈奴无故兴贼兵，将军八十又出征。
骅骝奋蹄一团火，宝剑挥舞满天冰。
十员上将阵前死，哪有喽啰刀下生。
莫道英雄头发白，英勇不亚老黄忠。

宫怨

路过未央宫，秋去渐入冬。
侧耳听箜篌，举目望寒星。

月下无美人，头上有落英。
广袖随风舞，剑气付古筝。

世事冷冰冰，你我皆伤情。
纵有千般恨，徒有心不平。

庶子非龙种，更无射雕弓。
寂月照秦树，何不大唐逢。

咏洪秀全

千古洪秀全，自幼人不凡。
耕读伏四野，壮志立宇寰。

大山有出处，江河岂无源。
一身老虎胆，三尺伏魔剑。

麻雀恋浅草，大鹏思银汉。
鲸蛟下碧海，苍鹰上九天。

为民谋太平，济世效轩辕。
功业媲星斗，青史万万年。

朱元璋之歌

爱之吟

我的父母不是官，
既无钱，又无权。
面朝黄土背朝天。
种庄稼，耕田园，
辛苦一年又一年。

我的兄弟好可怜，
穷人避，富人嫌。
无情岁月老容颜。
皮肤黑，衣服烂，
饿着肚子下九泉。

顶天立地男子汉，
不畏艰，何惧难。
立志要把美梦圆。
血可流，头可断，
定要把这门楣换。

七尺男儿扬征帆，
一副甲，三尺剑。

第三十二辑 月下怀古

迎着风雨走向前。
战恶浪，斗险滩，
要为百姓打江山。

王侯将相宁有种？
敢打敢拼是英雄。
战鼓响，春雷动。
马蹄轻，征衣红，
我向厄运亮刀锋。

冒着箭雨向前冲，
战胜失败是成功。
骑狂龙，驾长风。
挥金戈，挽强弓，
横扫天下恰年轻。

大元覆灭大明兴，
历尽苦难紫气生。
聚好汉，用精英。
千员将，百万兵，
十年住进明故宫。

爱之吟

谁打江山谁心疼,
恃功乱政我不容。
反腐败,整歪风。
杀贪官,斩骄兵,
只为天下享太平。

善行圈里说人情,
法制之外看心胸。
风也正,气也清。
民也安,国也宁,
满腔豪气不为名。

遥祭岳鹏举

草庐频频挑青灯，翻开史书心不平。
十二金牌羁猛虎，千军无缘屠蛟龙。

鸺鹠田鹨不同巢，豺狼麂子难共生。
就算昏王不插手，悲剧难免风月亭。

一个龌龊有鬼才，一个率真炳战功。
一个阴毒是金狗，一个磊落要尽忠。

自古善恶不同道，从来水火难相容。
可惜忠良为国死，遥祭英雄泪眼红。

游拜将台有感

古树束马心澎湃,游客来自万里外。
千年遗迹未上眼,昔日情景入胸怀。

刘家军中笑颜开,沛公方知好运来。
三呼万岁正彩排,张良急禀出意外。

鸿门宴上要卖乖,否则必定有大灾。
项庄舞剑招招狠,龙潭虎穴不好待。

若非刘邦跑得快,中国历史肯定改。
刚刚做完亡秦梦,贬谪汉中好无奈。

三百幕僚正发呆,独有萧何识俊才。
汉王营里选主帅,韩信走上拜将台。

韩信走上拜将台,西楚霸王大祸来。
力拔山兮气盖世,可惜有冢无尸埋。

第三十二辑 月下怀古

一代豪杰定江山，祸福荣辱难自裁。
都说吕后人品坏，大概忘了拜将台。

骐骥呼唤脚难迈，伤感英雄泪行行。
北风飒飒人心冷，枯草萦绕拜将台。

咏韩信

腰挎三尺剑，手握一支笔。
快马踏荆楚，狂风扫魏齐。

绞索伏猛虎，宝刀劈蛮夷。
身受胯下辱，壮志凌太极。

麾下百万兵，乌江战鼓急。
了却君王事，挑战霸王戟。

一颗赤子心，不为佞臣迷。
宁愿蒙冤死，不做大汉逆。

胸中有奇计，只是重情意。
不忘知遇恩，拿命酬知己。

都说韩信要谋逆，那是帝王在演戏。
为了座下王权稳，诛杀功臣用其极。

第三十二辑 月下怀古

莫道吕后了不起，仗势欺人也算计？
可惜忠良含冤死，摒弃小安从大义。

打遍天下无人敌，敞开心胸识大体。
就算再过十亿年，英雄还是万人迷。

谒隋文帝泰陵

泰陵孤冢萦荒草,乌鸦起落古柏高。
庆幸江山刚一统,那堪王气转瞬消。
地下莫怨木子李,废长立幼已失招。
清泪滴滴逐渭水,夕阳晚照三尺蒿。

赤壁感怀

游人头上盘鱼鹰,浓雾漫天看不清。
巨浪拍崖似金鼓,大潮涌来厮杀声。
魏王酒兴千秋赋,周郎运筹伏蛟龙。
狂傲误了大一统,轻敌埋葬百万兵。
何事英雄轻后骥,天下三分谢曹公。

再咏李自成

恶浪逐渭水，乌云锁太白。
龙王又发怒，九州响大雷。

隆隆头欲裂，声声人心碎。
苍天既无情，何以流清泪？

君以民为轻，民何知君贵。
斩木以为兵，赴死头不回。

快马征吴楚，宝刀扫大魏。
金戈屠猛虎，铁斧劈国贼。

日出朝阳红，雄兵入京城。
昏君上了吊，英雄坐龙庭。

兵败九宫山，七尺尸体横。
咬牙恨腐败，自豪亡大明。

芳草萋萋绕龙冢，松风好似磨刀声。
起于草莽有大略，千秋英雄李自成。

再游华清宫

天涯日已暮,御苑宫柳新。
荷角唱黄鹂,乌鸦噪晚春。
汉路走单骑,秦天燕双飞。
突发千年悲,别宫思旧人。

咏诗仙李太白

壮志在胸中,诗文天下惊。
不得君王宠,踯躅长安城。
身居茅草房,心系大明宫。
付出千般苦,赢得万世名。

岐山怀古

渭水来天际，太白入云天。
子牙挥宝剑，周武出崤山。
铁骑戡乱世，雄兵会中原。
大周扫海内，国祚八百年。

垂钓怀子牙

踱步望渭水，垂钓思子牙。
八十人不老，兴周写神话。
眼里红尘小，胸中乾坤大。
风流五千年，溪头垂钓闲。

胡雪岩之吟

胡雪岩，胡雪岩，官嗟哦，民惊讶。
徽州绩溪美少年，白手起家富天下。

雪岩本是穷家子，夏缺三餐冬缺衣。
草庐风急大梁断，家父年壮魂归西。

穷归穷，没认命，不怕苦，爱劳动。
辍学冷暖伴慈母，放牛放羊补家用。

行得端，走得正，一言一行看家风。
小路凉亭等失主，千金面前不动容。

金银轻，义气重，物归原主人感动。
迈向成功扬白帆，走出大山奔前程。

河水清，山花红，风起云涌腾蛟龙。
独步天下十万里，纵横乾坤圆美梦。

莫道机缘少，心善命运好。
仗义疏财济危困，慧眼独具识英豪。

第三十二辑 月下怀古

人在穷途人帮人，人遇困境有人帮。
人心不同人心同，今人古人都一样。

落魄书生王有龄，否尽泰来入龙庭。
两肋插刀为朋友，投桃报李还人情。

小伙子，点点清，朝中有人好成功。
封疆大吏伸援手，人财两旺百业兴。

官银存阜康，人才聚钱庄。
关系满朝野，分号开八方。

生意兴隆通四海，财源广进达九江。
江湖人称小范蠡，大清天下第一商。

左宗棠，左宗棠，清廷名臣强中强。
大军征战缺粮草，好汉还须能人帮。

俊杰识俊杰，英雄爱英雄。
患难之中交朋友，开疆拓土取功名。

爱之吟

左帅打胜仗,雪岩筹粮饷。
消灭洪杨建奇功,收复新疆威名扬。

快马传圣旨,皇帝欲召见。
官封二品笑眉展,人登龙庭拜天颜。

天子恩赐黄马褂,太后手书金字匾。
赳赳丈夫酬壮志,铮铮男儿美梦圆。

母封一品门庭耀,八十大寿真热闹。
天下巨富九叩首,朝廷重臣尽折腰。

钱多腰杆硬,官大心自高。
扬帆济沧海,振翅凌九霄。

官场争斗起风波,利益难叫将相和。
当面抱拳开口笑,背后咬牙动刀戈。

木秀遭风摧,人高苍天妒。
铁军遇劲旅,强人树强敌。

第三十二辑 月下怀古

清末中堂李鸿章,排除异己有良方。
左帅身后放暗箭,雪岩面前使明枪。

盛宣怀,盛宣怀,利欲熏心肝肠坏。
帮助奸贼除异己,联合外夷毁英才。

谣言刮起挤兑风,金山银海一夜空。
好汉难敌四只手,死神敲响丧命钟。

花园银桂年年开,十二金钗人不在。
昔日荣华烟云去,今朝诗情随雨来。

木有年轮竹有节,自己历史自己写。
倘若不贪小回扣,大名早题伟人列。

莫道天地刮腥风,打铁还需自身硬。
小发当使小聪明,大发德比利益重。

胡雪岩,胡雪岩,绩溪山里放牛娃。
一生功业追商圣,四十春秋享荣华。

爱之吟

胡庆余堂医技高,妙手难造后悔药。
荒山野岭太安静,红顶商人不操劳。

官商对?官商错?官商结合事好做。
官商错?官商对?官商最怕官离位。

名利本是双刃剑,封喉就在一瞬间。
无奈世人无慧眼,你追我逐五千年。

游洛阳宫

秋风冷如刀,洛阳雨潇潇。
手攀刘家树,脚踏魏武蒿。

都说阿瞒高,智谋世间少。
不容杨修智,岂纵司马刁。

江山无限好,三世不姓曹。
只怨子孙孬,何怪司马昭。

面对苍穹笑,不由眼泪掉。
老叟骑老驴,古道吹新箫。

叹吴三桂

赳赳男子汉，一怒为红颜。
手握三尺剑，引兵入雄关。

灭顺背残明，大清第一功。
带兵三十万，天朝把王封。

走路朝天看，骑马弹新冠。
部卒呼万岁，顿觉人不凡。

康熙要削藩，三桂要翻天。
江山轮流坐，胜负沙场见。

天也昏，地也暗，千万生灵把头断。
不是水神难为雨，自制龙椅把气咽。

人已去，心已寒，圆圆进了尼姑庵。
争来争去一场空，一代枭雄令人怜。

第三十二辑 月下怀古

山也连，水也连，千里寻君君不见。
荒丘野草一土冢，方知天子也平凡。

旧时战阵旧时关，凄凄荒草荣几番。
百花凋尽秋水寒，日落西山一幕烟。

叹朱元璋

春夏迫秋冬，少年怕白头。
平庸非我愿，壮志在斗牛。

绿草千般诱，红花在前头。
身疲精力竭，扪心忆当初。

苦读五车书，一年三担油。
无人荐诸葛，也要学曹刘。

想要醉龙庭，不就一壶酒。
不畏断头剑，只怕无血流。

马踏九曲路，人已过山沟。
满天寒星隐，一轮朝日升。

英雄骑战马，壮士带吴钩。
双雄各不让，正在争王侯。

江山本属公，谁赢跟谁姓。
拥兵三百万，看谁最逞能。

第三十二辑 月下怀古

书生非凡人，后来自称神。
一剑平天下，从此傲昆仑。

衣食并无忧，江山有千秋。
龙威震四海，反倒生千愁。

囊收千万户，天下尽姓朱。
如若纷争起，人人可称雄。

臣等可不敢，谁反把头砍。
就依尔所言，你等先升天。

犹记攻杭州，臣先登城头。
尽管丢了一只手，怒斩敌将九十九。

犹记打北平，小臣为先锋。
两夜行军八百里，一路下了十六城。

君令战两淮，小臣把路开。
千军之中斩敌帅，功满天下名在外。

爱之吟

陛下登基日,莫忘救驾时。
小臣挨了十八刀,天下不知君自知。

午门血成河,龙庭有人歌。
士兵挥刀斧,帝王酒一爵。

还是那个人,翻雨又覆云。
历史不忍看,无情帝王心。

闲来入芳林,携友赏新春。
石旁一柄剑,有人弹古琴。

铮铮如断金,隐隐含杀心。
老夫心头颤,抬眼望乾坤。

鸟散红日隐,风急聚乌云。
阡陌跑快马,天涯卷黄尘。

吟诗未押韵,似有千般恨。
石旁无剑影,四野不见人。

咏嬴政

蜿蜒秋水长，错落苍山远。
莽林着寒霜，荒原野花黄。
枯草落麻雀，碧空鹰翅扬。
深宫一少年，人称天下王。

麾下百万兵，左右千员将。
大手只一挥，六国皆灭亡。
江山十年短，英名万古长。
试问天下客，谁敢笑秦皇。

宫娥怨

鬏髻插金钗,细髻垂银蝶。
高歌有天赋,曼舞踏音节。

其妙不可言,惹得君王馋。
明里不睁眼,暗中垂口涎。

不用圣旨传,有人会周旋。
入夜侍帷幄,陪得天子眠。

百看看不厌,云雨恨时短。
生死不相弃,宣誓五更天。

夜夜陪天子,朝朝赴国宴。
天颜惹人眼,朝里传谗言。

自古君王耳根软,提上裤子忘了欢。
打入冷宫不解恨,药水毁了她的脸。

一声泣,千行泪,时光一去不再回。
如若重新做选择,郎牵黄牛妾扶犁。

第三十二辑 月下怀古

天下最恨君王心，十年寒宫无人问。
遥跪父母千百拜，可怜美女吞了金。

生无名分死无冢，三十出头了一生。
皇宫从此阴云重，请来和尚去念经。

悲惨故事无人听，十万美女进皇宫。
锣声鼓声声声隆，皇帝夜夜要见红。

第三十三辑 物之咏

不与翠叶争日宠
甘在幕后挺英姿
莫道付出无回报
大地拥吻天水滋

咏芝麻

拼尽全力破沙石，新芽难免兔子吃。
三更半夜寒流袭，满头腻虫吸血汁。

风摧雨打不低头，烈日灼烤发高枝。
痴心孕育万粒籽，节节向上不虚时。

千磨万击化成油，九十九难无全尸。
香入三餐家家喜，受尽苦难万般值。

咏谷子

生于盛夏死于秋，生命短暂无须愁。
珍重韶光报汗水，一粒种子万粒酬。
做成干饭熬成粥，米面夫妻我为首，
不慕浮华求虚名，实实在在解民忧。

咏小麦

萧索秋风起，
大地落叶黄。
声声耧铃响，
细把种子扬。
十日苗破土，
一月傲秋霜。
冰作枕头雪作被，
寒冬睡梦香。

麦收八十三场雨，
二月沐春光。
一天一寸长，
呼呼听苗长。
四月五月齐麦芒，
六月晒在场。
七月八月磨成粉，
饺子面条家家香。

筋道一窝丝，
裤带面更长。
油泼辣子呛，

第三十三辑 物之咏

蒜蘸面更香。
汉中凉皮名天下,
岐山臊子肠胃爽。
民以食为天,
小麦食中王。

人人都说香,
个个笑眉扬。
有谁知道其中苦,
共淋骤雨炙烈阳。
青春消磨尽,
黑发落秋霜。
日子滋润心情畅,
感谢农夫君莫忘。

咏枣树

冲天古槐长门前，盛大红枣芳后园。
家和业昌万事兴，儿孙满堂旺千年。

安身不择贵与贱，去留一切皆随缘。
滴滴清水难忘恩，慷慨回报当涌泉。

不与浮艳争三春，迟暮仲夏黄芽嫩。
虽然浑身长满刺，从来不伤有心人。

酷暑个个结绿翠，金秋枝头繁赤玉。
狂风摇曳珍珠落，长棍敲打下红雨。

滋肝养肺补气血，酥脆可口乐妇孺。
最淘三尺小顽童，一日无枣向娘哭。

烟雨山郭多潇洒，何须翘首慕荣华。
小花点点不招眼，果实丰硕甜万家。

咏物组诗七首

一 咏朱鹮

头颅高昂一点红，满身洁白绅士风。
俯瞰天下一览小，不是秦岭不安巢。

二 咏信鸽

羽毛洁白赤子心，朝夕展翅披彩云。
奔波不辞风和雨，传情成全天下人。

三 咏喜鹊

黑白分明花衣秀，跳跳蹦蹦树枝头。
专为人间报欢喜，只盼天下永无愁。

四 咏麻雀

送罢夕阳迎朝晖，晨起出门傍晚归。
平平淡淡不臭美，实实在在活一回。

五　咏长城

送走春夏迎秋冬，跌入低谷上巅峰。
烟雨城楼留箭孔，起伏石阶鲜血红。
头颅高昂剑眉凝，虎胆雄心铁骨铮。
亘古至今尊严在，万里腾飞中国龙。

六　咏苍鹰

铁爪锐利嘴如钩，双目能把山穿透。
狡兔打战狐狸忧，豺狼畏惧毒蛇愁。
不学麻雀枝头噪，扶摇直上摘星斗。
平生立下凌云志，搏击风暴度春秋。

七　咏战马

红鬃飘逸红花挂，一日千里走天涯。
头颅高昂迎风雨，精神抖擞披金甲。
刀尖喋血秀潇洒，沙场横尸浑不怕。
平庸是死战亦死，愿随将士打天下。

咏日两首

一

旭日出东岳，燃烧一团火。
缕缕金光照，朵朵彩云托。
映红江河水，碧透大地禾。
艳艳万物生，融融天下和。
百花献丽容，千鸟唱赞歌。
我为苍生贺，跪拜热泪落。

二

红日出东方，熠熠照大泽。
翻越万座山，跨过千条河。
见过熊罴叫，听过百鸟歌。
看遍荣与辱，习惯起与落。
不惧阴云厚，朝夕不停脚。

谷子吟

年轻气盛冲牛斗，日趋成熟才低头。
不是平日爱自谦，而是问心欠优秀。

质比小麦尚欠佳，量比稻子还落后。
名比山珍有差距，利比海味还逊色。

提高层次加红豆，有滋有味添盐醋。
要上国宴配鱼肉，欲获金奖须高手。

凭己之力收获小，无助难成大气候。
病虫肆虐心中忧，土地贫瘠身材瘦。

春日播种摇木耧，三夏锄草挥银锄。
精耕细作汗水流，风雨侵蚀白了头。

知恩不报非君子，虚怀若谷低头颅。
谢天谢地谢农民，拜日拜月拜雨露。

咏树根

粗如巨蟒细如丝,藏在地下无人知。
成就栋梁酬壮志,奉献人类心无私。
不与翠叶争日宠,甘在幕后挺英姿。
莫道付出无回报,大地拥吻天水滋。

咏鹿

生来温良心底善,不学搏击学逃窜。
十年躲过万次劫,最终仍成虎狼餐。
都说世间有天理,主持公道未看见。
暴徒行凶扬长去,父母挥泪空悲怜。

古猿吟

崇尚自由爱山水，一生不被名利累。
纪律严明无贪腐，恪守孝道尊长辈。
豺狼虎豹皆不怕，身手敏捷树上飞。
既然乐天无奢望，何必进化成人类。

咏劲松

劲松奇伟天栽成，虎姿龙态向碧空。
百折枝头栖鹳鸟，千仞危崖紫云浓。
狂风摇曳伏欲腾，骤雨击打更从容。
傲视天下三千载，头颅高昂万古雄。

咏兰花

馥郁香庭院，身正品不凡。
玉容赛天颜，音韵媲名媛。
浪蝶声声问，缄默无狂言。
人中柳下惠，花中君子兰。

咏杜鹃

仲春二月百花艳，孟夏初来敛娇颜。
子规声声歌不断，千山万岭红杜鹃。
唐僧遇到火焰山，宝玉走进御花园。
前看后看看傻眼，左看右看看不厌。

咏黄瓜

绿叶串串开黄花,紫藤三丈结青瓜。
生来不愿地下爬,盘根错节上高架。

咏槐

春播一粒籽,月余破土出。
久旱思春雨,夜长盼日沐。
不负天地养,时光不虚度。
三岁是小苗,十年成大树。

有花白如玉,青枝串成絮。
遥看五月雪,近闻一树香。
终生两不弃,一世伴我居。
聚友荫凉下,有酒人不孤。

宝刀吟

不甘寂寞死，愿随长风啸。
坦然铁锹铲，何惧排山炮。

若要酬壮志，岂畏烈火烧。
不经千锤打，焉能成宝刀。

日削强敌首，夜砍将军头。
渴饮恶魔血，饥食豺狼肉。

出手腥风起，入鞘江山秀。
誓从英雄走，杀出凯旋路。

咏竹

翠叶茂密似尖刀,昂首向上节节高。
心胸博大品质好,秉性刚正不折腰。

人说花红牡丹娇,我道碧玉竹更俏。
风狂雨骤吹不倒,冰天雪地侠骨傲。

梅兰竹菊君子敬,松柏为伴见情操。
风韵铮铮神威在,枝叶入画伴英豪。

苹果吟

春姑素手神绘,敢与西施媲美。
若非蜂鸣蝴蝶飞,只当琼玉月坠。

金秋云蒸霞蔚,朱颜丰腴俏丽。
多情玄宗日日醉,方知贵妃天回。

青山绿水姐妹,身着赤翡红翠。
回眸香艳甜笑靥,秀色滋心养肺。

常随玉帝赴会,出没九重宫闱。
不为恣意媚权贵,只酬滴滴汗水。

日日起早贪黑,从不叫苦叫累。
流血流汗不流泪,实实令人敬佩。

风吹雨打霜摧,几近身心交瘁。
累累果实人回味,竖起万年丰碑。

咏秋草

十月不见花，倍觉秋草芳。
新雨枝叶翠，风来有清香。
极目三千里，葳蕤不惧霜。
霭中披晨露，含笑迎朝阳。

绿叶吟

曾经神采似碧玉，俊男靓女多觊觎。
三暑不畏骄阳晒，十月何惧连阴雨。
庭院冷落无悲意，大雪纷飞有期许。
寒风肆虐终有尽，春来昂首唱新曲。

桃花颂

昨日，还是含苞待放的蓓蕾，
今朝，你却绽放出倾国倾城的美丽！
小草，顶着露水，
细柳，摇曳着酝酿青翠。
这嫩绿的色彩，只是陪衬，
初春，谁都无法掩盖你光彩夺目的芳芬。

东风，轻抚古琴，
用乐符模拟你的神韵。
太阳，追逐流云，
与大海比对你的清纯。
小鸟，高唱低吟，
赞美你玉一般洁净的灵魂。

你是无价的金，
你是会说话的银。
你是爱的焦点，
你是世界的中心。
你是一束生命的火炬，
是你，是你点燃了这生机勃勃的春晨！

小鱼吟

一

春瘦不长肉，鱼肥怕深秋。
海鸥空中飞，鸬鹚水上游。

上边有危险，深潜不露头。
善躲鲨鱼猎，难抵美餐诱。

如若不贪食，怎上垂钓钩。
瞠目入人口，餐桌当珍馐。

二

未生腾飞翅，安得水中游。
乐食今日虾，并无明日愁。

恶鲨刚露头，逃跑不落后。
庆幸身未死，渔人一网收。

第三十三辑 物之咏

一生低着头,宅心总仁厚。
小智无大求,只为一张口。

钢刀总无情,终成盘中肉。
君若要讲理,等到千年后。

鸸鸟吟

脖子黑,羽翼白,短尾巴,细长喙。
日夜护着森林美,消灭害虫有作为。

毒蛇缠,鸷鸟追,可怜有家不能回。
掉头转身拿命拼,一地羽毛随风吹。

鸟为食,人为利,搏杀方知生命脆。
胜败乃是寻常事,只求尽力不后悔。

咏无名草

一年四季躲山坡,自己欣赏自己乐。
生在危崖无人顾,春来冬去也寂寞。
何似大蓟身有刺,倘若采掘可入药。
天生万物当有用,最惜生命空自耗。

罂粟吟

长的桃花脸，穿的荷叶裙。
远闻有异香，近看好清纯。

别被外表误，其内藏祸心。
罂粟花虽美，罪恶说不尽。

拆散多少家，害了多少人。
就算连根拔，万死不解恨。

咏昙花

爱之吟

安身在天涯，四季绿枝丫。
含苞敛清香，吐蕊人惊讶。

绽放只一瞬，美艳绝天下。
见过常青树，哪有不谢花。

梦中留笑脸，终生心牵挂。
莫道相聚短，真情本无价。

小草吟

庭前毛毛草，春来日日高。
面对东风笑，永远无烦恼。

左邻是蒺藜，右舍伴臭蒿。
不慕鲜花美，岂与树比高。

腰杆细如针，头穗似凤尾。
没有惊世颜，默默报春晖。

每逢大风起，适时把头低。
十丈白杨折，二尺小草直。

既然为春生，何必惧秋死。
人间有疾苦，小草应不知。

金秋碾作泥，明春一片绿。
日月不停息，生命无穷已。

第三十三辑　物之咏

咏红叶李

春日着绿衣，三夏不曾换。
秋来发奇想，红袍身上挂。
鹧鹁满枝丫，风景美如画。
如不近前看，秋叶当春花。

咏松

大漠秋风啸，旷野芳林凋。
霜打枝叶茂，冰冻千尺高。
一木擎大厦，堪称天下骄。
少见百岁人，唯有松不老。

古杏吟

千仞大山中，十里桃园外。
远望一堆雪，近看似冠盖。
低头品幽香，举目诵诗才。
春姑虽无约，客从八方来。

咏莸花

桃花树树红，中央一株莸。
黄蕊迎风摇，蓝瓣竞风流。
蝴蝶多争宠，游人频回头。
俗脂寻常见，奇葩山中求。

咏栾树

旷野百花谢,北地渐入冬。
低头踏枯草,举目心下惊。
亭亭一身青,籽实比花红。
若非秋风寒,只当二月天。

咏梅

腊月寻芳不适时,未见花蕾空有枝。
白雪嘲笑抛碎纸,乌鸦讥讽赋新诗。
莫道风吹腰杆瘦,沉潜蓄势人不知。
有心岂怕出彩晚,春来吐蕊映朝日。

绿叶吟

花开叶衬花,花谢叶如花。
角色有改变,风景都不差。

春天绿托红,秋来绿变红。
日养美人眼,夜助诗人兴。

不与主角争,绿叶有雅容。
从此不惜墨,专作平凡颂。

朋友：

  我曾得到你无数次的嘉奖和恩赐

  那是我财富中最辉煌的一笔

  只要日月不息，生命不止

  我心中还有万万卷爱你的诗集……

孙建权